帝都退魔伝

【ていとたいまでん】

虚《うろ》の姫宮と真陰陽師、そして仮公爵

上

Noriko Waizumi

和泉統子

目次

Teito Taimaden

written by Noriko Waizumi
illustratated by Asako Takaboshi

007　虚の姫宮と真陰陽師、そして仮公爵
189　桜か桃か、山茶花か
220　あとがき

赤星《あかぼし》

土御門家宗主に仕える式神。

土御門良夜《つちみかど・りょうや》

弥和帝国陸軍士官学校始まって以来の神童。陰陽道宗家の後継ぎ。東宮やその妹宮とは乳兄妹。

鬼邑陽太《おにむら・ようた》

弥和《やまと》帝国海軍兵学校きっての劣等生。半年前、変死した内乱の英雄鬼邑忠孝《ただたか》公爵の妾腹の息子として公爵を襲爵した。

登場人物紹介

Teito Taimaden

written by Noriko Waizumi

illustratated by Asako Takaboshi

青星《あおぼし》
土御門家宗主に仕える式神。
ミア・モーガン
ケヴィン・モーガンの娘ということになっているが、正体は女装した東宮。だが、さらに秘密が……？
ケヴィン・モーガン
合州国特命全権公使兼大統領直属オールド・ワンズ対策局探査官。
今上帝《きんじょうてい》
ミアの実父。鬼邑忠孝と共に内乱を制し、倒幕に成功した。
賢帝、英雄として名高い。
鬼邑陽臣《おにむら・はるおみ》
病弱を理由に廃嫡された陽太の異母兄。
そんな立場にかかわらず、陽太に好意的。
土御門雅夜《つちみかど・まさや》
良夜の父。陰陽道宗家の現当主。
鬼邑忠孝公爵との確執により、御所を追放された。

挿画／高星麻子

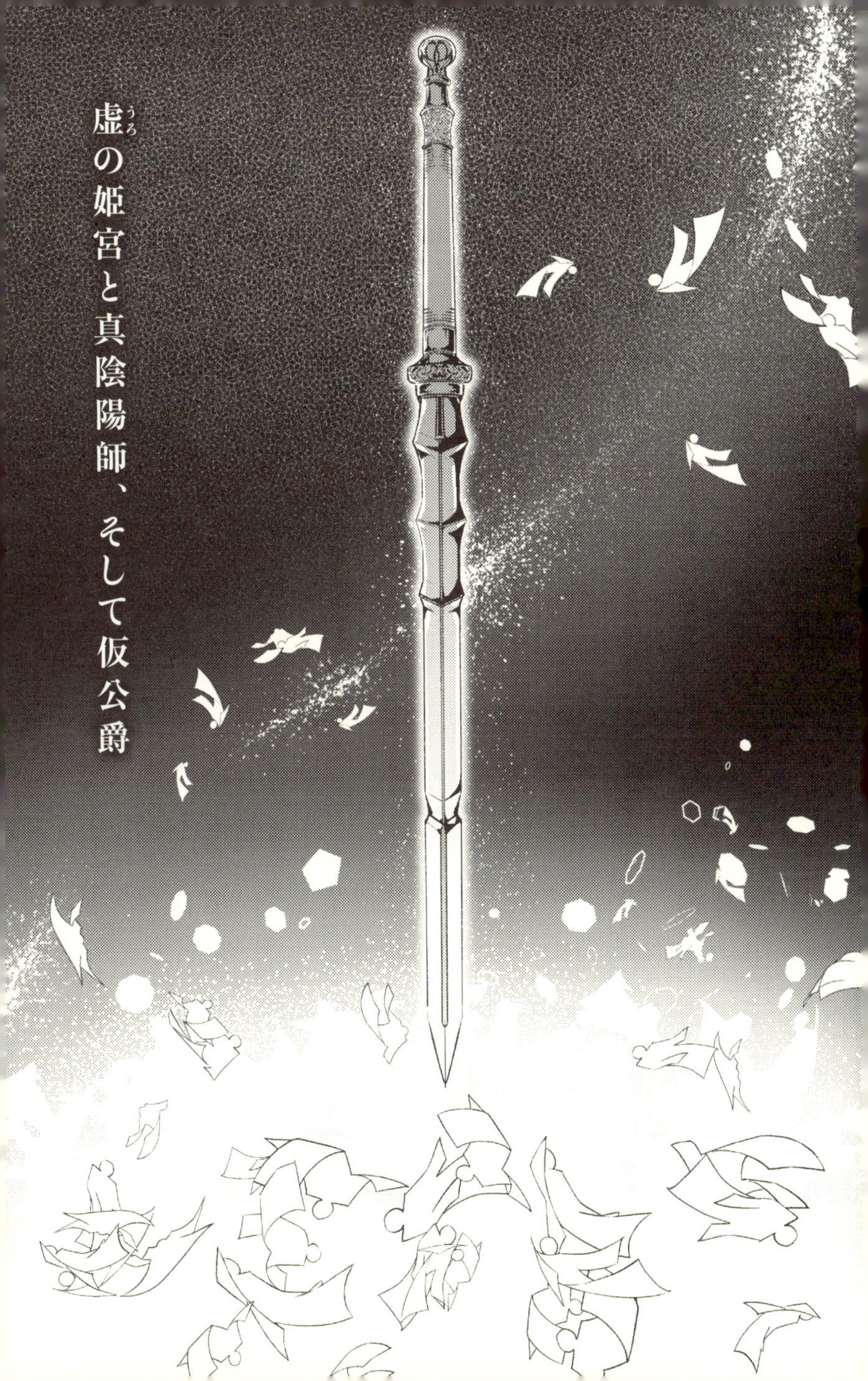
虚《うろ》の姫宮と真陰陽師、そして仮公爵

〝良夜《りょうや》の名前は良夜で、兄様の名前は、輝治《てるさだ》だろう。では、わたしの名前は、〈みあ〉なのか？　それとも、良夜や乳母《うば》やが呼ぶ〈ひめみあ〉、なのか？〟


三つの時だったか、四つの時だったか。

ある日、彼女がそう乳《ち》兄弟の良夜に尋ねたら、いつもはなんでもすぐに答えてくれるのに、良夜は凄《すご》く困った顔で黙ってしまった。

その頃、乳母と乳兄弟の良夜、それに双子《ふたご》の兄は彼女のことを〈ひめみあ〉様――もちろん兄は様付けはしなかった――と呼び、他の者達は〈みあ〉と呼んでいる……と、彼女は認識していた。

あとから〈みあ〉ではなく、〈宮《みや》〉と呼んでいるのだと理解したけれど。

〝――姫宮《ひめみや》様のお名前は、宮様ではございません。姫宮様でもございません〟

何度も何度も躊躇《ためら》ったあとで結局、嘘が吐《つ》けない良夜は事実を教えてくれた。

〝では、わたしの名前は？〟

良夜も双子の兄も、乳母も他の女官達も、後宮に居《い》る者達は中宮《ちゅうぐう》様から御半下《おはした》の者まで、皆、名前を持っている。

だから、問うた。自分の名前を。

〝……姫宮様には、お名前がございません〟

良夜は再び凄《すご》く凄く困った顔で言った。

良夜は三つ、四つの子供にしてはとても聡《さと》く、すでに大人びた言葉遣《づか》いや所作を身につけていた。

それでも、その時点では彼女とて彼女より三ヵ月ほど年上なだけの幼子《おさなご》で。

狡賢《ずるがしこ》い大人のような言い逃《のが》れの言葉を口にできず、眉根《まゆね》を寄せさんざん悩んでから、良夜はあえかな希望の言葉を口にした。

〝……まだ〟

〝まだ？〟

大人になってそれが、生真面目《きまじめ》で正直な良夜が一生懸命考えて拵《こしら》えた優しい嘘だと、気がついた。

まだ。

約束されていない未来が、約束されているかのように思える、なんて優しい嘘だったか。

血のように赤い髪を持って生まれた彼女を、父親は顧《かえり》みなかった。

ただの戦災孤児だったのに、どういう運命の悪戯《いたずら》かこの帝国を統《す》べる天帝《あまみかど》の子供を産むことになった母親は、彼女達が赤子のうちに後宮を出て行った。

この帝国で最も高貴な人々が住まう御所《ごしょ》で絹の衣を纏《まと》っていても、彼女は市井《しせい》の捨て子と変わらなかった。

同じように赤い髪の子供でも、帝位を継ぐ可能性があった双子の兄は、まだ彼女よりは大事にされた。父から名前が貰《もら》えるくらいには。

けれども、帝位を継ぐ可能性が万に一つもない彼女は、母親の身分が低いと軽んじられ、赤い髪が醜《みにく》いと蔑《さげす》まれた。

女官や侍従が〈宮〉と彼女を呼ぶのは、彼女を〈姫〉とも思っていないから。

彼女への呼びかけに〈様〉という敬称が略されるのは、彼女を本当は高貴な者と認めていないから。

幼い頃、彼女を気にかけてくれるのは、双子の兄と乳母。そして乳兄弟の良夜だけだった。

そして、そのわずかな味方も、彼女が十歳を迎える前に、皆、御所からいなくなってしまった。


〝……お父上……今上陛下《きんじょう》から、もう少ししたら姫宮様もお名前を賜《たまわ》ると、良夜は思います〟

あの日、優しい良夜は彼女の問いに、精一杯の嘘を吐いた。

否《いな》。

それは嘘ではなく、ただ、彼もそう信じたかったのだろう。

彼女の父親が、いつか彼女を思い出し、彼女に名前さえも与えていないことに気づくと、良夜は信じたかったのだと思う。

――それは、いつ？

良夜の言葉に、そう問い返そうとして、彼女は解ってしまった。

良夜はその答えを持っていないと。

それを問うても、大好きな良夜を困らせるだけだと。

だから、それっきり名前を持たない赤い髪の姫宮は、己《おのれ》の名前のことを良夜にも、そして他の誰にも尋ねなかった。

ずっと。

壱章

「なんて！　まったくなんて嘆《なげ》かわしい格好を、あなた様はなさっているのですか⁉」

……と、まるでこの世の終わりを見たかのような表情で土御門《つちみかど》良夜《りょうや》は、言った。

数瞬前バネ人形のように立ち上がった彼の秀麗《しゅうれい》な白皙《はくせき》の額には青筋が浮かび、画家が描いたような両眉の間には皺《しわ》が刻まれ、常《つね》なら完璧《かんぺき》な曲線を描いている唇は歪《ゆが》んでいる。

だが、しかし。

——あーあ。陸サンのダサ軍服を粋《いき》に着こなした上、こんだけ顔を歪めていてもカッコイイなんて、神様ってエコヒイキ激しいっすね。前から知ってたけど。

と、彼の横で高価なゴブラン織りの長椅子に座ったままの鬼邑陽太《おにむらようた》は、天井を見上げた。

——さすが弥和《やまと》帝国陸軍士官学校始まって以来と評判の神童様。帝国海軍兵学校《ウチ》までその名が届いているのも伊達《だて》じゃないってか。ホント、ここまで容姿がいいと、それだけで〈神童〉の称号を贈りたくなるっすね。

軍帽の下、項《うなじ》の所でひとまとめにされた長い黒髪が基本短髪の軍人らしくないのだが、陸軍は長髪が正しいと思えるほど良夜にはそれが似合っている。

良夜を見ていると、陰気くさい藍鉄《あいてつ》色の陸軍軍服と比較して、いつもはカッコ良く見える金ボタン付きの白い己《おのれ》の海軍軍服が妙に成金趣味のヤボったい物に映《うつ》り、陽太はなんだか悲しくなる。

絶対権力者の父に問答無用で海軍兵学校に押し込まれた陽太にとっての慰《なぐさ》めの一つは、「どうせ軍服を着せられるのなら、陸軍の軍服より海軍のほうがまだカッコイイ」ということだった。

そんな数少ない陽太的には海軍の美点だったモノを粉砕《ふんさい》してくれた彼は、千年以上も前から天帝《あまみかど》に仕《つか》える堂上《どうじょう》華族の土御門子爵《ししゃく》家の跡継ぎで、噂《うわさ》では参謀《さんぼう》としての才能に優《すぐ》れていて、現陸軍大臣様の一押しらしい。

内乱のどさくさで華族に成《な》り上がった——ちなみに

世間ではこういう輩《やから》をまとめて〈勲功華族《くんこう》〉と呼ぶ――父を持ち、海軍兵学校きっての劣等生《れっとうせい》と言われる自分とは、なんとまあ笑えるくらい真逆だなと、陽太は思った。

「……そんな格好をなさるあなた様を目にするくらいでしたら、良夜はこの目が潰《つぶ》れたほうがマシでございました！」

おいおい、神童様よ――と、最初の一言も大概《たいがい》だったが、さらに過激さを増した良夜の言葉に、陽太はぎょっとして彼を二度見した。

「――再会そうそう、それはないだろう、良夜」

部屋に入った途端、良夜に嘆かれた赤い髪の少女も、さすがにくるものがあったのだろう。

扉を背にすっかりしょげた声で応じた。

陽太が見る限り、彼女ががっかりするのも至当《しとう》だった。彼女は、別に他人を不快に思わせるような服装をしていない。

――ってか、むしろ逆じゃん？　すっごく可愛《かわい》くね？　なんでこの陸サンの神童様はケチつけてんの？　わけ解んねーんっすけど、オレ？

まったくの他人の陽太でさえムッとしたくらいだから、言われた当人の凹《へこ》み具合は相当なものだろう。

項垂《うなだ》れた彼女の、陽太達の住む弥和帝国では珍しい真っ赤な髪が窓からの陽光を受けて眩《まばゆ》いくらい輝いて見えた。

――篝火《かがりび》みたいだよな、あの髪。

陽太の故郷の島では、新月の夜に山の中で篝火を灯《とも》す祭りがあった。

黒々とした木立《こだち》の中に点々と灯った美しい赤い炎を、陽太は彼女の髪に思い出す。

「――十年ぶり、なのに」

――は？　十年ぶり？

黒い髪と瞳をした者が大半の帝国人とは異なる真っ赤な髪の彼女は、異邦人に見えた。

そもそも出逢《であ》ったこの場が帝都内とは言え、異邦人居留地内、合州国公使の公邸。

彼女の隣に立つ合州国人ケヴィン・モーガン〈いんゔぇすてぃげーたー〉――この役職の訳語が陽太には解らなかった――兼特命全権公使が、己の娘ミア・モーガンだと断ってから、彼女を室内に招き入れたのだ。

陽太が、彼女を合州国人と判断しても当然と言える。

が、どうやら良夜と彼女は、十年も前からの知り合いのようである。

——ってことは、この子、幼い頃から弥和で育ったっすか?

それがちょっと信じられない。

と言うのも、何百年も鎖国《さこく》をしていた陽太達の母国が、外国との国交を再開したのは三十年ほど前で、この帝都に異邦人居留地ができたのは十五年くらい前だ。

しかし、帝都に子供や家族を連れてやってきた異邦人の話は今でも新聞ネタになるほど珍しい。

灰色がかった青い瞳でこの成り行きを楽しそうに見ている金髪の公使に、改めて陽太は視線を向けた。

ケヴィン・モーガン公使は十六、七の乙女の父親を名乗るには、いくらか若く見える。

目尻《めじり》の下がった優しげな顔立ちは美丈夫《びじょうぶ》と言っていい程度に整っていたが、娘とはあまり似ていないように感じるのは、髪や瞳の色が淡いせいか。

——公使もこの子も帝国語が上手《うま》いから、帝国に十年住んでますって言われても納得できなくはないけど。

……でも、親子共々こんなに目立つ顔で、しかも名高い陸サンの神童様と古馴染みならば、海軍兵学校の噂好きの連中が放っておくはずがない気がするし。

そう陽太が心の中で首を捻《ひね》っていると。

「この洋装の着付けには、二時間もかかったのに」

と、新たな謎《なぞ》が投下された。

——は? 二時間⁉

起床から三分未満で身支度《みじたく》を済ませることを、弥和帝国海軍兵学校では校則で定めている。

開校以来一番の劣等生と名高い陽太も、この校則だけは、日々完遂《かんすい》できていた。

そもそも陽太の身支度なんて、海軍兵学校に入る前から顔を洗って口を漱《すす》いで服を身につければ終わりだ(ちなみに陽太の髪は、櫛《くし》で調《ととの》えねばならないほど長くない)。

だから、何をどうしたら身支度に二時間もかかるのかと、陽太は呆気《あっけ》に取られた。

が、白いレースや赤いサザンカの造花を編み込んで、首の周りにくるくると巻き毛が落ちるようにした髪型は、それだけで一時間はかかりそうだとも思い直す。

それに少女の着ている白いドレスは、襟《えり》も裾《すそ》も袖口《そでぐち》もヒラヒラとした襞《ひだ》飾りが二重三重に付いていて、なんだか薔薇《ばら》の花みたいに複雑な構造だ。

その上、さらに光沢《こうたく》のある白い布で作られた蝶結《ちょうむす》びの飾りも、あちらこちらにふんだんに付いていていて、あれらを形良く結ぶだけでどれだけ時間がかかることやら。

ドレスの裾から覗く細い足には、足首までの革の可憐《かれん》な短靴。

その革靴も白く染められピカピカに磨《みが》かれた上、銀色の紐《ひも》が交差しながら結ばれていて、これまた履《は》くのに時間がかかりそうな靴だ。

異邦人など一人もいない田舎《いなか》の島育ちで、帝都に住むようになってもほとんど海軍兵学校の構内に閉じ込められている陽太は、洋装の女性をあまり見たことがない。

そんな陽太の目には、かなり奇抜な服装に見えた。が。

——でも、可愛いっすよ。

彼女の目鼻立ちのハッキリした顔や大き過ぎる瞳は、弥和帝国の正統派美女の基準からはやや外れていた。が。

——でも、オレは可愛いと思うけどな、うん。

「確かにわたしは中宮《ちゅうぐう》様みたいな正統派の美女ではないが、それでも、鏡で見る限り、そう悪くないよう思えたし、ケヴィンや家政婦のブラウン夫人達も、とても可愛らしいと褒《ほ》めてくれたのに」

だから、その赤と金との不思議な色合いの大きな瞳から今にも涙が零《こぼ》れ落ちそうなのを見て、完全完璧に他人事《ひとごと》なのに、陽太は口を挟《はさ》んでしまった。

「可愛いっすよ！　土御門だって本当はそう思ってるよ。なぁ、土御門？」

と、立ち上がって土御門良夜の藍鉄色の軍服の肩を叩いてしまったのである。

「…………鬼邑」

——へ？

親の敵《かたき》のような目で睨《にら》まれ、陽太は思わず一歩下がった。

相手はなまじ顔が良い分、睨まれると怖い。

良夜は左右を見回し、そんな陽太の襟首をグイっと摑《つか》むと、顔を寄せて小声で超特大爆弾を落とした。

「その言葉、この方が東宮殿下だと知ってなお、言えるか？」

「…………………………は？」

一瞬。

いや三十秒は、何を言われたのか理解できず、陽太は瞬《しばた》いた。

それから摑まれていた襟首を放されたせいもあって、一、二歩大きくよろけた。

――えー、…………と。トウグウデンカって、なんだったっけ…………?

いや、いくら物知らずな田舎者だと同級生や教官達から呆《あき》れられまくっている劣等生の陽太だって、その音節にどの漢字を振ればいいのか、一応、そう一応は心当たりはあるのだが。

――えー、…………と。

白いドレスを身に纏《まと》った半泣き顔の、赤い髪の可愛らしい女の子を見る。

それから、彼女の父親を名乗った金髪碧眼《へきがん》の異邦人のニヤニヤとした笑顔を見る。

次に陸サンの神童様の渋い表情を、首を横に捻って再度確認して。

そしてもう一度陽太は、赤い髪の少女、いや少女にしか見えない人物の全身を上から下までマジマジと凝視《ぎょうし》した。

陽太達の住む弥和帝国は、皇帝――天界より天下《あまくだ》った神の末裔《まつえい》であることから、〈天帝〉と称されている――によって治められている。

長らく武士による幕府政権が続いていたこの帝国の実権を、帝室に取り戻そうとされた先帝は、その内乱の最中に病で崩御《ほうぎょ》された。

急遽《きゅうきょ》、即位された今上陛下は、その時わずか十五歳。

内乱で勝利を収めた彼は、諸外国の学者や技術者を招聘《しょうへい》し、瞬《またた》く間にこの帝国を世界有数の強国に育て上げた。

希代《きたい》の英傑《えいけつ》、賢帝と誉《ほま》れ高き帝王、さすがは神の末裔と臣民《しんみん》から尊《とうと》ばれている。

そんな今上帝には才色兼備と名高い中宮――皇后のことを弥和帝国ではこう呼ぶ――様と幾人《いくにん》かの花のように麗《うるわ》しい女御《にょうご》（側室）方がいらっしゃった。

が、子宝には恵まれていらっしゃらなかった。

いや、より正確に言えば七人の宮様と九人の姫宮様を儲《もう》けられたのだが、どの宮様、姫宮様も夭逝《ようせい》し、十歳の誕生日を無事に越えられたのは、現皇太子殿下ただお一

人だけだった。

さて。

弥和帝国臣民は次代の〈天帝〉たる皇太子のことを古来より〈東宮〉と呼んでいる。

現在、その東宮の地位におわすのは輝治《てるさだ》親王殿下。

畏《おそ》れ多くも尊きそのお方は、陽太や良夜と同じ御年《おんとし》十七歳の少年であるはずで――――。


「…………………………え？」


喉の奥から変な声が出た。

目の前にいるのは、陽太には赤い髪と白い洋装の、陽太が今までの十七年ちょっとの人生で見た中で一番可愛らしいと思う女の子なのだが。

どう見ても女の子にしか見えないのだが。

「こ、こ、こ、このご令嬢が、と、東」

「痴《し》れ者《もの》が！　大声を出すな！」

背後から腕を回した良夜の両手で、陽太は口を押さえられた。

弐章

「まあ、お二人とも何を仰《おっしゃ》っていますの？　どなたかとお間違えのようですけれども、ミアはわたくしの可愛い娘ですわよ」

と、発音も文法も完璧《かんぺき》で美しい帝国語が二人にかけられた。

彼は赤い髪と白いドレスの人物の手を取ると、陽太達《ようたち》とは大理石の卓を挟《はさ》んで対面する肘《ひじ》かけ椅子に彼女を座らせて、己《おのれ》もその隣の肘かけ椅子に座った。

陽太達にも座るよう手振りで示す。そして。

「先刻もご紹介しましたように、この子はミア・モーガン。わたくしケヴィン・モーガンの最愛の娘ですわ。こんなに可憐《かれん》なレディを殿方と間違えるなんて、失礼が過ぎますわ」

その上品で丁寧ながらも毅然《きぜん》とした物言いは、式典などで挨拶される中宮様に酷似《こくじ》していた。

……つまり、合州国特命全権公使様は生粋《きっすい》の帝国人の発言と紛《まご》うほど弥和《やまと》帝国語が上手《じょうず》だったが、宮中の貴婦人の言葉遣《づか》いで話すという男性公使としては致命的な欠陥《けっかん》があった。

「……ケヴィン・モーガン特命全権公使閣下」

そんな貴婦人風を吹かしまくる公使に呆《あき》れず怯《ひる》まず、口を開いたのは良夜《りょうや》のほうだ。

「あら、先ほども申し上げましたでしょう？　わたくしの役職は合州国大統領直属オールド・ワンズ対策局インヴェスティゲーターですわ。……確かにあなた方の天《あま》帝陛下《みかど》にお会いするのと、居留地にこの屋敷を借り受けるのに必要だったので、便宜的《べんぎてき》に大統領から特命全権公使を拝命致《いた》しましたけれども、わたくしは本国でもこの帝国でも公使の職務は行いません。わたくしのことはインヴェスティゲーターとお呼び下さいませ。ああ、〈閣下〉も〈様〉も付けなくて結構ですわ」

――えー、……と。〈おーるど〉は「古い」で、〈わんず〉は「一」の複数形か？　ってことは、つまり「古い一」複数？　なんだ、それ？　んで、その対策局って……なんなんすか？

一応、海軍兵学校では西欧語の授業もある。けれども、入学して初めて西欧語に触れた陽太にとっては、まだまだかの言語は謎《なぞ》の呪文に等しい。ましてや〈インヴェスティゲーター〉に至っては、さっぱり見当もつかない。

「インヴェスティゲーターとは、探索官《たんさくかん》とでも訳すべきでしょうか？」

ところが、全方面に神童と名高い良夜は、即座に訳語が解ったらしい。

「その単語でよろしいかしら、ミア？」

父親を自称する公使が、隣に座る赤い髪の謎の人物に尋ねる。

「うむ。わたしも適切な言葉を思いつかなかったが、言われてみればインヴェスティゲーターを弥和帝国語に置き換えるなら、探索官が妥当《だとう》だと思うぞ、ケヴィン」

にっこりと微笑《ほほえ》んで頷く様は、やはり男には見えない。

――ってか、父娘にも見えねぇし。ってか、母と息子の言葉遣いにしか聞こえないし。

となれば、信じたくはないが、やはりこの異国のお嬢様風の人物は東宮《とうぐう》殿下なのだろうか。

今上《きんじょう》陛下の第六親王輝治《てるさだ》殿下が正式に東宮になられたのは、七年くらい前だ。

殿下は慣例によりご即位までの間、御所《ごしょ》の一郭《いっかく》にある東宮殿から一歩も外に出ず、精進潔斎《しょうじんけっさい》し、天帝に相応《ふさわ》しい現人神《あらひとがみ》になる修行を積まねばならない……という新聞記事を、当時陽太は読んだ覚えがある。

——そんな方が、なんだって異邦人居留地内の合州国公使公邸などにいらっしゃるんすか……？

それも合州国公使だか探索官だかの娘のふりをするために女装されるとか、ありえないにもほどがあると、陽太は遠い目になる。

——まあ、でも、十七の身空で東宮殿にずーっと閉じ込められてんのもなぁ……。

海軍兵学校の窮屈《きゅうくつ》な寮生活をしている我が身と重ねて、同情できなくもない。

東宮殿を抜け出したくなる気持ちも解るし、そうなると変装も必要だろうとも思う。

——けど、変装するにあたっての選択が女装って？　それも、本人ノリノリっぽいし？　って、もしや、これはただの女装好き……？

「——すまん、ちょっと質問」

そこを追及すると、非常に気持ちが悪くなりそうだったので、陽太は頭を切り替えて、良夜に別件を小声で尋ねることにした。

「おーるど・わんずって何っすか？」

「私も知らない」

「へ？　いんうぇすてぃげーたーが解って、おーるど・わんずが解らないって、それはないんじゃ？」

「オールド・ワンズは通常〈古きもの〉という意味になると思われる。だが、ただの古物に合州国大統領直属の対策局は作られまい」

——そうっすよねー。

「そもそも私達が学校を休んでまでここに呼び出されたのは、合州国の外交官がご令嬢と一緒に帝都を観光するのに、護衛が欲しいという話だったはず。ご令嬢と年が近いことが条件の一つだったので、陸軍士官学校と海軍兵学校に声がかかったと、聞いている」

——へー、オレら、そういう理由で呼び出されたんだ。

ちなみに陽太は海軍兵学校の蘇我《そが》校長から問答無用で合州国公使公邸に行くよう地図を渡されただけで、詳《しょう》細《さい》は聞かされなかった。

〝貴君が失態を犯《おか》せば、累《るい》は海軍兵学校生全員に及ぶことを肝《きも》に銘《めい》じておきなさい〟

と、釘《くぎ》は刺されたが。

「だが、公使ほどの高官とそのご家族となれば、万一のことがあってはならない。本来ならば護衛は一個分隊はつけるだろう。しかも」

良夜はその後の言葉は自分で考えろと言わんばかりに、口を閉ざした。

――あー、うんうん。なるほど。しかも、そのご令嬢が実は畏《おそ》れ多くも我が弥和帝国の東宮殿下だったりしたら、一個分隊どころの騒ぎじゃないよな、うん。

しかし、殿下のお忍びだか女装癖《へき》だかの秘密を守るために人数を絞《しぼ》ったにしても、なぜ、学生の自分達が選ばれたのか、謎である。

――百歩譲《ゆず》って神童様はともかく、劣等生《れっとうせい》のオレが選ばれるのはマジ謎過ぎるし。

「そのとおりですわ」

小声でヒソヒソと話していたが、聞こえていたらしく、公使が陽太達の会話に割って入ってきた。

「わたくし達合州国人が、いいえ。あなた方が西欧人と呼ぶ国々の者達が、オールド・ワンズと呼び、恐れるものは、ただの古い遺物《いぶつ》ではありません。弥和帝国語で言えば……」

「弥和帝国語で言えば、〈まつろわぬ神〉に相当すると、陛下が」

言葉を探すように額に手をやった公使を見て、ミアだか東宮殿下だか陽太には判らぬ人物が代わりに言った。

「そう、そうです。〈まつろわぬ神〉でした。天帝陛下から、その訳語を用いるようにと」

――は？　〈まつろわぬ神〉って……？

「天帝陛下は天津神《あまつかみ》の末裔《まつえい》にて、この弥和帝国の全ての神々をも統《す》べる方だと伺《うかが》っております。その尊《とうと》き方に跪《ひざまず》かない古き神。その神々をあなた方は、〈まつろわぬ神〉と呼ばれるのでしょう？」

――うん。神話とかおとぎ話とかに登場した時は、そう呼んでますけどね。逆に言うと、それ以外の現実世界ではまったく登場しないっすよ、ソレ？

「――実際に、目にしたことのあるわたくしに言わせれば、あのおぞましい存在を〈神〉と呼ぶことに抵抗がありますが。今回、わたくしが帝国を訪れたのは」

「ちょ、ちょっと待った！　待った待った」

――〈まつろわぬ神〉に遭《あ》ったたって、なんっすか、その荒唐無稽《こうとうむけい》は？

目の前の二人自体が現実離れしているが、話さえもが現実から遠ざかり過ぎることにたまりかねて、陽太は強引に話を遮《さえぎ》った。

「その前に確認したいんっすけど、この人が探索官の娘って、マジっすか？」

海軍士官の卵として、礼儀はこの一年半ギュウギュウに詰め込まれていたが、陽太はまるっとその敬語やら礼儀やらを無視した。

東宮殿下と思われる方を指差し、敬語は全省略のタメ口仕様、さらに公使の話を遮った上に違う話を持ち出し、あまつさえ公使の言葉を疑うという無礼の四段だか五段重ねをしたのである。

ここまで盛大にやらかせば、逆に海軍兵学校の教育云々《うんぬん》ではなく、陽太個人の問題になるだろうと踏んだのだ。

これで異邦の公使様が激怒し、政府に訴《うった》えてくれて海軍兵学校を放校されたら陽太的には万々歳、作戦大成功なわけである。

「ええ、わたくしの愛する娘ですわ」

が、考えられる限りの無礼のてんこ盛りをされたはずの公使兼探索官は、柔らかな微笑みを浮かべて、陽太の質問に答えた。

――う。そう来るかぁ……。

開き直られると、陽太には次の手がない。

会ったこともない東宮殿下と目の前の赤い髪の人物が同一人物だと言い張る根拠《こんきょ》を、陽太は持たなかった。

「取り繕《つくろ》われても煙《けむ》に捲《ま》こうとされても無駄です。ケヴィン・モーガン探索官」

陽太の代わりに、良夜が切り込んでくれた。

「この方自ら、先ほど十年ぶりの再会だと私に仰っています」

きっぱりと言う良夜に、今度は探索官とその娘を自称する東宮殿下（らしき人物）は顔を見合わせた。

「……まあ」

一分ほど逡巡《しゅんじゅん》したあげく、探索官は降参の溜息を零《こぼ》す。

「やっぱり良夜君は、ミアの失言を聞き流してはくれなかったようですわね」

「……あんなに簡単に正体を看破《かんぱ》した上、少しも褒《ほ》めてくれないなんて思いもしなかったから、動転してしまったんだ」

やや咎《とが》めるような視線を向けた探索官に、女装の殿下は言い訳めいた言葉を口にする。

「そうですわね。ミアの顔立ちは彫りが深く、綺麗な赤い髪をしているから、どこからどう見ても西欧人の女の子にしか見えませんでしたわ。だから、わたくしも大丈夫だと思っていたのに……良夜君もよく判ったこと」

――あー、…………………はぁ。

九割九分《ぶ》九厘《りん》東宮殿下だと思ってはいたが、最後の最後の一厘の希望をも打ち砕《くだ》かれた陽太は、溜息をなんとか飲み込んだ。

「……異なことを仰います。あなた様のそのようなお姿を拝見して、どうして、この良夜が褒めることができますでしょうか?」

凹《へこ》み具合なら陽太に負けない、いやそれ以上に真面目《まじめ》に暗く沈《しず》みきった顔で良夜が言う。

――あー、未来の陸軍幹部兼堂上《どうじょう》華族家長、土御門《つちみかど》子爵《ししゃく》様としては、変態の東宮殿下ひいては変態の天帝陛下に仕《つか》えるのは、やはりイヤっすか。…………イヤっすよね、うん。オレもイヤっす。

「……か、可愛《かわい》いかなと思ったのだが、やっぱりわたしでは駄目か」

「可愛いとか可愛くないとかの問題ではございません。ご身分をお考え下さいませ」

良夜にピシャリと正論を言われて、赤い髪の殿下は哀しそうな顔で俯《うつむ》いた。

――……うん。可愛いんだけどさ、可愛ければいいという問題ではないよな、確かに。

「…………あー……、元から知り合い?」

知り合いなのは判りきっていたが、沈黙の重さに耐えきれず、陽太は良夜に尋ねた。

「乳《ち》兄弟だ」

「私の母が、この方と妹君の乳母《うば》を」

殿下と良夜、二人同時に返される。

「あー、なるほど。ウチとは違って、土御門は堂上華族だもんなぁ」

帝室の方々とそんな親密な関係になっても、ぜんぜんおかしくないかと陽太は納得した。が。

「あら、鬼邑陽太君は公爵様でしょう？　土御門子爵家よりずっと格上ですわよね。ウチとは違うとは、どういうことでしょうか？」

面倒なことに合州国探索官は、弥和帝国の事情に中途半端に詳《くわ》しいらしい。

「あー、うちは親父が元は下級武士で、内乱時に上手《うま》いことやって公爵位貰《もら》っただけの成り上がり者っす。位《くらい》は上でも、堂上華族の土御門家とは、ぜんぜん格も歴史も違うし」

「鬼邑……公爵……？　そなた、が……？」

殿下の赤と金の混じった不思議な色合いの瞳が、陽太に向けられた。

そう言えば、この女装殿下が室内に招かれる前に陽太達は探索官と挨拶《あいさつ》を交わしている。

「あー、まあ、その、一応。ご存じのように先日、親父が死んだんで」

――名目上。しかも、あくまで暫定《ざんてい》っす。

と、首の後ろを掻《か》きながら、心の中でつけ足す。


実際、学生の陽太に公爵の実権はない。

卒業までは父の正妻が預かっている格好だ。

「そなたは、そなたの父が良夜と良夜の両親を宮中から追放したのを知らないようだな」

――は？

「父の失脚《しっきゃく》は、現鬼邑公爵のせいではありません」

「だが、土御門家の守護があれば、兄様は」

「ミア」

探索官に手を軽く叩かれて、激高《げっこう》していた殿下は我に返ったような表情で、陽太と良夜を見、それから俯かれた。

「……兄様、つまり、中宮《ちゅうぐう》様がお産みになった異母兄や異母弟達も」

そう言い直されてから言葉を継がれる。

「女御《にょうご》様方がお産みになった異母姉妹も……、わたしの双子《ふたご》の妹も生きていたはずだ」

喉から絞り出された言葉に、陽太は驚く。

「そなたの父、鬼邑忠孝《ただたか》が陰陽道《おんみょうどう》など迷信だと切り捨てなければ、彼女が呪われ、殺されてしまうこともなかったのに」

参章

西欧化著《いちじる》しい帝都では、天帝《あまみかど》の御所《ごしょ》が西欧風の煉瓦《れんが》造りを取り入れたこともあり、赤い煉瓦の建物が増えている。

しかし、帝都の中心街にほど近い場所でも、幕藩《ばくはん》時代の藩主の屋敷や旗本《はたもと》の屋敷など白壁で囲われた武家屋敷もいまだ健在である。

そのうちの一つ、長々と白壁に挟《はさ》まれた通りを歩いて、大きな門構えの前に立つ警護の者に良夜《りょうや》は頭を一つ下げる。

にこりともしない相手が小さく頷くのを確認して、良夜は裏口へ回り使用人用の小さな門扉を開けて中に入る。

庭の石灯籠《いしどうろう》には煌々《こうこう》と灯が点《とも》り、その光に池の夜咲き睡蓮《すいれん》が妖《あや》しく浮かび上がっていた。

今、この館の主《あるじ》となった男は、西の果ての遠い異国から珍しい花を購入し、朝に花開く白い睡蓮を池から駆逐《くちく》してしまった。

夜咲き睡蓮だけではなく、数多《あまた》の異国の植物が混じって、昔は確かに古風な弥和《やまと》帝国式だった庭園は、どこの国のものともしれぬ不思議な空間となっている。

その庭の中を物音を立てないよう静かに良夜は横切り、敷地内の外れ、土蔵に赴《おもむ》いた。

「――良夜です」

扉の外から声をかけると、ガサゴソと物音がして、母親が戸を開けてくれる。

「お帰りなさい、良夜さん」
「お帰りなさい、お兄様」
「お帰りなさいませ、お兄様」
「ただいま」

跳ねるようにやってきた妹達の頭を代わる代わる撫《な》でてやる。

「……学校はどうなさったのですか？」

陸軍士官学校の寮に普段居《い》る息子の突然の帰宅に、母親は訝《いぶか》しそうだ。

それもそのはず、夏季休暇は終わったばかりで、次の長期休暇の時期にはまだ遠い。

「上から特別な命令が下り、しばらく家から任務地に通うことになりました。食事は自分でなんとかしますので、用意は結構です」

良夜の言葉に、母親はあからさまにホッとした表情を浮かべた。

千年も前から続く土御門子爵《つちみかどししゃく》家は、陰陽道《おんみょうどう》の宗家として、代々帝室からの信頼が厚かった。

また、幕府にも天文方《てんもんがた》として重んじられ、編暦《へんれき》を担《にな》い、帝都に広大なこの屋敷を持つほど栄《さか》えていた。

だが、今の子爵家の家計は火の車だ。

内乱から数年後、陰陽道は鬼邑忠孝《おにむらただたか》が率《ひき》いる政府に否定され、父は失脚し、財源だった編暦の特権も失った。

良夜が幼い頃は、かろうじて母が東宮にほぼ内定していた輝治《てるさだ》親王とその双子《ふたご》の妹である内親王の乳母《うば》の職を得ていたので、まだここまで暮らし向きも逼迫《ひっぱく》していなかった。

しかし、次の天帝陛下になるやもしれぬ親王の乳母が土御門子爵夫人であることを、鬼邑忠孝は厭《いと》った。

十年前、もう乳母も必要なかろうと、彼は良夜の母を御所から追い出したのだ。

父も先祖伝来の財産を元手に様々な手を打ち、公爵に対抗しようとしたようだが、結句その あがきは、子爵家の財産を散逸させ、借金を拵《こしら》えただけだった。

今は屋敷を陸軍大臣の威刃《たけは》伯爵に貸すことと、士官学校生の良夜の微々《びび》たる俸給《ほうきゅう》で、わずかながらも借金を返済しつつ、なんとか生計を立てている有様《ありさま》だ。

屋敷の片隅の土蔵に良夜の妹達と暮らす両親にとって、ほんの数日でも一人分の食い扶持《ぶち》が増えるのは厳《きび》しい。

「父上の様子はいかがですか？」

「いつもよりご気分が良いようでした」

母が返答すると、すぐ下の妹が良夜の腕を取って言う。

「わたし、お父様の邪魔をしないように静かにしていました」

末っ子も良夜のもう片方の腕を取る。

「月子《つきこ》もおとなしくしていましたわ、お兄様」

「星子《せいこ》も月子も、いい子だ。お前達がしっかりしているから、兄も安心して士官学校の勉強に専念できている。いつもありがとう」

良夜が褒《ほ》めると、暗い安物の蠟燭《ろうそく》の明かりの中でも輝くような表情で二人は笑った。

「お兄様、お兄様。今日は寮に戻られないのなら、月子の宿題を見てくれますか」

「わたしもお兄様に、教えて頂《いただ》きたいことがありますわ。最近、算術が難しくて」

良夜は苦笑しつつも二人から腕を取り戻す。

「まずは父上に挨拶《あいさつ》に行かなくては、な」

良夜の言葉に、妹達はすぐに引き下がる。

素直で優しい妹達に、良夜は目を細めた。

――贅沢《ぜいたく》な暮らしをさせてあげることは無理でも、人並みの暮らしを。

こんな薄暗く、風通しも良くない場所ではない、ちゃんとした家に住まわせてやりたい。

――あと一年半だ。

土御門家の術が張り巡《めぐ》らされたこの地を、そして陰陽師の宗家たる土御門の秘物が数多納められた土蔵から離れることを、父は嫌がった。

屋敷を借りている陸軍大臣は、良夜達が引っ越しても資料は管理すると言ってくれた。

それでも、父はこの土蔵を自分が離れれば、土御門家の秘術が全て他家に奪われると頑《かたく》なにここを離れなかった。

――士官学校を卒業し、一人前の士官として軍から給与を貰《もら》えるようになれば、この近くに小さな家が借りられるだろう。

父や土御門家の真の財産たる資料を移すのは無理でも、その家から父の面倒を見に交替で通うようにすれば、今より母も妹も負担が減ると良夜は思う。

――あと、一年半。

だが、袖《そで》のすり切れた服を大事に着ているような妹達に、子爵令嬢《れいじょう》らしい暮らしをさせるには、どれくらい出世すればいいだろうか。

裕福な家の令嬢達の間では、昨今、洋装が流行《はや》っている。

妹達からねだられたことはないが、学校で肩身が狭《せま》い思いをしているのではないか。

――今日、殿下が着ていらしたような服を手に入れるには、どれほどのお金がかかることやら。

そんな考えが頭を過《よ》ぎって、良夜はムッと唇を引き結んだ。

——まったくあんな格好をなさるとは、あの方は何を考えていらっしゃるのだ！

良夜は周囲からは温厚だとか優しい性格だとか、よく言われる。

実際そう褒められるくらい滅多《めった》に怒りの感情を持たないし、憤《いきどお》ることがあっても、それを長く引き摺《ず》ることもない。

と言うのに、本日彼と再会した時の怒りが、今さらながらに再燃してくる。

——殿下におかれましては、ご立派な東宮殿下に、英君と誉《ほま》れ高い父君に負けぬ天帝陛下になられることを、良夜は朝に夕に祈っておりましたのに。

それなのに東宮殿での修行を放棄《ほうき》なさって、穢《けが》れ多き外に不用意に出歩き、あまつさえ女装姿で現れなさるとは！　——と、良夜はふつふつと怒りが収まらない。

三ヵ月ほど年下のかの宮様とその双子の妹宮様とは、良夜は文字通り彼らが生まれた時から一緒に育った。

美しい黒髪を美人の第一条件とするこの帝国で、宮様方の赤い髪は異質だった。

それに帝室は古来から双子を嫌った。

彼らの母君が華族でないことも、母君が彼らを置いて後宮を辞したことも、それから彼らの乳母が宮中を追われた土御門子爵の夫人であることも、全て宮様方に災《わざわ》いした。

様々な理由で、双子の宮様方は周囲から邪険にされた。

いずれ東宮になるやもしれぬ宮様はまだマシだったが、赤い髪の姫宮様が周囲から冷たく扱《あつか》われるのは幼い良夜の心を抉《えぐ》った。

だから、二人のために、良夜の母も良夜もできることはなんでもやった。

二人が少しでも安らげるよう、心を砕《くだ》いた。

鬼邑忠孝公爵が良夜達の追放を決めたと知った時、どんなに低い立場でもいいから御所に残らせてくれと、子供ながらに中宮《ちゅうぐう》様に直訴《じきそ》さえした。

けれども、陰陽道を嫌う鬼邑公爵の意向はあまりにも強く、良夜は御所に残れなかった。

御所を出る日のことを、良夜は昨日のことのように覚えている。

立派な東宮殿下に、引いてはお父上のような偉大な天帝陛下になって下さいと、良夜は何度も宮様に言い聞かせた。そして。

〝そして、姫宮様を、どうか守ってあげて下さい〟

赤い髪の姫宮は、女官達にいや中宮様や今上《きんじょう》陛下にも疎《うと》んじられているのか、名前さえなかった。

周囲が〈宮《みや》〉と呼ぶのを聞いて——姫とも呼べないし、様も不要だと言い、彼らは彼女を〈姫宮様《ひめみや》〉とはけして呼ばなかった——、己《おのれ》の名前を〈みあ〉だと誤解されているくらいだった。

だから、実を言えば、遠からず東宮になることが予想された宮様より、良夜は姫宮様のことをずっとずっと心配していた。

〝うん。良夜達がいなくなったら、僕だけだからね。僕が良夜の代わりに姫宮はちゃんと守るから、どうか心配しないで。大丈夫だから〟

聡《さと》い宮様は良夜が何を心配しているのか、よく解っていらした。

これから宮様が正式に東宮殿下になられれば、姫宮様の扱いも多少良くなるだろうか。

それとも、お二人の差が開くばかりなのか、良夜には想像もつかなかった。

ただ宮様が姫宮様のことを気にかけてくれれば、今より悪くなることはあるまいと信じるしか、良夜には道がなかった。

〝わたしは、大丈夫だ、良夜〟

夜通し泣いていたのが丸わかりの赤い目ながら、姫宮様はにっこり笑った。

少女にしては堅《かた》い言葉遣《づか》いは、彼女が同年配の少女とは交流がほとんどなく、良夜や兄宮様と暮らしてきたせいだろう。

〝大丈夫だ。良夜が陰陽道のお守りもくれたし〟

良夜が書いた護符《ごふ》を白い懐紙に大事そうに包んで、姫宮様は袂《たもと》に入れていた。

その上を両手で押さえて。

〝——良夜。わたし、もう、お父様……陛下から名前を賜《たまわ》らなくてもいいと思った〟

〝……姫宮様？〟

〝わたしの名前は、やっぱり〈みあ〉なんだって思うことにした。そうしたら、皆がわたしのこと、ちゃんと名前で呼んでいるように思えるだろう？〟

　周囲から〈宮〉と呼ばれる度《たび》に、彼女はそれが自分の名前だと思い込もうとしていると知り、良夜は喉が詰まった。

〝だから、心配しないでいい。良夜や乳母やがいなくなっても、兄様がいる。わたしは大丈夫だから〟

　良夜を気遣って、大丈夫だと何度も何度も言う彼女がいじらしかった。

〝それに、知ってるか、良夜？　弥和《やまと》は、〈みあ〉とも読めることを〟

〝――〟

〝弥和《みあ》は、この国と同じ名前なんだ。素敵な名前だと思わないか？〟

――宮様方は本当に優しくて、いじらしい稚《いとけな》い方々だった。

　良夜達が御所を出されて三年あまりして、些細《ささい》な風邪が元で姫宮様が亡《な》くなられたと聞いた時は、どれほど嘆《なげ》いたことか。

〝そなたの父、鬼邑忠孝が陰陽道など迷信だと切り捨てなければ、彼女が呪われ、殺されてしまうこともなかったのに〟

　あの姫宮が実は呪《のろ》い殺されていたとは、知らなかった。別れ際に宮様方に自分が渡した護符は、なんの役にも立たなかったのか。

　陰陽道の宗家に生まれ、父の跡を継いでこの帝国の陰陽師達を統《す》べるはずの自分が、当時から張り巡らされていただろう呪詛《じゅそ》に気づかず、彼女を護《まも》るまともな護符一つ残せなかったのかと思うと、とても口惜《くちお》しい。

――鬼邑忠孝公が、陰陽道をあれほど嫌っていなければ。

　もし彼が暗殺されるのが、あと十年ほど早ければ――

そんなことを思ってしまった自分に、ゾッとする。

　そういう人でなしのようなことを考えた自分に苛々《いらいら》しながら、良夜は土蔵に拵えられた急な梯子段《はしごだん》を上って二階へ上がった。

　ぎっしりと本やら咒符《じゅふ》やら占具《せんぐ》やらが積まれた埃臭《ほこりくさ》

い部屋の真ん中に薄い布団を敷いて、父が横たわっている。

「父上、ただいま帰りました。お加減はいかがですか？」

「――良夜か」

急ぎ半身を起こそうとする父の背を、良夜は助けた。陰陽寮が廃止され、天文方の仕事も失い、編暦の特権もなくした父は、運命に逆らおうとあがいたが、ついには体を壊し、今ではほとんど寝たきりだ。

「学校は、どうした？」

「上から特命を。父上に伺《うかが》いたいことがあり、参《まい》りました。〈まつろわぬ神〉について、当家に何か資料は残っていないでしょうか？」

先祖伝来の様々な骨董品《こっとうひん》は売り払った土御門家だったが、陰陽道にかかわる膨大《ぼうだい》な資料だけは、けして手放さなかった。

陰陽道の資料や道具で埋まったこの土蔵の中にわずかな空間を作り、家族が肩を寄せ合い暮らしているのも、土御門宗家の遺産を守るためだ。

「――〈まつろわぬ神〉？」

落ち窪《くぼ》んだ目が、薄明かりの中で光る。


「詳《くわ》しいことは申せませんが、今上陛下が、宮様方が次々と夭折《ようせつ》されるのは、その神の……あるいは彼を信奉《しんぽう》する者達の仕業《しわざ》ではないかと疑われております」

ケヴィン・モーガン探索官《たんさくかん》から聞いた話を、最小限にまとめて伝える。

西欧人が〈オールド・ワンズ〉と呼び、恐れる禍神《まがつかみ》。こちらで言う〈まつろわぬ神〉は、西欧人の信仰する神とも敵対する存在で、合州国や西欧諸国でも密《ひそ》かに災厄《さいやく》を撒《ま》き散らしているらしい。

その存在はあまりにもおぞましく、あまりにも驚異的過ぎて、〈まつろわぬ神〉にかかわる事件は、一般に公表されることはほぼないらしいが。

モーガン探索官は海の向こうの合州国で今上陛下の御子達の異常なまでの夭逝率《ようせいりつ》を知り、〈まつろわぬ神〉の関与を疑って帝国にやってきたそうだ。

――探索官の奏上《そうじょう》を受けて、今上陛下は〈まつろわぬ神〉に関して、私を使うことを決められたそうだが……。

あまりにも重大な話であるために、東宮殿下か今上陛下が直接良夜に告げる必要があると陛下は判断されたらしい。

しかし、宮中に参内《さんだい》することを禁止されている土御門家の者に今上陛下も東宮殿下も表だって会うわけにもいかず、結局、殿下が東宮殿を出て良夜に会うことになったのだそうだ。

それで東宮殿を出て自由に動くために変装をということになったらしいが、何も女装をされなくてもと、やはり腹が立ってくる。

「……鬼邑忠孝がそのようなことを、陛下に申したと？」

良夜の手を父が病人にあるまじき力で摑《つか》み、殿下へと行きかけた意識を引き戻した。

「父上、鬼邑忠孝公は、三ヵ月も前に亡くなられました」

内乱の英雄は、家中に潜《ひそ》んでいた反政府主義の青年に暗殺されたと聞く。

その時の新聞記事を父は読んだはずだ。

いや、父が笑いながら何度も何度も、嬉しそうにその記事を読んでいたことを良夜は知っている。

父がいかに鬼邑忠孝を恨《うら》んでいるか知っているし、良夜自身彼への恨みつらみはあったが、それでもあの日の父を肯定《こうてい》するのは難しい。

「今頃になって、ようやく呪詛の力を、その威力を認めたか、鬼邑め」

良夜の言葉が聞こえなかったのか、前公爵を詰《なじ》ると父は薄く笑った。肉を失った頰や唇が、狂気を孕《はら》んだ瞳を際立たせる。

「だから、言ったのだ。今上陛下の周囲には呪詛が溢《あふ》れている。儂のように正統な陰陽師が呪詛を返し、呪詛を解除《げじょ》する呪詛祓《ばら》いが必要だと」

「……」

「中宮様の御子も、女御《にょうご》様の御子も皆、亡くなった。生きておるのはあの平民の娘が産んだ子供だけではないか。それも儂《わし》が守護の陣を張り、妻を通じて護符を与えたからだ。儂だけが、儂だけが、宮様方を護るすべを持っていたのに、鬼邑が……、鬼邑、お前は、何も解っていなかった……!!」

良夜の腕を摑んでいないほうの手が、宙に伸ばされる。まるでそこに居るはずのない鬼邑忠孝が、父には見えているかのようだ。

「父上、落ち着いて下さい。鬼邑忠孝公はもう亡くなっています」

「……亡く、なった……？」

見えないものを見ていた父の眼球が、ゆっくりと良夜の顔に焦点《しょうてん》を合わせた。

「あの鬼神のような男が、亡くなった？」

問うように一瞬だけかち合った視線は、すぐに外された。

「いや、あれこそが〈まつろわぬ神〉であろう！　あの鬼邑忠孝が死ぬわけがない！」

そう叫んだのち、父親は大きく咳《せ》き込《こ》んだ。

良夜は急ぎ傍《かたわ》らの薬缶《やかん》から薬湯《やくとう》を湯飲みに注いで、父親に飲ませる。

咳《せき》の発作《ほっさ》は治まったものの、そのまま父親は糸が切れた人形のように意識を失った。

――〈まつろわぬ神〉について、父上に教えを乞《こ》うのは無理かもしれない……。

父親が正気と狂気の狭間《はざま》にいることを改めて認識する。

今回、ケヴィン・モーガン探索官からもたらされた情報から考えるに、そして探索官も断言したように、この任務を遂行《すいこう》するには陰陽師が必要だ。


鬼邑忠孝を恐れた叔父や従兄弟達は、早々に陰陽道を捨て別の職で生計を立てるようになった。

他にもそのような者達は多く、今、この帝国にどれだけの陰陽師が残っているのか、良夜には正確なところが判らない。

だが、父が若く健康だった頃、父を超える術者はいなかったと聞く。

そして、父の見立てでは単純な術力だけなら今の良夜は、当時の父よりも強いらしい。

――それを今上陛下はご存じだったのか、それとも単純に土御門家の者ということで、私に白羽の矢を立てられたのか。

しかし、生活のために陸軍の学校に入った良夜は陰陽師の修行を積む時間が不足しており、少なくとも知識面では父に遠く及ばない。

この土蔵の中に積み上げられた資料のどこに何があるのか、把握《はあく》しきれてもいない。

全部ひっくり返すのにどれだけかかることかと、さすがの良夜も少し気が滅入《めい》った。

「――ともかく、調べなくては」

「……良夜様、灯りはいりませぬか?」

良夜が呟いた瞬間、水色の水干《すいかん》を着込んだ小さき者が床から浮かび上がるように現れた。

「大丈夫だよ、青星《あおぼし》。今夜は月が明るい」

現れた式神《しきがみ》に、視線で窓から漏れる月光を示して、良夜はにっこり微笑《ほほえ》んだ。

「青星はいつも母上を手伝って疲れているだろう?父上は私が看《み》るから、赤星《あかぼし》とともに休息を取りなさい」

「赤星は休んでも良いですが、青星は今日は仕事をしておりませぬ。良夜様、ご遠慮《えんりょ》なくご用を申しつけ下さいませ」

「いいえ、良夜様」

そんな青星の言葉に、遅れて現れた薄赤の水干姿の童子《どうじ》が、青星の隣にきちんと座ると頭を下げる。

「赤星は今日、主様がご気分良く眠れるよう、昼間中、風を送りました。ですが、我にもお仕事を下さいませ。青星だけ良夜様のお役に立つのはずるいのでございます」

土御門家に何代にも渡って仕《つか》える式神の青星と赤星は、昔は普通の大人と変わらぬ背丈《せたけ》で実体化できたと聞く。

しかし、式神は術者の〈気〉で養われるもの故《ゆえ》、術者の体力や気力が衰《おとろ》えると、彼らの姿もまたか弱き者となり、できることが限られてくる。

今の赤星達は父の衰えを示すかのように、幼児と変わらぬ大きさでしか実体化できない。

「――では、赤星、〈まつろわぬ神〉について書かれた書籍を探してくれ。青星は私の代わりにしばらく父上を看ておいてくれ。私は下で少し妹達の相手をしてくる」

先刻、妹達に勉強を見てくれと頼まれたことを思い出し、そう良夜が言うと、青星は父の枕元に座って静かに団扇《うちわ》で扇《あお》ぎだす。

赤星は嬉しそうに本の山の前に立ち、人とは違うやり方で選別を始めた。

――鬼邑前公爵にただの迷信だと陰陽道を否定された時、父はどうして赤星達を公爵に見せなかったのだろうか。

陰陽寮の閉鎖《へいさ》が決まったのは十五年前。

その頃の父ならば青星達や他の式神を、術師以外の者の目にも見えるような形で現出させることができたと思うが。

——それとも、あの式神達を見ても、公爵は陰陽道を否定されたのか。

「——」

鬼邑忠孝公爵の影響で陰陽道を嫌っていた今上陛下が今回良夜をモーガン探索官の片腕に推挙《すいきょ》されたのも、良夜に陰陽師としての力を期待なさってのことだと推察する。

この期待に応《こた》えられれば、父の悲願である陰陽寮を復活させることも可能かもしれない……。

——そうすれば。

「お兄様」

「良夜お兄様」

階段を下りると、待ち構えていた妹二人に捕まった。

「最初に勉強を見てくれと言ったのは、月子だったな。星子はその後で良いか？」

「いいえ、お兄様。よく考えてみれば、お兄様は休暇で帰っていらしたのではないですものね。お仕事の邪魔になってはいけませんから、月子の宿題だけ見てあげて下さいな」

「お姉様、いいの？　お姉様のほうが大変でしょう？　月子は自分で頑張ってみますわ」

「大丈夫よ。月子の宿題のほうが急ぎでしょう？」

譲《ゆず》り合う妹達に心が和《なご》む。

帝室ひいては帝国のためにこの事案を解決せねばならないのはもちろんだが、妹達のためにも成功したいと強く思う。

「じゃあ、済まない。今日は月子だけ。明日、時間が取れたら、星子の質問を受けるよ」

☆

妹の宿題に付き合ったのち、二階で父の寝息に注意しつつ、良夜は赤星が集めてくれた資料を読みふけった。

「……〈鬼〉とは、やはり〈まつろわぬ神〉を意味するようだな」

漠然とそのような認識を持っていたが、資料を読み漁《あさ》ってみると、それは間違いではなかったようだ。

「であれば……鬼邑忠孝公爵は、なぜ、己に〈鬼〉の字をつけられたか……？」

幕末、内乱時代に尊皇攘夷《そんのうじょうい》派《は》として活躍した武士達は、姓も名も自分達で決めていた。

　最大の英雄と呼ばれる鬼邑忠孝もその例に漏れず、元々は鈴木だか佐藤だかというありふれた名の下級武士だったと聞く。

〝そなたの父、鬼邑忠孝が陰陽道など迷信だと切り捨てなければ、彼女が呪われ、殺されてしまうこともなかったのに〟

　殿下の言葉が耳に蘇《よみがえ》った。

　殿下のその言葉が真実ならば、自分は父と同じように鬼邑忠孝を許せないだろう。

「――だが、鬼邑陽太《ようた》は、鬼邑忠孝ではない」

　自分に言い聞かせるために、良夜は声に出して呟いた。

　これから当分一緒に動く相手のことを、本人ではなくその親が原因で隔意《かくい》を持つのは間違っている。

　鬼邑現公爵については帝国海軍兵学校始まって以来の劣等生《れっとうせい》だと、良夜が通う陸軍士官学校でも噂《うわさ》になっていた。

　設立以来陸軍と海軍は仲が悪く、故に陸軍士官学校と海軍兵学校も何かと張り合っている。

　だから、話半分で聞いていたが、直《じか》に会った印象では、劣等生という噂は信憑性《しんぴょうせい》に乏《とぼ》しいと判断した。

　陽太という名前のとおり、太陽の下にいる時間が長いのだろう。よく日に焼けた精悍《せいかん》な顔が、白い軍服に映《は》えていた。

　西欧人と比較しても頭一つ出そうな長躯《ちょうく》はそれに見合った筋肉がついており、肩や首、胸の線など軍服ごしにもしっかり鍛《きた》えられていることが解った。

　良夜は自分もよく訓練していると自負していたが、陽太の方が一回り大きい。

　海軍兵学校では陸軍士官学校より座学は少なめで実務訓練が多いと聞くから、体が鍛えられているのも当然と言えば当然だ。

　しかし、噂に聞くほどの劣等生なら、あんなにきちんと筋肉のついた体をしていまい。

　武人らしい無駄のない立ち居振る舞いも、同じ軍人として好感が持てた。

　言葉遣いが砕け過ぎと思わなくもなかったが、わざとやっているのも充分感じられた。

合州国公使や東宮殿下を前になんと大胆《だいたん》な、とその神経の太さに呆《あき》れるより畏怖《いふ》の念さえ抱《いだ》く。

モーガン探索官が己の父に対して、親王様方への暗殺の疑いをかけていると言っても、まったく動揺した素振《そぶ》りも見せなかった。

〝あー、オレ、生まれてから一度も親父と暮らしたことがなくて、親父が右手で今上陛下に恩を売りつつ、左手で帝室を呪詛していたと言われても、調べてみないとなんとも。まあ、うちの屋敷を調べたいと言うなら、いつでもご招待しますよ。いや、公爵夫人と執事《しつじ》の北野《きたの》がなんと言うか、ちょっと解んないから、オレが一人で調べたほうが無難かな。――ま、オレの調査を信用してくれたらっすけど〟

遠回しにお前も疑っていると言われていることを即座に理解して、答えていた。

その態度からは虚勢や何か腹に一物《いちもつ》を抱《かか》えているような腹黒さを、良夜はまったく感じなかった。

土御門家の人間として、鬼邑忠孝のしたことの全てを肯定はできないが、一帝国臣民《しんみん》として彼が偉大なる将軍であり、政治家であり、内乱時代の最大の英雄であったことも否定できない。

鬼邑陽太は、そんな父親の美点ばかりを引き継いだ男のように思える。

何より良夜が陽太に対して一番感心したのは、女装した東宮殿下のことを伝えた時の反応だ。

凡人なら鵜呑《うの》みにしたと思う。

少し賢《さか》しい人物なら、聞かなかったことにしただろう。

しかし、鬼邑陽太は公使の言葉を遮《さえぎ》ってまで、キッチリ尋ね、事実確認を行った。

問題が那辺《なへん》にあるか、確認し、解決しようとする気概《きがい》のある立派な人物だと思う。

「……私には、できないことだ……」

〝確かにわたしは中宮様みたいな正統派の美女ではないが、それでも、鏡で見る限り、そう悪くないよう思えたし、ケヴィンや家政婦のブラウン夫人達も、とても可愛《かわい》らしいと褒めてくれたのに〟

赤い髪と白い洋装の少女は、良夜が息を飲むほど可愛らしかった。

そして、話し方といい、俯《うつむ》いた時の表情といい、もう七年も前にいなくなったはずの小さな姫宮様の面影《おもかげ》が濃過ぎて、良夜はとても正視できなかった。

――あの方が、〈ミア〉と名乗られたのは。

妹宮を偲《しの》ばれたのか。

ケヴィン・モーガン探索官の娘の振りをするのに、ちょうど良い仮《かり》の名になると思われたか。

――あるいは。

その推測を頭の中で言語化することすら、恐ろしい。

「今上陛下は、あの方を東宮殿下に選ばれた」

堂上《どうじょう》華族の一員、帝国陸軍の士官学校生としては、今上陛下の決められたことに異を唱《とな》えるなど、あってはならぬことだ。

彼は、東宮輝治殿下。

名前も付けて貰えなかった彼の双子の妹宮様は、七年も前に亡《な》くなったのだ。

だから、自分は彼を殿下として扱わなければならない。

――それでも、あの見るからに怖い物知らずそうな鬼邑陽太公爵ならば、何も恐れずに真実を確かめるだろうか……？

肆章

良夜《りょうや》が自宅に帰宅した頃、陽太《ようた》も海軍兵学校の寮ではなく、鬼邑《おにむら》公爵邸に帰宅した。

合州国公使公邸も大きな洋館だったが、内乱の英雄と言われる故鬼邑忠孝《ただたか》公爵の屋敷は、その何倍もでかかった。

帝都の一等地にあるくせに、門を入ってから馬車で五分という敷地の広さは何事だと、陽太はこのお屋敷に戻る度《たび》に思う。

「お帰りなさいませ、公爵閣下《かっか》」

正面の玄関ホールで陽太を待ち構えて頭を下げた厳《いか》つい初老の男は、執事《しつじ》の北野《きたの》である。

「……あー、その、公爵、夫人……は？」

差し出された手に軍帽を預けながら、情けなくも陽太はビクつきながら尋ねた。

「本日は伊藤伯爵家の晩餐会《ばんさんかい》にお出《い》でになっていらっ

しゃいます。お戻りになるのは、もうしばらく遅い時間かと存じます」

陽太の言う公爵夫人とは彼の妻ではなく、父親の正妻だ。

妾腹《しょうふく》の陽太とは自然相性が悪く、陽太は彼女が大の苦手で、留守と聞いてホッとする。

「陽臣《はるおみ》異母兄《にい》さんは？」

「お部屋にいらっしゃいます」

「じゃあ、ちょっと顔、出してくるわ」

「――閣下」

異母兄の部屋に向けて歩きだした陽太を、執事が強い声で呼び止める。

「いつも申し上げておりますが、閣下は当公爵家の家長でいらっしゃいます。であれば、閣下が陽臣様のお部屋に行かれるのではなく、陽臣様を閣下の部屋にお呼びになるのが礼儀でございます」

――あー、もう。どーでもいいじゃん。

「オレもいつも言うけどさー、足の悪い異母兄さんを呼びつけるより、オレが異母兄さんの部屋に行ったほうが早いっすよね？」

正妻の息子である異母兄は、数年前に患《わずら》った病気のせいとか松葉杖《づえ》なしでは歩けない。

それで父は、彼ではなく陽太を後継者に指名したようだ。

内乱時の武勲《ぶくん》をもって帝国唯一《ゆいいつ》の公爵にまで上り詰めた鬼邑忠孝としては、後継者が軍人でないなど許せなかったらしい。

そしてまた、内乱時代、父の下で転戦を重ねた侍《さむらい》上がりの執事にも、軍人として帝国に奉公《ほうこう》できぬ異母兄は不甲斐《ふがい》ない存在のようだ。

「……閣下はお優し過ぎます」

棒読みの手本みたいな言い方をした執事に無言で肩を竦《すく》めると、陽太は異母兄の部屋に歩を向けた。

☆

巨大な洋館の付属品のように作られた弥和《やまと》風の離れに、陽太の異母兄の部屋はある。

二年前、陽太が父親に跡継ぎだと宣言されたあと、異母兄はこの離れに移された。

名目上は、平屋《ひらや》の離れの方が足の不自由な彼には便利だろうということでだった。

が、陽太はどうにも自分が母屋《おもや》から異母兄を追い出したような罪悪感《ざいあくかん》が拭《ぬぐ》えない。

――親父が亡《な》くなったんだから、母屋に戻ったらと言っても、聞いてくれないし。

「陽臣異母兄さん、ちょっといいっすか?」

声をかけ、相手の返答を待ってから、陽太は襖《ふすま》を開ける。

今日も体調が良くなかったのか、早々に敷かれた布団の上で半身を起こして本を読んでいた異母兄は、眼鏡《めがね》の奥の目を丸くした。

「陽太様! 今日は海軍兵学校はお休みではないでしょう? どうなさったんです?」

言いながら膝の上の本を閉じ、枕元に積まれた座布団を差し出してくる。

――あー、どうしたら異母兄さんに陽太様呼びをやめてもらえるんだか……。

異母弟としては、どうにも居心地が悪いと説明しても解って貰えず、今に至っている。

「あー、今日は、色々あって……」

うん。本当に色々あったなぁと、遠い目になりつつ、陽太は差し出された座布団の上に胡座《あぐら》をかいて座った。

「実はしばらく学校を休んで、東宮《とうぐう》殿下のところに通わなくてはいけなくなったっす」

と言う風にあのモーガン探索官《たんさくかん》が、今上《きんじょう》陛下(と海軍兵学校)に話をつけていた。

陽太がこの件に借り出されたのは、なんと畏《おそ》れ多くも今上陛下の御意《ぎょい》によるものだったのである。

「それで当分、母屋に寝泊まりさせて貰《もら》うんで、その……よろしく頼みます」

頭を下げると、異母兄はクスクスと笑った。

「ここは陽太様の家ですよ。陽太様が寝泊まりなさるのに、誰に遠慮《えんりょ》する必要があるんですか」

それは公爵夫人とか異母兄さんとか――と、その公爵夫人のご子息兼異母兄本人に正直に言うわけにもいかず、陽太は視線を泳がせた。

「東宮殿下の許《もと》に通われるというのは、陽太様は殿下のご学友に選ばれたのですか?」

「はっ?」

――ご、ご学友？　あの変態殿下の？

それは違う。絶対に違う。

自分は、〈まつろわぬ神〉なんてわけの解らないものの調査と退治の手伝いを、頼まれただけである。

そして、なぜ陽太がこの案件に一枚噛むことになったかと言うと、土御門《つちみかど》良夜のせいなのだ。

――ってか、親父のせいか。

探索官が言うには、〈まつろわぬ神〉に対抗できるのは〈ウィザード〉――帝国語に翻訳《ほんやく》すると〈陰陽師《おんみょうじ》〉――だけなんだそうだ。

つまり、陰陽道の宗家土御門家の御曹司《おんぞうし》土御門良夜だけが、〈まつろわぬ神〉に対抗できるのだ。

しかし、陽太の父が生前、陰陽道を嫌い、土御門家の人間に対し宮中永久立ち入り禁止令を出していて、そのために彼は御所《ごしょ》に入れないいんだそうな。

もう陽太の父は亡くなったんだから、そんな命令、無視すればいいと思うのだが、なぜかそう簡単にはいかなかった。

なんと今上陛下以下政府高官達が雁首《がんくび》並べて「閣下のご命令に背《そむ》くなど、とんでもない」な状態なんだとか。


アホか――と、不敬だがその話を聞いた時は、思わず陽太は呟いてしまった。

死んだ人間に服従する意味が解らない。

その上、鬼邑現公爵が同席ならば鬼邑前公爵の命令は無効化できると言い出されては、意味不明過ぎて溜息も出てこない。

そんなことを思いついたのは、よもやまさかあの世で親父と再会した時に「閣下の命令に背いたのは、閣下のご子息の強い意向があったからであります！」なんて言い訳できるからじゃないですよね？　――と、ちょっと陽太は疑っている。

ともかくそんなわけで、陽太は件《くだん》の調査隊員に選ばれた。

が、御所の調査なのに現地集合にならなかったのは、陽太と父が〈まつろわぬ神〉に関与していないか疑われたためである。

探索官は今までの経験から〈まつろわぬ神〉に関与した（あるいは関与された）人間とそうでない人間を、ある程度判別できるそうだ。

その彼の見立てでは陽太はほぼ白だったので、無事明日の御所探索に参加できるらしい。

「東宮殿下ももう十七歳。ご立派になられたでしょうね。ああ、陽太様もお目にかかる度に体が大きく、また肩や腕なども逞《たくま》しくなられて、僕はいつも吃驚《びっくり》します」

――大きくなったとか、逞しくなったとかって……。

久しぶりに会ったおばちゃんみたいなことをと、陽太は苦笑した。

――でも、鍛《きた》えた成果が出ていると指摘されるのは、悪い気しないよな、うん。

今は陽太が鬼邑公爵と呼ばれているが、そのうち海軍兵学校から放校され、公爵位を異母兄に進呈《しんてい》し、故郷の島に帰るつもりだ。

半農半漁の島では、力仕事に事欠かない。

それに大小様々な船の操船技術や造船・修理方法、海図や星、気象図の見方、基礎的な医術に薬学などなど、海軍兵学校は存外島での暮らしに役に立ちそうな講義が多い。

故《ゆえ》にいつか故郷に帰る日のために、その種の講義や体を鍛える訓練は劣等生《れっとうせい》の看板がはがれない程度に陽太は頑張るようしてきた。

そんなわけで異母兄が言うように、陽太は海軍兵学校に入ってから身長も体重も増している。

だが異母兄は、座っているせいもあるのだろうが、背が伸びたり体重が増えたりした感じがしない。

足に障害が残ってから、異母兄はほとんど外へ出かけなくなったと聞く。

海軍兵学校の訓練で真っ黒の陽太と比較すると、異母兄は雪のように白く、体のどこもかしこも細いと思った。

もっと外に出たほうがいいんじゃないっすか？　そう口にしかけて、陽太は躊躇《ためら》った。

そこに踏み込むには、自分達の関係はずいぶんと距離がある気がしたのだ。

それで東宮殿下のほうに食いついた。

「異母兄さんは、殿下に会ったことがあるんだ？」

「ええ、正式に東宮になられる少し前に妹宮様との婚約が決まり、父上と一緒に参内《さんだい》しましたので」

「へ？　婚約？」

思わぬ話の転びように、陽太は瞬《しばた》いた。

「当時は、僕の足は動いていましたから、父も僕を後継者にしようと考えていたようです。それで、今上陛下の姫宮様を宛《あて》がおうとなさったのです」

さらりと異母兄は言う。

「不敬なことに、僕はあんな醜《みにく》い女の子をお嫁《よめ》さんにするのはイヤだと大泣きして、父上から大目玉を食らいました。その様を殿下にも見られたから、殿下も僕のことをすっかり嫌われて……。それから妹宮様も亡くなられたし、僕も足が悪くなったしで、婚約の話は消えました」

「……」

「僕は殿下に嫌われていたので、そうではない陽太様が鬼邑家を継いだのは、鬼邑公爵家にはとても良いことなんですよ」

思い出話をそんな風に締《し》められて、陽太はがっくりと肩を落とした。

――いやいや、オレだろうと異母兄さんだろうと、東宮殿下は鬼邑家の者は大嫌いっすよ……。

初対面のあと、〈まつろわぬ神〉に関連するあれこれの解説と今後の任務についての説明も受けたが、その間、あの美少女もどきの殿下は、ただの一度も陽太に微笑《ほほえ》んではくれなかった。

――男に微笑んでもらえなかったからって、凹《へこ》む自分もキモいけどなぁ……。

そう自嘲《じちょう》する。

自嘲はするのだが、ただ、一応陽太も今回帝室のために一役買うわけだから、もう少し愛想良くしてくれてもいいではないかとも思う。

無論このままズルズルと公爵で居続けるつもりはない陽太としては、次の天帝《あまみかど》陛下に個人的に好かれようが嫌われようが、どうでもいいことである。

島に帰れば、今上陛下に間近にお目にかかる機会なんてなくなる。

だから、どうでもいいことではあるのだが、しかし。

――でも、やっぱりあんなに可愛《かわい》い格好をした女の子の姿の殿下に、絵に描いたような仏頂面《ぶっちょうづら》をされ……。

あれ？

「……醜、かった？」

「え？」

「その陽臣異母兄さんの婚約者になった姫宮様。あの殿下の、それも双子《ふたご》の妹宮様ならば、かなりの美少女だと思うんだけどな？」

「ええ!? だって物凄《ものすご》い赤毛だったんですよ！　鬼み

たいに渦《うず》を巻く蓬髪《ほうはつ》で！」

そんな髪の姫宮様など醜いに決まっているじゃないかと言わんばかりの異母兄の言葉に、陽太はなぜかムッとする。

繊細《せんさい》な白いレースや造花を編み込んで首の周りにくるくると赤い巻き毛が落ちるようにしていた殿下は、非常に可愛らしかった。

その辺にいる女の子みたいな真《ま》っ直《す》ぐな黒髪なら、あんなに愛らしく髪を編み込んで、白薔薇《しろばら》の花みたいなドレスに似合うようにすることはできなかったろう。

——まあ、逆にあのハッキリした顔立ちや赤い癖毛《くせげ》は、和装には似合わないかもしれないけどさぁ……。

だからって、醜いはないっす、醜いは——と、陽太は異母兄に対して出逢《であ》ってから初めて腹を立てた。

「オレは、赤い髪でも可愛いと思うけどな。殿下だってそうだし。あ、もちろん殿下が可愛らしいって意味では、まったくぜんぜん違うっすよ！」

——いや実際には可愛らしかったけど、殿下。うん、今まで見た女の子の中で一等可愛かった子よりも、さらに十倍可愛かったすけど。でも、あれはあくまで女装されていたからであって、普通の男の格好をしたらきっと可愛いなんて思わないっすよ。…………思わないよな、オレ……？

なんだか我ながら、妙に心許《こころもと》ない。

「……殿下の髪も赤みが強い感じでしたが、姫宮様の髪の赤さは尋常《じんじょう》じゃなかったんですよ。炎が燃えているかのようで。そもそも我が帝国では古来より黒髪が美人の第一条件じゃないですか」

陽太がなぜ機嫌を悪くしているのか理解できないという顔で、異母兄は言葉を足す。

「……炎が燃えているかのような、赤い髪？」

——それは。

まるで月のない夜の篝火《かがりび》のような？

「…………………あれ？」

とんでもないことを思いついて、陽太は大声をあげそうになる。

「陽太様？　どうかされましたか？」

「い、いや……。……な、なんでもない……」

今日、モーガン探索官の公邸で出逢ったどこからどう見ても可愛らしい女の子にしか見えない殿下が、実は本当に女の子だと言うことがありえるのだろうか。

——女の子だと言われたほうが納得の可愛さだったけど、そんなことってあるか？

本人が性別を偽《いつわ》ろうとしても、周囲の協力がなければ無理だろう。

そして、周囲がそんな気になるかと言えば。

——…………なる、かも……。

もし、最後に生き残った双子の宮様と姫宮様のうち、宮様のほうが亡くなったなら？

東宮殿下は立太子から即位まで、東宮殿を一歩も出られない。

——そのような仕来《しきた》りがあるから、変装をなさったという話だったけど、そもそもその仕来りが怪しくね？

内乱前、幕府の時代、今上陛下や東宮殿下がどのように暮らされているのか、帝国臣民《しんみん》のほとんどが気にも留めていなかった。

東宮殿下が即位まで東宮殿に籠《こ》もらなければならないのは、本当に古来からの仕来りなのだろうか。

——それとも、東宮殿下を表に出さないための口実……とか？


陽太が自分のことを〈暫定《ざんてい》〉公爵だと考えているように、陛下や周囲があの赤い髪の姫宮を、〈暫定〉東宮殿下と考えていたら？

七年前、双子の宮様の片方が亡くなった時、今上陛下は三十を二つ、三つ越えた年齢でいらしたはず。

まだまだ子供が望める。

だから、暫定的な処置として……。

「陽太様？」

「あ、いや。そうそう。実は異母兄さんに、親父について聞きたいことがあるんだ」

陽太はその恐ろしい話から、意識を切り離した。

〝ところで、鬼邑忠孝公爵は、どういう理由で鬼邑を名乗られるようになったのでしょうか？〟

今日、合州国公使公邸で〈まつろわぬ神〉関連の話が一通り済んだあと、唐突に探索官から尋ねられた。

〝〈まつろわぬ神〉と言うと、威刃《たけは》の国津威刃命《くにつたけはのみこと》、諏方《すわ》の南方刀美神《みなかたとみのかみ》、それから天津甕星《あまつみかぼし》などの名が上がるが、確かに天帝陛下に恭順しない者と言えば、〈鬼〉が代表格だと思う〟

探索官の質問の意図を神童様はすぐに読み取ったらしく、解説してくれた。

〝あー、つまりうちの英雄様で鬼籍《きせき》の人な親父様が、〈まつろわぬ神〉とやらに関与してると？〟

〝そこまでは言っていませんわ。帝国語の〈鬼〉には良い意味もありますもの。ただ〟

例のごとく嫋《たお》やかな女性言葉で上品ににっこりと探索官が言う。

〝鬼邑前公爵の陰陽師嫌いは、度を超していますからね。疑われてもしかたはないでしょう？〟

「親父ってば、なんで鬼邑なんてゴツい名字を名乗ることにしたっすか？」

「……」

陽太の質問に異母兄は眉尻《まゆじり》を下げ、眼鏡のつるに手をやると、なんとも深い溜息を零《こぼ》した。

「……あー、えー、陽臣、異母兄さん？」

「……陽太様が我が公爵家に興味がないのは承知していましたけれど、ここまで父上に興味がないとは。父上が気の毒になりました」

「あー、いやいや。それは、そのっすね……」

父については学校の友人から有名な逸話《いつわ》はいくつか聞いているが、基本歴史の教科書に書いてあることくらいしか陽太は知らない。

――だってさ、オレの立場だと、あの親父を好きになるの、もう絶対的に無理っすよね？

「国のため、今上陛下のため、鬼にも蛇《じゃ》にもなろう――その思いから、あえて鬼邑を名乗られたと、父上は仰《おっしゃ》っていました。忠孝の意味は……説明、要《い》りますか？」

「あ、いえ、それは大丈夫です。ハイ」

普段は愛想のいい異母兄の視線が冷たい。

陽太と違い、異母兄はずっと父の背中を見て育っている。

足が不自由になり、軍人の道を閉ざされた時に、父が陽太を跡継ぎにすると言い出しても、素直に従うほど父に心酔《しんすい》していた人だ。

こういう反応も無理はないかもしれない。

一方、陽太は父は死んだと聞かされてきた。

内乱で夫も男兄弟も亡くした母が祖父母と一緒に、愛情だけは目一杯注いで自分を育ててくれた。

公爵家の暮らしと比較すれば裕福とは言えなかっただろうが、陽太は格別不自由した覚えがない。

普通に幸せな子供時代を送った陽太は、これからは自分が老いた祖父の代わりに一家を護《まも》っていくのだと思っていた。

それなのに父は無理矢理陽太を実母や祖父母から引き剝《は》がし、故郷から遠く離れた海軍兵学校に叩き込んでくれた。

だから、陽太にとって鬼邑忠孝は父でも英雄でもなく、ただただ憎《にく》き独裁者である。

その上、一緒に暮らすどころか、生前顔を合わせたのも数えるほどしかない相手だ。

愛情など持ってなくてもしょうがないじゃないかと、異母兄には言いたい。

「――えー、あ、ところで、親父、なんで陰陽師を嫌ってたっすか？」

ただ、そんな父親に対する恨みつらみを異母兄にぶつけても意味がないので、陽太は強引に話を変えた。

「え？」

虚を突かれたような顔をして、異母兄は陽太を見上げた。

相手の驚きように、陽太のほうが吃驚《びっくり》だ。

「あー、陰陽道の宗家である土御門一族に対して、宮中立ち入り禁止令を出したと、その、小耳に挟んだんだ。で、なんでそこまでしたのかなぁと、ちょっと不思議に思って」

「土御門……」

異母兄はそう呟くように言って、しばらく考え込んだ。

そんなに難しいことを尋ねただろうかと、陽太が首を傾《かし》げていると。

「……確か土御門子爵の占いが、面倒だったからと聞いていますが」

「は？　占い？」

「陰陽師って一種の占い師でしょう。日によって、あれをしろ、これはしてはいけないって事細かく今上陛下の行動に制約をなさったそうで、それが父上の勘気《かんき》に触れたと」

古典やら歴史の講義やらで、大昔の華族達が、暦《こよみ》を見ては今日は物忌《ものい》みだの明日は方違《かたたが》えだのとやっていたのは習った。

大安吉日に結婚式をやるとか、友引に葬式はしないとかもその名残《なごり》だと聞く。

——だけど、そんなことが理由って、神童様や殿下から聞いた話と違くね？

父は今上陛下や帝室、引いてはこの弥和帝国に呪詛《じゅそ》がかかっているなどありえないと一笑に付したと言う。

呪詛への対策を取ろうとする良夜の父親を宮中から追い出し、陰陽寮という陰陽道を司《つかさど》る役所をも閉鎖《へいさ》したと、陽太は彼らから聞いていた。

——どっちの言い分が正しいのか。それとも、どちらも言っていることは正しいのか。

その判断は保留にして。

「あともう一つ教えてほしいんだけど、親父を暗殺した反政府主義者って、どういう背景を持っていたんだっけ？」

三ヵ月前、父は屋敷内で実は反政府主義者だった己《おのれ》の書生に殺された……と新聞記事で陽太は読んだ。

事件当時海軍兵学校の寮にいた陽太には、警察の取り調べなどはなかった。

父の死にまつわることは全て公爵夫人が対応したため、陽太が事件について知っているのは新聞記事に書かれた内容くらいなのだ。

この質問にも、異母兄はしばらく言葉を探すような目つきで部屋を見回し。

「……よく解らないのです。犯人は気が触れてしまいましたから」

と、答えた。

「へ？　気が触れた？」

「発見者は僕と北野でしたが、思い出すだけでゾッとします。父上の体は、犯人に食いちぎられたかのように二つに分かれていて……」

「食い、ちぎる……？　人が、人の体を？」

そんなことが可能なのかと、陽太は思わず異母兄の顔を二度見した。

「も、もちろん人間にそんなことはできやしません。恐らく殺害したのちに切断して、切断面を食し……」

語りながら気分が悪くなったのか、異母兄は口元を押さえた。

陽太は即座に立ち上がり、洗面器を取りに部屋を出たと、廊下で執事の北野と鉢合《はちあ》わせる。

「どうかなさいましたか？」

「異母兄さんの具合が悪くなって」

「では、家政婦と医者を呼びましょう。閣下は自室にお戻り下さいませ」

陽太は自分が異母兄の看病をすると言いかけたが、普段から仕《つか》えている家政婦に任せたほうが異母兄も気が楽だろうと思い直した。

兄弟として顔を合わせてから二年も経《た》っておらず、まだ数えるほどしか会っていない。

屈託なく接してくれるが、正直「公爵家を乗っ取ろうとした屑《くず》野郎」とか罵《ののし》ってくれたほうが、陽太的には救われる気がしている。

☆

「お呼びでございますか、公爵閣下？」

母屋の自室に戻って充分時間を空《あ》けてから呼び出した北野が部屋に入ってきたので、陽太は椅子から立ち上がった。

座れと言っても、北野は主《あるじ》の前で座るのは執事としてあるまじきことだと譲らない。

となれば、陽太が立つしかない。

立ち上がった陽太に北野が不服そうな視線を向けてきたが、それは無視する。

老人を立たせておいて自分は座りっぱなしというのは、陽太には立ち話よりもしんどい。

「親父が暗殺された時、第一発見者は異母兄さんと北野だと聞いた」

「——さようでございます」

「陽臣異母兄さんが言うには、親父の体は一刀両断されたのちに、犯人に食われたような跡があったとか」

モーガン探索官に〈まつろわぬ神〉は異形《いぎょう》の化け物だと聞いている。

この帝国に散らばる昔話には様々な妖怪がでてくるが、〈まつろわぬ神〉も一種類ではなく、その形態は様々らしい。

——人が人を食いちぎって、胴体真っ二つなんてできるわけないからな。まだ、化け物に食い殺されたというほうが納得できるよな。

「はい。まるで熊か狼《おおかみ》か、大型の肉食動物に襲われたようでございました。精神に異常を来《きた》した犯人がしたこととは言え、おぞましい有様でございました」

だが、そういう化け物や犯人が切断面を食したというわけではなく、暗殺者が引き込んだ肉食動物が父の体を食いちぎったと考えるほうが常識的じゃないかと陽太は思う。

モーガン探索官が陽太への疑いを百パーセント拭《ぬぐ》い去っていないように、陽太は陽太で〈まつろわぬ神〉の話に懐疑的だ。

「ちなみに狼や熊が侵入した形跡は?」

「……部屋の血痕《けっこん》を分析すると、何か大きくて重い動物が蠢《うごめ》いた形跡があると」

一瞬、怯《ひる》んだような間を開けて、北野が答える。

「じゃあ、その」

「いえ!」

じゃあ、獣《けもの》の可能性もあるのではとかなんとか。陽太が続けようとした言葉を、北野は短く制した。

「そう主張する刑事がおりましたが、大型の獣が侵入したり逃げたりした形跡はございませんでした。恐らく刑事は、犯人と忠孝様が格闘《かくとう》し合った跡を見間違えたのでしょう」

――あー、常識の範囲内で起きた事柄《ことがら》を納めようとしたら、そのあたりが落としどころになるかな、うん。

「――もし、親父が犯人と格闘し、その結果、殺されたのなら」

「はい」

「北野は、その時、何を? 警備の者達は?」

「――真夜中でございました、忠孝様の断末魔の叫びが響いたのは。私や隣室にいらした陽臣様が駆けつけた時は、もう――」

北野は目を伏せる。

「犯人の青年は、忠孝様が二年も前から目をかけていた当家の書生の一人でした。私の目には彼は忠孝様を敬慕《けいぼ》しているように見えておりました。事件当日の夕飯時にも顔を合わせましたが、普段と変わりませんでした。

……その彼がなぜ忠孝様を襲うようなことをしたのか。武道に優《すぐ》れていた忠孝様が、なぜただの書生にむざむざと殺されてしまったのか。なぜ、私も他の者達も、彼が凶行《きょうこう》に及んでいる間、それに気づくことがなかったのか」

言いながら北野は、厳《いか》つい顔を震わせる。

犯人は、北野らが駆けつけた時にはすっかり気が触れていたと言う。

だが、暗殺まで思い詰めて実行した反政府主義者が、殺害直後人殺しの罪《つみ》の重さに絶えられずに気が狂うなんて、どこの三文芝居かと陽太は思う。

――人の体を食い破るような化け物に出くわしたと考えたほうが、まだ合理的なような？

それなら生き残った青年が正気を失ったのもつじつまが合う。

――親父は〈まつろわぬ神〉と敵対していたのか、それともかの化け物を操ろうとして失敗したのか。

そのあたりは明日、探索官の判断を仰ぐべきだろう。

「……どう言い繕《つくろ》おうとも、忠孝様が亡くなられたのは、我々の失態でした」

陽太が黙り込んだのをどう取ったのか、北野は下手《へた》すると今にも切腹しそうな顔をして言った。

「……あー、いや、今さら、北野達をどうこうしようという話じゃないから」

「……はい」

その声が重くて、陽太はどうにも困る。

「親父が、実際はどういう死に方をしたのか、息子として確認した方がいいと、ちょっと思い立っただけっす！ホントただそれだけっすよ！　ぜんぜん他意はないっすよ！　だから、えー、その……」

北野も苦手だが、だからって切腹なんてされては寝覚めが悪い。

陽太は全力で説得の言葉を考え、口にした。

「……公爵閣下」

「ハイ！」

陽太は直立不動で、どちらが主でどちらが執事か解らなくなるような返事をした。

それで面食らったのか、北野は一瞬固まる。

「……お気遣いありがとうございます。ですが、やはり忠孝様をむざむざと殺されたのは」

「いやいやもー、だからそれは！　これから死ぬまでキッチリ当家に仕えて下さいよ！　それでチャラってことで！　ね！」

「……」

北野は何か言いたそうな顔をして、結局、ただ目を伏せた。そして。

「かしこまりました、公爵閣下」

そう完璧《かんぺき》な最敬礼をして、陽太の部屋を辞した。

それで多分、明日も生きていてくれるだろうと、陽太は肩の荷を下ろした。

✿伍章✿

早朝、良夜《りょうや》が学校へ向かう妹達を引き連れて、例のごとく通用門から出ると大きな声で呼び止められた。

「土御門《つちみかど》！　え？　なんでそっから？」

どうやら鬼邑陽太《おにむらようた》は正門前で待っていたらしい。

バタバタと白壁沿いに走ってきて。

それから、良夜の妹達に目を丸くした。

「土御門も隅に置けないっすね。こんな可愛《かわい》い女の子を朝っぱらから連れてるなんて」

「何を言っている。妹だ」

「妹さん？　えー、…………と。」

良夜が訂正すると、陽太は二人をマジマジと見詰めた。

それから意を決したような顔をして。

「おはようございます。オレは、鬼邑陽太と言います。お兄さんにはいつも大変お世話になっております」

殿下や探索官《たんさくかん》にはあれほど敬語を使わなかったくせ

に、まるで大人に対するような丁寧で感じの良い挨拶《あいさつ》を陽太は妹達に行った。

どうもこの公爵様は、天邪鬼《あまのじゃく》なところがあるようだ。

「……鬼……邑……」

「鬼……む……」

陽太の挨拶に、妹達は困惑したように良夜の袖《そで》を摑《つか》んだ。

土御門家では、鬼邑の名前は文字通り鬼門だ。

「あー、……そう、っすよね……」

この展開が読めていたような顔で、陽太が軍帽の庇《ひさし》を所在なげに摑む。

良夜としても対応に困り、妹達の背中を叩いた。

「月子《つきこ》、星子《せいこ》、学校に遅れる。ここはいいから、早く行きなさい」

良夜の言葉に頷き、二人は陽太に軽い会釈《えしゃく》だけして小走りに学校へ向かった。

「いやぁ、マジ可愛い妹さん達っすね」

その背を見送って、陽太がしみじみ言う。

「――鬼、邑」

「へ？　オレは事実を言っただけで、何も悪さをしようとか思ってないですよ、お兄さん？　そもそもまだ小学生でしょ、星子ちゃんも月子ちゃんも？　六年生と四年生くらい？　そんな小さい子に手を出すような変態さんじゃないですよ、オレ。ってか、その疑いは、ちょっとひどくね？　土御門の中で、オレってどういう存在なのか、一昼夜問いただしたいっすよ、マジで？」

名前を呼ばれただけで良夜の言いたいことを察しかつあの短い時間で妹達の学年を当てられるほどの観察眼に、良夜は内心脱帽した。

――こんなに鋭いのに、なぜ海軍兵学校では史上最悪の劣等生扱《れっとうせいあつか》いをされているのだろう？

「――悪かった。だが、先に質《たち》の悪い軽口を叩いたのは鬼邑だろう？」

そう指摘すると陽太は「ハハッ」と声に出して誤魔化すように笑い、首の後ろを掻いた。

そんな仕草からも劣等生にありがちな卑屈さとは無縁の、明るい性格が見て取れる。

「それはともかく、どうして、ここに？　まだ、約束の時間には早いし、鬼邑公爵邸で落ち合うはずだったろう？」

「探索官が、うちに約束の時間より早く来られてさ。で、土御門がうちに来るの待ってるより、迎えに行ったほうが早いという話になって」

その答えに良夜は小さく溜息を吐《つ》いた。

屋敷を取り巻く白壁は美しく、門は立派で、勇ましい警護の者達もいる。

だが、主《あるじ》の子である良夜達が、なぜ通用門から出るのか、その説明を求められたらと良夜は憂鬱《ゆううつ》になる。

その些細《ささい》な矜持《きょうじ》が、我ながら情けなくて嫌になる。

だが、陽太は今朝《けさ》開口一番に発した質問の回答を貰《もら》っていないことを、意識的にか無意識的にか流してくれた。

二人が話している間に、脇道に停めてあった公爵家の優美な馬車が近づいてくる。

「おはようございます、良夜君」

「おはよう、良夜」

車内から二人が声をかけてくる。

ケヴィン・モーガン探索官とその娘という触れ込みになっている女装の東宮《とうぐう》殿下に、良夜は頭が痛くなる。

呪詛《じゅそ》ならば御所《ごしょ》内に痕跡《こんせき》があるはずだからという良夜の見解に、モーガン探索官は、では明日共に御所を調査しましょうと言っていた。

が、なぜそれに東宮殿下が同行なさるのか。

――それも、女装されて。

本日の殿下の装いは淡い水色の洋装で、昨日よりは飾りが少なめだが充分に愛らしく、まるで精巧《せいこう》に作られた西洋人形のようだ。

今日も赤い髪には白いリボンと赤いサザンカの造花が複雑に編み込まれていて、手の込んだ西洋式の髪型が、彫りの深い顔に似合っている。

「……」

中宮《ちゅうぐう》様や他の女御《にょうご》様方と同じく流れる漆黒《しっこく》の川のようにわたしの赤く縮《ちぢ》れた髪はならない、と半泣きで髪を梳《くしけず》っていた幼い女の子のことを思い出して、良夜の胸がきしんだ。

――あの時、中宮様や女御様と同じように御垂髪《おすべらかし》にするのではなく、こんな風に結うよう勧めてあげられていたら、良かったのに。

御所の建物はほとんどが西欧風になっていたが、後宮だけは相変わらず弥和《やまと》帝国本来の建物だった。

洋装を推奨《すいしょう》なさる中宮様も普段は慣れた和装のほう

が良いらしく、後宮では洋装されることも少なかった。

また、洋装される時も今の殿下のように手の込んだ髪型をなさらなかった。

だから、和装より洋装が似合うなんて、あの姫宮に教えて差し上げるのは五つ、六つの子供には到底無理だった。

そう頭では解るが、時間を巻き戻してあの小さな姫宮様に洋装を勧められたらどんなに良いかと思う。

「……今日も、ご令嬢《れいじょう》とご一緒ですか……？」

触発された苦い感情を胸に押し込み、良夜は探索官に尋ねた。

「わたくしと娘が御所を見物するのに、鬼邑公爵はお付き合いして下さる。土御門君は護衛として陸軍が貸して下さった。昨日、そういう話をしましたでしょう？　何か問題でもありまして？」

「この中で、御所の内部に一番詳《くわ》しいのは、わたしであろうが？　わたしが案内するのが一番だと思うが？」

改めてモーガン探索官に説明されて、その横に座る少女の格好をした殿下にじっと見詰められた。

——ええ、この四人の中で一番御所に詳しいのは殿下でしょうけれども。

だからと言って、危険はないのか。

精進潔斎《しょうじんけっさい》中の御身《おんみ》が穢《けが》れに触れることは、問題ではないのか。

——そもそも女装姿の東宮殿下を連れて御所の中を徘徊《はいかい》するというのは……。

色々間違っている気がしてならない。

「良夜君には妹君がいらしたのですね」

あれやこれや煩悶《はんもん》しながらも座席に座ると、話を変えたいらしく、斜《はす》向かい席の探索官がそんなことを口にした。

「土御門に似て、すっごく可愛かったっすよ、二人とも」

「……か、わ、い、い……」

良夜の隣に座った陽太の言葉に、真向かいに座る殿下が不機嫌そうに反応する。

「な、何か？」

「別に」

とりつく島もない返事に、陽太がオロオロとした顔で良夜を見た。

——私に助けを求められても困る。

何が殿下の気を損《そこ》ねたのか、良夜にだって解らないのだ。

良夜も探索官も助け船を出さないと解ると、陽太は首の後ろを掻《か》き掻き何を思ったのか。

「あー、東……ミア様もめっちゃ可愛いし」

と、褒《ほ》めた。

——いや、可愛いと褒めるのは、間違ってるだろう、鬼邑。

何が正解か解らないが、それは違うと良夜は思う。

——殿下は、女の子ではないのだから。

「——」

得体のしれないものが喉に詰まった気が、良夜はした。

殿下は、女の子ではない。

何も間違っていない。

「——そんなことを言えとは言っていない」

だから、可愛いと言われた殿下の機嫌もさらに悪くなる。

——当然だ。殿下は女の子でないのだから。

この殿下の反応は正しいと、良夜は自分に言い聞かせた。何も間違っていないと。


「あー、ホントっすよ。だいたい命令されても、可愛くないものを可愛いと言うのは、ちょっと無理だし、オレ」

けれど、陽太は褒め言葉を重ねる。

「……ほぅ」

「マジ、ホントっす！　その髪型とか、特に可愛いと思うし。髪にその……布？　色紐《いろひも》？　編み込むのって西欧の」

「リボン」

陽太の言葉を遮《さえぎ》って、殿下は短く言われた。

「え？」

「こんな風に装飾として髪につける細い布をリボンと言うのですよ。合州国や他の西欧国では、たいていの女の子が皆、髪にリボンをつけていますわ」

探索官が殿下の言葉を補足する。

「へぇ、リボンって言うんだ、ソレ。あー、月子ちゃんや星子ちゃんにもリボン、似合いそう。土御門もそう思うだろ？」

「………そうだな」

思わず知らず、返答が溜息交じりになる。

陽太や探索官は知らなかったようだが、実はリボンは昨今帝国の女学生の間で流行《はや》っている。

殿下のように編み込むのではなく、束《たば》ねた髪に大きな蝶結《ちょうむす》びを作るやり方だが。

先日、妹達と一緒に買い物に出かけた時、同級生の頭頂部を飾る大きなリボンを羨《うらや》ましげに見ていた妹に、良夜は心苦しく思った。

そういう装飾品を買ってあげるほど、今の土御門家には余裕がない。

——この仕事が上手《うま》くいけば、あるいは。だが、まずはこのところひどくなった父の咳《せき》の薬を買わねばなるまい……。

「……」

良夜が物思いに沈《しず》んでいると、突然、東宮殿下はご自身の髪をグシャグシャと乱された。

「で……、ミア様?」

殿下と言いかけて、探索官の娘（と言うことになっている）の名前で、良夜は声をかけた。

馬車の中とは言え、むやみに殿下呼びするのは避けたほうがいいだろうという判断である。

そんな良夜の呼びかけにも答えず、殿下は手のかかった編み込みをほぐしてしまい、リボンも造花も取ってしまわれた。

赤く光り輝く長い髪が激しく燃えさかる炎のように、殿下の肩や背に広がり落ちる。

そうするとますます良夜の記憶にある小さな姫宮様の面影《おもかげ》が濃くなる。

思わず俯《うつむ》いた良夜の顔の前にぬっと白い腕が伸びて、さっきまで殿下の髪を飾っていた白いレースのリボンが二本、膝に落とされた。

「………やる」

ぶっきらぼうに言われて、良夜は何がなんだかよく解らない。

「あの?」

「欲しそうに、見えた」

言われた瞬間、羞恥《しゅうち》と怒りを感じた。

「え?　土御門、お前にも実は女装癖《へき》が?」

「そんなものはない！」

「良夜が女装などするわけなかろう!」

だから、陽太の茶々にらしくもなく怒鳴った。

そんな良夜の声に殿下の言葉が被《かぶ》る。

「良夜が使うのではなくて……良夜の、妹に、だ。ちょうど二本、あるし」

「あー、なるほど、恩賜《おんし》のリボンっすね？」

何事にも勘のいい陽太が言い、探索官が手を叩く。

「良夜君の妹君へのプレゼントですわね」

探索官の言葉に、殿下はなぜか怒ったような顔で頷く。

「……」

自分は物乞《ご》いではない。

どんなに家が落ちぶれようと、人の情けを宛《あ》てにするような生き方は土御門の人間としてできない。

——それなのに、殿下に哀《あわ》れまれるほど物欲しげな顔をしていたのか、私は。

良夜は自分で自分が情けない。

「——わ、わたしみたいなのが身に付けた物が嫌だったら、返しても別に」

そう言われて。

殿下は怒っていらっしゃるのではなく、良夜から拒絶されるのではないかと怯《おび》え、緊張されているのだと気づいた。

良夜は己《おのれ》の思い上がりに気がついた。


「とんでもないことでございます」

土御門家の財政を察し、ただ昔、良夜が後宮に居《い》た頃そうであったように、優しい気持ちでなさったのだと、良夜もようやく解ったのだ。

「ありがたく頂戴致《ちょうだいいた》します。妹達も喜びます。学校で、リボンが流行っているようでしたから」

良夜が膝のリボンを丁寧に手に取り礼を言うと、殿下はホッとしたような顔をして。

それからとても嬉しそうに笑われた。

「ミア様は」

その笑顔に、昔みたいに話しかけて。

直後、良夜は相手が東宮殿下であることを思い出した。

——私の弥和《みあ》様は、七年も前に亡くなってしまわれた。

間違ってはいけない。

ここにいるのは、兄宮様のほうだ。

「相変わらずお優しいのは大変嬉しいのですが、ご身分に見合った格好をして下さると、良夜はもっと嬉しく思います」

「……」

さっきまで花のように笑っていた相手の顔が、一瞬で曇《くも》ってしまう。

そんな表情をさせてしまうのはつらかったが、それ以上に相手が七年前に死んだはずの少女を思い出すような姿で現れるのが、良夜はとてもつらいのだ。

――この方は、輝治《てるさだ》殿下だ。

輝治殿下でなければ、ならない。

今上陛下《きんじょう》がそう定められたのだから。

「それにしてもミア、リボンを良夜君に差し上げたいのでしたら、わたくしに一言言って下さればよろしかったのに。これから御所に参《まい》ると言うのに、そんなに髪を乱されて」

まるで本当の母親みたいな口調で探索官は言うと、殿下に背中を向けるように言った。

公爵家の馬車はわりと広めで、殿下は座席に斜《なな》めに座って、探索官に背中を向けられる。

どこからか取り出した櫛《くし》を使って探索官は殿下のたっぷりとした赤い髪を数本の三つ編みにし、西欧式の細い金属の簪《かんざし》――ヘアーピンと言うらしい――と造花の飾り櫛を使って、先ほどとは違うが綺麗にまとめた。

「これなら帽子を被るのに邪魔にならないでしょう」

「……器用、なんっすね……」

呆《あき》れ気味に陽太が言う。

良夜も本職の髪結いみたいに見事過ぎる技に、やはり呆れたが口には出さなかった。

「わたくしには妻がおりますからね。夫としてこの程度のことができませんと、結婚生活が上手くいきませんことよ」

「えっ!」

「……奥方が、いらっしゃるのですか……?」

意外過ぎて、今度は良夜も尋ねてしまった。

ケヴィン・モーガン探索官は見た目も良ければ性格も悪くなさそうだし、合州国大統領直属機関の役人となれば稼《かせ》ぎも悪くないだろう。

夫としては非常に優秀な人材だと思われるが、何分にも彼の話す帝国語が貴婦人的過ぎて、妻帯者とはまったく思えなかった。

「妻がいないのに、娘がいるわけないでしょうに」

「はぁ……」

その娘とやらはあなたの本当の娘ではないのに、何を言っているんですか？――という思考がダダ漏れした顔で、陽太が曖昧《あいまい》に相槌《あいづち》を打つ。

「奥方……には、ご挨拶をしておりませんが……」

「妻は本国におります。〈まつろわぬ神〉に彼女を巻き込むなんて、とんでもないことですわ。危険過ぎますでしょう」

「はぁ、オレ達を巻き込むのは、どーでもいいと？」

「Yes」

反射的に母国語が出たらしい探索官は、小さく苦笑して、帝国語にまた切り替えた。

「なぜならば、この件はあなた方の国の事案ですもの。大統領がわたくしを派遣《はけん》する気になったのは、大統領がエンジェル……、つまり菩薩《ぼさつ》様のような慈愛《じあい》に満ちた方だったからではなく、今上陛下に恩を売ることは我が国の国益に適《かな》うと判断されたからに過ぎませんわ」

異邦人が自国の利益のために動くのは当たり前のことだ。

帝国人とて、帝国の利を第一と考える。

しかし、こうもハッキリと口にする公使も珍しいように思う。

「あー、そうだ。オレの親父の話だけど、かなり死に方がグロかったっすよ」

微妙になった空気を察してか、陽太が台詞《セリフ》と似つかわしくない明るい笑顔で言い出した。

「鬼邑前公爵は、三月《み》ほど前に反政府主義者に暗殺されたのでしたわよね？　グロいとは……？」

それから御所に行くまでの道すがら、陽太が異母兄や執事から聞いた話を披露《ひろう》した。

「……鬼邑前公爵が〈まつろわぬ神〉に関与していると、わたくしは本国で推理していました。けれども、彼は関与していたのではなく、被害者なのかもしれません」

陽太の話を聞き終えた探索官は、そんな感想を口にした。

「被害者」

思わずオウム返しになった。

良夜にとって〈被害者〉という言葉と鬼邑忠孝《ただたか》はまったく結びつかない。

「ああ、いえ。関与していたのかもしれません。召還《しょうかん》した〈まつろわぬ神〉を制御《せいぎょ》できず、殺される召還者の例は本国にもいくらでもあります」

「つまり、どちらの可能性もあると」

良夜がまとめる。

「そうですわね。もう少し調査してみないことにはなんとも」

❖陸章❖

今上陛下《きんじょう》のお住まいでもあり、政治の中枢《ちゅうすう》でもある御所《ごしょ》は、元は幕府の将軍が住んでいた城だった。

内乱終了直後は、その広大な城の西の丸御殿と言われる建物に陛下はそのまま入られた。

故《ゆえ》にそれは非常に弥和《やまと》帝国的な建物だったが、十八年ほど前の火災で焼失した。

その後、敷地内の別の場所に仮宮として作られた今の宮城《きゅうじょう》は、和洋折衷《せっちゅう》の不思議な建物群である。

城につきものの壕《ほり》にかけられた橋を渡り、石垣《いしがき》の間の曲がりくねった道を行くと突然、煉瓦《れんが》と鋳鉄《ちゅうてつ》で作られた門が現れる。

弥和帝国の敷地から、西欧諸国の敷地に入り込んだような不思議な印象を与える赤門だ。

その前に西欧式の軍服に身を包んだ門兵が立っていた。

馬車にある公爵家の印を見たのだろう。丁寧にお辞儀をしつつも、門兵が馬車を停めて外に出るよう指示した。

おとなしく馬車を降りると、中年の門兵は眉間《みけん》に皺《しわ》を寄せた。

「失礼ですが、鬼邑《おにむら》公爵家の方でいらっしゃいますか」

陽太《ようた》は苦笑した。

つい三ヵ月前まで鬼邑公爵を名乗っていたのは、五十がらみの文字通り鬼のような偉丈夫《いじょうふ》だ。

――あー、オレでは、やっぱ貫禄《かんろく》不足っすね……。

「公爵の鬼邑陽太だ。本日の訪問は今上陛下に許可を頂《いただ》いている。こちらは合州国特命全権公使のケヴィン・モーガン殿とそのご令嬢《れいじょう》。それから……護衛の陸軍士官学校生だ」

宮中では、ちょっと偉《えら》そうに振る舞った方がいい。

という異母兄の助言の元、陽太は精一杯高慢な口調で年長の門兵に答えた。

婦人物のヒラヒラしたリボンや造花で飾られた鍔《つば》の広い帽子を目深《まぶか》に被《かぶ》った上、おとなしやかに俯《うつむ》かれた殿下は、顔のほとんどが門兵には見えなかっただろう。

父親（役）の探索官《たんさくかん》の肘《ひじ》に手をかけた西欧令嬢風の立ち姿も可憐《かれん》で、陽太は横目で確認して「やっぱり男には思えない」と内心溜息を吐《つ》く。

殿下は東宮《とうぐう》殿に閉じこもって暮らしていらっしゃるから、門兵がかの君の顔を知っているとは思えなかった。

だが、こんな風に帽子を目深に被った西欧令嬢が殿下その人だなんて、尊顔を拝した者でも気づくのは難しいのではないか。

「陸軍士官……名前を伺《うかが》わねば、公爵閣下《かっか》のお連れの方でも通すわけには参《まい》りません」

「私は、土御門《つちみかど》良夜《りょうや》です」

途端、門兵の顔が強《こわ》ばった。

「土御門家の者を通すことは」

「今上陛下の許可は得ている。それに、この鬼邑公爵の許可も、だ」

「しょ、少々お待ち下さい」

何事か耳打ちされたもう一人の門兵がわたわたと奥に走っていく。

恐らく上官に指示を仰《あお》ぐのだろう。

「……許可、取ってたんじゃなかったんすか？」

陽太は隣に立つ探索官にヒソヒソと小声で尋ねる。

「……おかしいですわね。前もって今上陛下にお願い申し上げていたのに」

探索官もこの成り行きには納得がいかないようで、首を傾《かし》げた。

と、門兵が走り去った方角から騒がしい物音が聞こえてきた。

「陛下、陛下、お待ち下され」

「陛下、しばしお待ちを」

慌てふためいた声と複数の馬がやってくる音が石垣の間の道から聞こえ、次いでその音の中心にいた人物が幾人《いくにん》かの侍従を従え現れた。

――真っ黒な太陽のような。

そんな相反する単語を繋《つな》いだ感想が、陽太の最初の印象だった。

星のない夜のように黒い見事な馬を操って、黒にも見えそうなほど深い紫紺《しこん》の軍服と、周囲にそれと解る威風《いふう》を身に纏《まと》った男。

二十数年前、鬼邑忠孝《ただたか》が護《まも》り導き、天帝の位に盛り立てた少年は、今や立派な大人で見紛《みまが》うはずもない帝王だった。

「鬼邑公爵、一別《いちべつ》以来だな。壮健《そうけん》であったか」

馬上からキビキビとした声がかかる。

陽太がこの帝王に会ったのは、父の葬儀の時以来だ。

「は、はい！　陛下のお陰をもちまして、鬼邑、息災でありました」

陽太は跪《ひざまず》くべきか悩みつつ、最敬礼をする。

「うむ。――ケヴィン」

陛下の視線がずれて、探索官を捕らえる。

「よう参った。……今日は娘も連れてきたか」

「はい。陛下におかれましては本日もご機嫌麗《うるわ》しいご様子と存知奉《たてまつ》りまして、ケヴィン、謹《つつし》んでお慶《よろこ》び申し上げます」

探索官がいつものように女言葉でずらずらと喋《しゃべ》るのではないかとヒヤヒヤした陽太だったが、探索官も空気を読んだらしい。

最低限の挨拶《あいさつ》だけで頭を下げた。

その横で殿下も頭を下げる。

「…………」

そんな東宮陛下を、今上陛下はしばらく無言で見下ろされる。

――あー、やっぱり方便とは言え、息子が、それもたった一人の跡取り息子が女装してるって、何かくるものがあるっすよね？

と、陽太はこの変則的親子の様子をこそりと窺《うかが》った。

――でも、もし、殿下がオレの想像どおり女の子で。

普段は男装しているのなら、陛下はどういうお気持ちで殿下のドレス姿をご覧になってんだろ……？

どちらの場合でも、この生ける伝説的な帝王の胸の内は、陽太には計り知れない。

「……久しいの、土御門」

不意に今上陛下は視線と言葉を、良夜に投げられた。

「この度《たび》は参内《さんだい》をお許し頂き、誠《まこと》にありがたく存じます」

「予が許したのではない。鬼邑公爵が許したのだ」

――はい？　まさかあの世で親父に会った時の言い訳説が正しかったと？

賢帝と誉《ほま》れ高き今上陛下がそんなことを思っているとは、考えたくないのだが。

「鬼邑陽太公爵、ケヴィン・モーガン公使の歓待を、改めてそなたに任せる。公使は予が友でもある。公使の望むことはそこの土御門とともにしかと成《な》せ」

「はっ、はい！」

「また、鬼邑公爵。そちは予の次に我が帝国では尊《とうと》き者だ。しかるに門兵一人威圧《いあつ》できぬようでは、修行が足らぬ。とく精進《しょうじん》せよ」

――へ？　予の次って、何？

爵位的にはそうかもしれないが、今上陛下の次は東宮殿下、それから中宮《ちゅうぐう》様や帝室の方々だろうと陽太は訝《いぶか》しく思う。

「今回の件は、予の言葉が宮中の隅々《すみずみ》に届いておらなかったことにもよる。それは予の手落ちだ。改めて皆に命ず。鬼邑公爵が合州国公使を歓待する上で、御所のどこへ行こうとも咎《とが》めだて無用。公使も公使の令嬢も、そして公爵が連れている護衛の者も、公爵が側にいる限り、予の許可を得てそこにいるものと思え」

朗々たる宣言は、門兵はもちろん今上陛下を追って現れた侍従達や馬丁《ばてい》の耳にも入った。

「ミア……、モーガン」

そして、色々困惑している陽太をよそに、陛下は己《おのれ》の息子（娘？）を呼んで、きらびやかな金の錦織《にしきお》りの布袋に入った長い棒状のものを手渡された。

「所望のものを記念に取らす。大事に使え」

「ありがとう……ございます……！」

いつもより滑《なめ》らかさの足りない発音と震える声は、演技なのか。

☆

「で、これからどこに？」

政務に戻られる陛下を見送ったあと、陽太は良夜に尋ねた。

「まずは西の丸御殿の焼け跡に」

「天帝陛下の最初の御子様が、亡《な》くなられた場所ですわね」

十八年前の火災で焼失した旧御所を良夜が挙げ、探索官が補足する。

馬車で西の丸御殿に近い所まで移動し、それから細い石段を上る。

幕府将軍の居城《きょじょう》は広大で、敷地内の至る所に迷路のように石垣が組まれ、馬車が通る道より高い位置に各建物が配置されている。

西の丸御殿と言われたその場所を放置しても、なお宮城を建て直す敷地に不自由はしなかった。

それで、焼失した西の丸御殿の区域は丸々放棄《ほうき》され、その上、危ないからとそこへ至る通路はほとんどが塞《ふさ》がれたそうだ。

この細い石段を上って異国の長城のように築かれた石垣に上り、それを下って。

また石垣に作られた石段を上って、ようやく西の丸御所の跡にたどり着くのだと説明されて、陽太は殿下の足下を見た。

「……その小っちゃい革靴《かわぐつ》で、大丈夫っすか？」

海軍兵学校で初めて革靴を履《は》いた時、陽太は盛大に靴擦《ず》れを作ったのを思い出したのだ。

「大丈夫だ」

殿下は、ムッとした顔で答えられる。

「いくらわたしが箱入りでも、御所の中くらい歩ける」

——え、……と。

なんだか怒りの導火線に火をつけたらしい。

「あー、そう言えば、陛下の最初の親王様は、火事で亡くなられてたんっすか？」

歩きながら、陽太は慌てて話をそらした。

有名な話ではあったが、何分、陽太が生まれる前の話だ。

細かいことまでは知らない。

「ええ。厨《くりや》の燃えさしが消えていないのを、厨丁《ちゅうてい》が見落としての失火だったと、わたくしは陛下から伺いましたわ」

「失火っすか……」

この時代、火の不始末での火事はそれほど珍しいことではなかった。

単なる不幸な事故だったと言ってもいいはずだ。

「でも、土御門的にはその火事も、〈まつろわぬ神〉関連の可能性が高いと踏んだんだ？」

「——ああ。式盤《ちょくばん》で占った時に、最も怪しい場所と出た」

「占い」

「良夜の式占《ちょくせん》をバカにするのか？」

ついオウム返しをしてしまい、良夜当人ではなく、また殿下に絡まれた。

「いや、その……」

バカにすると言うより、信じていない。

が、それをこの面子《めんつ》でバカ正直に言えるほど、陽太も空気が読めない男ではない。

「あー、オレの父が土御門家を嫌い、宮中から追放したのがその占いのせいだと聞いて」

「占いのせい？」

「うん。ほら、陰陽師《おんみょうじ》って今日は物忌《い》みですとか、本日は方違《かたたが》えをお願いしますとかやるじゃん。それが、親父、嫌いだったみたいで」

「しかし、穢《けが》れを避けるためには必要なことだ。風邪《かぜ》の引き始め、重篤《じゅうとく》にならないよう風邪薬を飲むようなものだが」

陽太の言葉に良夜が反論する。

「へ？　さすがに占いと風邪薬は一緒にできないんじゃ？」

「あら、そんなことはありませんわよ。弥和帝国ではことのほか西欧医術が尊ばれますけれども、あんなの占いと変わらないですわよ」

探索官が口を挟《はさ》む。

「へ？　西欧医術って占いとかと違って、科学的で合理的な技術じゃなかったっすか？」

　士官も医療関連の基礎知識を持つべきだとして、その手の講義が海軍兵学校にはある。

　講義では海軍医でもある教官達から、西欧医学がいかに合理的で科学的かと、耳タコになるほど陽太は聞かされていたのだが。

「とんでもないですわ。理由は解らないが、この薬草は頭痛に効く。理由は解らないが、こちらの薬草は胃痛に効く。だから、患者《かんじゃ》に与える。その薬草の成分を調べて、成分Aが含まれると頭痛にいいらしいことまでは解っても、成分Aが人体にどんな風に作用しているか解明されたものは、今のところほとんどありません。占いも医学も今までの経験をより集めた、ただの統計学ですわ」

「ずいぶん西欧医術に懐疑的なんですね」

　やりこめられた陽太ではなく、なぜか良夜が反論してくれた。

「探索官になる前は、こう見えてもわたくし、医者でしたの。合州国東部陸軍所属の軍医。ですが、〈まつろわぬ神〉に出遭《であ》って、医学より占いのほうがまだ人を救えると、学びましたわ。――少なくとも奴《ヤツ》ら相手には」

「……そうは言っても、鬼邑忠孝公が言いたいことも解ります」

　陽太の物言いたそうな様子を見てか、良夜がまた口を開いてくれた。

「父は何もかも厳格《げんかく》に行おうとしました。あの内乱で帝国全土に血が流れ過ぎたが故に、その膨《ふく》れ上がった穢れを祓《はら》うには、それが一番良いと信じて。だが、開国した国の元首や高官が、本日は物忌み故、各国の大使に約束どおりには会えぬとか、方違えが必要となったので会見の場所を変えろとか言い続ければ、我が帝国は西欧諸国から文明国とは見なされなかったでしょう。陸軍幼年学校、陸軍士官学校と西欧人の教官達の考え方を知るに、父の考えが一面的であったことが私にも解りました」

――へぇ……。

　昨日も思ったが、この神童様は物事を公平公正に見ることに長《た》けていると、陽太は思う。

「そうですわね。〈まつろわぬ神〉に対する各国の知識を解放し、横の繋がりを持てば、あなたの父上を嗤《わら》う者もいなかったでしょうけれども。彼らに関する知識を市民に公開するには、まだまだ危険過ぎますものね」

「――つまり、親父も一面的過ぎたってことだよな。西欧人がどう見るか、だけで判断したわけだから」

「そうだ」

今まで黙っていた殿下が口を開いた。

「土御門子爵《ししゃく》も鬼邑忠孝公爵もやり過ぎた。次の土御門家の当主も現鬼邑公爵も、そこが解っているのなら、これから、それらこそがわたし達が是正していけるのではないか？」

赤と金の混じった複雑な色合いの瞳で、殿下は陽太達を見上げられた。

「確かに、で……ミア様の仰《おっしゃ》るとおりっすね」

「そうですね、ミア様」

陽太と良夜が頷くと、殿下は花が零《こぼ》れるような笑顔を良夜に差し向けた。

――う。なんか、ひどい差別を感じるんすけど、気のせいっすか、殿下……？

そうは言っても、良夜は殿下にとって乳《ち》兄弟で幼馴染み。

対して陽太は昨日会ったばかりの見知らぬ相手だし、父は陰陽師嫌いが高じて良夜を殿下から引き剝《は》がしている。

良夜と扱《あつか》いに差があってもしようがない。

――しかも、オレの異母兄《にい》さんは、妹宮様（もしかしたら本人？）に醜《みにく》いと言い放っているような不届き千万者だし……って、もし殿下が妹宮様だったら、異母兄さんと妹宮様の婚約って、復活するのか、まさか？

〈もし〉の要素が多すぎるが、一歩間違えると彼女が義姉になるかもしれないことに気づいて、少しばかり陽太は慌てた。

☆

石垣を上ったり下ったりしてたどり着いた西の丸御殿の焼け跡は、十八年の月日に洗われ、小さな森のように木々や草花が生い茂《しげ》り、わずかばかり焼け残った柱や壁は緑に埋《う》もれていた。

「手入れとか、しないもんなんだ」

見事な廃墟《はいきょ》っぷりに陽太が言うと。

「ここを更地《さらち》にして、別の建物を建てる計画があれば手が入るだろうが、予定がなければ臣民《しんみん》が納めた血税の無駄遣《づか》いになろう。そのようなことを、陛下はなさらない」

父親を批判されたとでも思われたのか、噛みつくような調子で殿下に言われた。

「え……、あー、はい、失礼しました……」

——なんかさっきから、怒らせてばっかりだな、オレ……。

ただでさえ嫌われている親父の息子なのに、嫌悪得点（そんなものがあるか知らないが）を着々と積み増ししている気がして凹《へこ》む。

「このような不幸があった場所は、亡くなられた方々の魂《たましい》が悪《あ》しきものに堕《お》ちぬように、定期的に慰撫《いぶ》する必要がある。しかし、もう何年も放置されていたようだ。——陰陽寮が閉鎖されたばかりに」

「いや、いくらなんでも、坊主が経《きょう》くらいは上げてるんじゃや？」

「それだけでは、駄目なのだ！　……あ、すまない。鬼邑のせいではないのに」

鬼邑陽太ノセイデハナク、鬼邑忠孝ノセイナノニ。

そんな空耳が聞こえた気がした。

——あー、まあ、しょうがないっすね。

物理的にも社会的にも、数多《あまた》の敵を抹消《まっしょう》してきたからこそ、陽太の父は英雄になったのだ。

「で、オレは何をすればいい？」

「え？」

「土御門や探索官の調査、手伝うよ。いくら御所に入るための身分証明書代わりだからって、ここに突っ立っているのも暇《ひま》だし」

「——暇つぶしか」

速効で突っかかられた。

「あー、もー、今のは言葉の綾《あや》です！」

こう何度も続くと、凹むどころの騒ぎではない。

——いや、別にオレも、そんな繊細《せんさい》な人間じゃないっすけど！

でも、だからって、どんだけ殴っても壊れないってわけでもないっすよ？　——とか、口の中でもごもご言っていると。

「あらあら、今のはミアが悪いですわよ」

「ミア様」

探索官も良夜も陽太に同情したのか、やや厳《きび》しい表情で口を挟む。

そんな良夜のほうをちらりと見上げて、それから殿下は陽太にしょぼんとした様子で頭を下げられた。

「…………悪かった。言い過ぎた」

母親に叱《しか》られた小さな子供みたいな顔に、陽太は妙に焦《あせ》る。

「い、いや、あ、あの。オレも、言い過ぎましたっす。なぁ、土御門」

「そうだな、鬼邑は少し言葉が砕《くだ》け過ぎだ」

良夜の口元が綻《ほころ》ぶのを見て、息を詰めていた殿下がホッとした顔をされた。

――あー、解りやすい方っすね……。いや、そういうところが、可愛《かわい》いとゆーか。

「……」

もしかして、今、自分、かなりバカなことを考えてたかも――と、陽太は思った。

「探索官、まずは慰霊《いれい》の儀礼をしてから、調査を行いましょう。鬼邑、一番燃えたあたり……この近辺か。六畳《じょう》分ほど片付けるのを手伝ってくれ」

周囲を歩き回って、陽太達から数丈《じょう》離れた場所に立ち止まった良夜が、指示を出す。

「おう」

「木片はこれに入れて下さい。雑草はこちらの袋に」

探索官が持ってきた鞄《かばん》の中から、作業用の手袋と大きな麻袋を、陽太に渡した。

「わたしも」

「ミア様は、そちらの木陰《こかげ》で休んでいて下さい」

探索官が手袋を渡そうとしたところで、ピシャリと良夜が言う。

「片付けの手伝いくらい、わたしにもできるぞ」

「ご婦人は、このような汚《よご》れ仕事は殿方に全て任せるものです。特に良家の子女ならば」

「わたしは……、わたしはご婦人ではないぞ！」

「そのような格好をしていて、ご自分に都合の良いことばかり言わないで下さい！」

「自分に都合のいいことを言っているのは、良夜ではないか！」

――えー…………、と………………。

なんだか親子ゲンカに立ち会っている気がするのは、気のせいか。

「その服、残念ながら、この作業には向いてないと思うっすよ、オレ」

「そうねぇ。そのドレスを泥《どろ》だらけにしたら、家政婦のブラウン夫人に大目玉を食らいますわね、わたくしが。

ええ、可哀相《かわいそう》なわたくしが」

とりあえず陽太とケヴィン・モーガン探索官が良夜の援護射撃をすると、殿下はますます肩を怒らせた。

「ちゃんとブラウン夫人からエプロンを借りてきた。これをつければ服は汚れない。それでも、もし、汚してしまったら、わたしが自分で洗濯《せんたく》する！　ケヴィンが叱られることはない」

意外と準備万端な殿下である。

「いやぁ、でも、それは無理じゃ……？」

「鬼邑は、わたしに洗濯ができないと思っているのか！」

ってか、畏《おそ》れ多くもご洗濯をなさる東宮殿下が想像できません！　――と、素直に言うとさらに殿下が怒るのは目に見えていたので。

「あー、……じゃあ、一時間で交替っす」

ざっと見て一時間もかかる作業でないと、陽太は判断し、だからこそ提案してみた。

「先にオレと土御門が片付けますんで、探索官とミア様は交替の時間まで休んでいて下さい」

「わたしが先に」

粘る殿下の肩を、探索官が叩く。

「陽太君の言うようにしましょう。わたくしも一度休憩《きゅうけい》を入れたいですし、ミアも本当は足が痛いでしょう？　革靴で歩くのは大変ですもの。休んでからのほうが、効率的だと思いますわ」

「そうそう、効率的っすよ」

探索官に腕を取られ、足下に視線をやり、そして不機嫌そうに陽太達を見やって。

「一時間、だからな」

と、念を押された殿下は、探索官と二人、木陰に椅子になりそうな庭石の名残《なごり》を見つけて座られた。

「……鬼邑、助かった」

「え？」

作業を始めて数分後、こそりと良夜が陽太に言った。

「ミア様のことだ。お優しい方だから、誰かの役に立つことや手伝いを好まれるのだが、この作業はあまりに不浄《ふじょう》だ」

「あ、ああ……」

「鬼邑にも、今日の最後に、清めの儀礼をせねばな」

にこりと陸サンが誇《ほこ》る最強の神童様に笑いかけられて、ああなるほどと陽太は得心がいった。

——殿下は、この神童様の手伝いがしたかったんだな。

石コロを拾うような、ささやかなことでもいいから、手伝いたかったのだろう。

そもそも無茶を押して探索官の手伝いに手を挙げられたのも、調査員に良夜が抜擢《ばってき》されていたからだと思う。

——でもって、神童様は神童様で殿下が穢れるのを嫌った、と……。

振り返ると、今上帝に貰《もら》った棒状の包みを膝に抱いて、詰まらなそうな顔でこちらを見ていらっしゃる。

陽太と目が合うと、殿下は顔ごと視線をそらされた。

「…………はぁ」

「どうかしたか?」

「いや、一時間以内に作業が終わったら、また、ミア様の機嫌が悪くなりそうで」

「……そうだな、しかし、ミア様に手伝わせるわけにはいかない」

そうっすよねー——と、陽太は肩を落とした。


それから陽太の見立て通り、五十分くらいの作業で最初に良夜が言ったような六畳ほどの更地ができる。

片付けを終え、儀礼の準備をしている良夜の邪魔にならないよう陽太が脇に寄ると、殿下が隣にやってきた。

「……ずいぶん早く終わったのだな」

「あー、すみません」

頭を掻《か》く。

「予定時間より早く仕事を終わらせて、何を謝ってる?」

「あー、それは、その……」

陽太がへどもどしていると、殿下は溜息を零された。

「……鬼邑には、気を遣わせた。悪かったと思う。そなたの言うとおり、慣れない革靴で石段を上り下りするものではない」

ほんのり頬に朱が乗っている。

——やばい。めっちゃ可愛いんっすけど!

「休ませてくれたことに、礼を言う」

「あー、いえ、その……」

憎《にく》い鬼邑忠孝の息子に礼を言うのは業腹《ごうはら》だが、それはそれこれはこれと、礼を言わねばならない時はきちんと礼を言われる。

世継ぎの王子様なんて育てられ方をしたら、もっと傲《ごう》慢《まん》になっても良さそうだが、この殿下はちゃんとした人なんだなぁと感心もする。

「──それにしても、良夜は立派になったな」

ドギマギしている陽太を置いて、すでに殿下は儀式を始めた良夜に視線を向けられていた。

「……そ、そーっすね…………」

そのまま二人、いや探索官も含めて三人で、良夜の慰霊の儀礼を見守る。

清めの水と塩を撒《ま》き、慰霊の呪文《じゅもん》とやらを唱《とな》えながら、良夜は禹歩《うほ》という不思議な足取りでその更地の場を行き来する。

「……厳《いづ》の御霊《みたま》を幸《さきわ》え給《たま》え」

藍鉄《あいてつ》色の軍服での儀式だったが、長い黒髪が宙を舞う様や一つ一つの仕草が優美で、その声は麗《うるわ》しく、まるで舞《まい》を見ているかのようだった……が。

「やめよ、やめよ！　そなたらはここで何をしておるのじゃ！　勝手なことをするでない！」

緋袴《ひばかま》に小袿《こうちぎ》姿《すがた》の女性が突如《とつじょ》現れ、叫んだ。

「──萩野《はぎの》」

殿下が小さく呟く。見知った女官なのか、普通に被っていた帽子を目深に被り直し、探索官の背中に隠れた。

「オレは鬼邑公爵だ。今上陛下の許しを得て、ここにいる。お前は誰だ？」

良夜に近づこうとする女を止めるために、陽太は彼女の前に立った。

「鬼邑大元勲閣下《だいげんくんかっか》の名を騙《かた》るとは、不届き者が！　そなたのような小者に名乗る名などない！　去《い》ねい！」

鬼のような形相《ぎょうそう》で命じられ、一瞬陽太は固まってしまった。

男相手だと手を出されようが足を出されようがやりようがあるが、相手が母親ほどの女性というのはなんともやりにくい。

「何をしておる、鬼邑公爵！　女相手に怯《ひる》む奴《ヤツ》があるか！」

そこをすかさず殿下に叱られて、陽太は脇をすり抜けようとする女の袖《そで》を摑《つか》んだ。

「邪魔をしないで貰おう」

「邪魔をしておるのはそなたらじゃ！　この地に遺《のこ》り、この地に満ちた者達の怨恨《えんこん》祓うことは罷《まか》り成らぬ！

妾《わらわ》が主《あるじ》様の悲願のために、この地は魑《ち》魅《み》魍魎《もうりょう》を飼う大事な場所じゃ。どうしても邪魔をすると言うのなら、お前達も妾が主様の供物《くもつ》となるがよい！」

ピィーという指笛と共に、ガリガリと奇妙な音が良夜のいる方向から聞こえてくる。

「なっ――――！」

陽太は息を飲んだ。

とてつもなく巨大な蜘蛛《くも》が、石垣を登って現れたのだ。

最初に動いたのは良夜だった。

懐《ふところ》から礫《つぶて》のようなものを取り出し、咒文と共にまだ距離のある蜘蛛へと投げつけた。

礫は物凄《ものすご》い勢いで蜘蛛の足にぶつかり、パッと火柱を上げたが、すぐに消えた。

巨大蜘蛛は人間と同じような顔を持っていて、その口から不気味な咆哮《ほうこう》をあげる。

良夜が舌打ちをしつつ、次々と礫を投げつけながら叫ぶ。

「足止めをする！　ミア様を連れて早く逃げろ！」

言われた途端、金縛《かなしば》りが解けたかのように殿下が走りだした。

なぜか蜘蛛に向かって。

「ちょっ‼」

陽太は摑んでいた女を放り出し、なんとか殿下が蜘蛛にたどり着く前に追いついた。

「何をする気っすか土御門の努力を無にするつもりっすか逃げますよさあ早く」

強引に体を摑んで息つく間もない超早口で言って蜘蛛から離れようとする陽太に、相手は吠《ほ》える。

「良夜を見殺しにできるか！　この剣で叩き切ってやる！」

「剣？」

先ほど今上陛下が手渡した、美しい布袋に入った棒状の物。

中身は剣だったらしく、殿下は袋から取り出して持っていた。

陽太はそれを反射的にひったくる。

「鬼邑！　やめろ！　それはお前には使えない！」

――お前には、使えない？

確かに自分は海軍兵学校きっての劣等生《れっとうせい》だ。

――でも、オレ、中学では剣術の全国大会で優勝してるし。

技術も腕力も、ドレスが似合う殿下よりは自分のほうが断然ある。

もしも殿下が剣を振るうと言うのならば、自分が振ったほうが良い。

だから、血相を変え、必死に剣を取り戻そうとする東宮殿下より遙《はる》かに体格のいい陽太は、剣を頭上にかざし、鞘《さや》から抜いた。

「――！」

声にならない悲鳴を殿下があげる。

鞘から出てきた剣は、片刃の弥和刀《やまとと う》とは違う諸刃《もろは》の剣《つるぎ》で、美しくも不思議な形をしていた。

光り輝くその剣に、陽太の心は定まった。

「探索官、ミア様を頼む！」

自分の背後に真っ青な顔をしている殿下を押しやると、陽太は全速力で蜘蛛へと走った。

「僕《しもべ》様にたかが剣一つで立ち向かおうとは、なんと愚《おろ》かな」

女の嘲笑《ちょうしょう》が聞こえた。

近づく蜘蛛は見れば見るほど気味が悪く、黒檀色《こくたんいろ》の毛で覆《おお》われたその足の一本が一本が殿下の体ほどもあった。

――親父だったら、こいつ、どうしてたかな？

戦っただろうか、逃げただろうか。

親父は救国の英雄だったが、自分はそういうのには向いていない。

英雄になど、なりたくない。

――ただ。

〝良夜を見殺しにできるか！〟

その一言で、陽太は解ってしまった。

この子は紛《まぎ》れもなく、女の子だと。

〝良夜を見殺しにできるか！〟

惚《ほ》れた相手のためなら、たとえこんな化け物にだって立ち向かう。

なんて女の子だと、陽太は呆れる。そして、感心する。

畏敬《いけい》の念さえ覚える。

陽太ならこんな気味の悪い化け物の相手なんか、絶対ごめんだ。一目散《いちもくさん》に逃げ出したい。

でも。

〝足止めをする！　ミア様を連れて早く逃げろ！〟

〝良夜を見殺しにできるか！〟

——土御門も彼女も逃げなかったのに、オレだけ逃げるなんて、最高にカッコ悪いし。

たかだか一本の剣ごときでは、こんな化け物は倒せないだろう。

それでも、彼女や良夜達を逃がせるくらいの時間を稼《かせ》ぐことはできよう。

いや、できるはずだ。

曲がりなりにも自分は鬼邑公爵。

あの化け物的英雄の息子だ。

それくらいはして見せると、陽太は目の前まできた蜘蛛の足を手にした剣で、思い切りよく薙《な》ぎ払《はら》った。

☆

陽太は人も動物も、今まで生きているものは一度たりとも剣で斬《き》ったことがない。

海軍兵学校で立派な軍人になる訓練はしているが、実戦経験はとんとない。

「————!!」

だから、自分が薙ぎ払った剣が巨大蜘蛛の二本の足を切り飛ばしたその手応《てごた》えが、一瞬なんなのか解らなかった。

怒り狂う巨大蜘蛛の咆哮に、自分が浴びせた一太刀《ひとたち》が成功したことを知る。

そして、本能的に飛びすさり、巨大蜘蛛の怒りの攻撃を避けると、また剣を振るった。

蜘蛛の怒りに歪んだ顔の真下を切りつけるが、胴体は足ほど簡単に剣が通らない。

それでも血の代わりに、不気味な色の体液が飛び散った。

「！」

熱湯を浴びたような衝撃を受けて、一度、陽太は右へ飛んだ。

陽太の白い軍服が黒とも緑とも言えぬ色に染まっている。

濡れた部分が、少しヒリヒリする。

——あー……。これは洗濯が大変だ。うん。

ほんの数秒、洗濯に頭が行ったのは、先ほどの殿下との会話のせいかもしれない。

あるいは、あまりに化け物が非日常的過ぎて、日常的なことを考えたくなったのかもしれない。

「————!!」

何を言っているのか。そもそも、それが言葉なのか、ただの獣《けもの》の鳴き声なのか。

蜘蛛の体についた顔が、物凄い耳障《みみざわ》りな声で強烈な雄《お》叫《たけ》びをあげた。

そうして、まるで飛びつくかのように跳ねて陽太へ近づいた。

その蜘蛛に、剣を振るう。何度も。

何も考える余裕はない。ただただ反射と本能だけで剣を振るった。


そんなこんなで、気がつけば陽太は左右併《あわ》せて四本の足を切り飛ばしていた。

それでも、たいした生命力で、化け物蜘蛛はまだ攻撃する気満々である。

多少の知能があるらしく、陽太の剣が届かぬ所まで後退すると、糸を吐きだした。

粘っこい糸に絡め取られそうになり、陽太はその糸を剣で切る。

しかし、蜘蛛の攻撃は途切れない。

何度か繰り返しているうちに、腕に糸が絡みついていた。

いつの間にか体に絡みつく蜘蛛の糸を切るために腕を振るおうにももう、それは適わない。

——あー、うーん……。まあ、こんだけやれば、ミア様も土御門も、もう逃げられたかな……？

荒い息で藻掻《もが》きながら、陽太は思う。

振り返って後ろを確認したかったが、それも難しいほどに蜘蛛の糸に縛められてしまった。

陽太が完全に身動きが取れなくなったことを確認して、蜘蛛が近づいてくる。

蜘蛛の不気味な暗赤色の目が光る。

その鋭い牙のある大きな口が、陽太の目の前で開く。

――これで、終わりか。

そう陽太が覚悟した時。

「朱雀《すざく》、玄武《げんぶ》、白虎《びゃっこ》、勾陣《こうじん》、南斗《なんと》、北斗《ほくと》、三台《さんだい》、玉女《ぎょくじょ》、青龍《せいりゅう》。木火土金水《きひづかみ》の神霊《かむみたま》よ、災禍消除《さいかしょうじょ》、鬼魔駆逐《きまくちく》、急《きゅう》急如律令《きゅうにょりつりょう》！」

良夜の声と共に九つの光の矢が蜘蛛を刺し貫《つらぬ》き、次いで化け物の巨体は青い炎に包まれた。

次の瞬間、蜘蛛の糸が絡まった陽太の体を抱きかかえるようにして、良夜がその青い炎から陽太の体を遠ざける。

「……間に……合って、良かっ……た……」

地面に転がり、荒い息と血の気のない顔をした良夜に、陽太は声をかけられた。

そんな陽太達の周りを、力尽きた蝶《ちょう》のようにひらりひらりと白い人形《ひとがた》の紙が舞って、地面に落ちた。

朱雀、玄武、白虎、勾陣、南斗、北斗、三台、玉女、青龍。

鮮《あざ》やかな墨痕《ぼっこん》でそれぞれの人形に書かれたその文字は、陰陽師が用いる式神の名だと、昔、本で読んだ記憶がある。

そして、陽太が見ている間にその墨痕は水に浸《ひた》されたみたいに薄まり、紙ごと地面に吸い込まれるように消えてしまった。

「……鬼、邑……、お前のおかげで、殿下を助けることが、できた……礼を言う」

息を整え、立ち上がりながら、良夜が言う。

「へ？」

背後でおぞましい声をあげて、巨大蜘蛛が燃え落ちる。

陽太が見た九本の光の矢。九の式神。

「あれ……やったの、お前だろ……？」

巨大蜘蛛が燃えたのは土御門の陰陽術のおかげだろうと、指を差して問えば。

「あれだけ強力な術を発動させることができたのは、お前が剣で時間を稼いでくれたからだ。本当に、感謝する」

本気でそう思っている顔で頭を下げられ、陽太は大変居心地が悪い。

「キャアアアアアアアア！　主様、主様の僕様が……！」

燃え崩れ、灰となった巨大蜘蛛に、ようやく現実を理解したのか女官が狂ったような叫び声をあげた。

否《いな》、女はすでに狂っていた。

漆章

陽太《ようた》が気がついた時には、情けないことに自室のベッドの上だった。

枕元に居《い》た北野《きたの》が泣いて喜んだことにどん引きしつつ、出された粥《かゆ》を食べていたら客がやってきた。

ベッドの上で上半身だけ起こした自分を心配そうに覗き込むのは、化け物さえも陰陽術《おんみょうじゅつ》で倒してしまう陸サンが誇《ほこ》る神童様と、貴婦人風な喋《しゃべ》りをする異邦の探索官《たんさくかん》。

そして姫宮なのに男として東宮《とうぐう》をやっていて、でも今は西欧人形みたいにドレスで着飾っているという複雑怪奇な女の子。

「……えー、…………と？　実はオレ、状況がよく解ってないんっすけど？」

「〈アトラク＝ナチャの娘〉。わたくし達合州国人がそう呼ぶあの〈まつろわぬ神〉の体液は、猛毒なのです。普通の人間があの体液を浴びたなら、死んでいてもおかしくないところでしたわ」

「そう言われれば体がだるい気がする。ってか、オレ、どれくらい意識を失ってたっすか？」

「三日だ。しかし、探索官が言われるとおり普通なら死んでいるところだ。それを三日で回復するとは、弥和帝《やまと》国海軍兵学校生の面目躍如《めんもくやくじょ》と言ったところだな。常人とは鍛《きた》え方が違う」

「確かに鬼邑《おにむら》は頑丈だ。この三日間、あんなに心配したのが、今となってはバカみたいだ」

――あー、一応、心配してくれる程度には気にかけていただけたと？

と、陽太がちょっぴりほっこりしていると。

「だが、良夜《りょうや》だって、鬼邑に負けないくらいちゃんと鍛えておろう？」

――あー、……はいはいはい…………。

生死の境（？）を乗り越えたせいか、土御門《つちみかど》と殿下のこの程度のやりとりでは凹《へこ》まないっすよ、オレ！　――とか思っているあたり、陽太はやはり凹んでいるのかもしれない。


「……えーと、とりあえず、あの化け物はやっつけたと。あの女の人は……？」

「萩野《はぎの》は、今上《きんじょう》陛下の撫子女御《なでしこのにょうご》様に仕《つか》える古い女官の一人だ」

「残念ながら、正気を失っていた。……撫子女御様にお目通りを願ったが、私や探索官はもちろん東宮殿下も断られた」

殿下が答え、良夜が補足する。

「撫子女御様……摂関《せっかん》家の方で、橘宮《たちばなのみや》様と瑞穂宮《みずほのみや》様の母君でしたっけ？」

「そうだ」

――あー、そういう高貴な方を被疑者扱《あつか》いするのって難しいっすかね、やっぱ。

「萩野の周囲の人間については、今上陛下が調査されることになった。わたし達の御所《ごしょ》内の調査もまだ西の丸御殿が終わったばかりだ。鬼邑の体調が戻り次第、他の場所も行う。早く元気になれ」

「あ、は、はい……」

こんなにも色気のない言葉で、こんだけ気分が高揚《こうよう》するって、我ながらどうなんだと思わなくもない。

「それにしても、鬼邑。改めて礼を言う。鬼邑の剣技がなければ、とてもミア様を助けることはできなかった」

「え、いやいや。最終的に化け物をやっつけたのは土御門の術っす。それにあれは、オレの剣の腕前云々《うんぬん》より、あの剣が凄《すご》かったんじゃや？」

「うむ。悪しきものを祓《はら》うには、武器が必要だろう。陛下に乞《こ》い願い、神剣を借り受けたかいがあった。だが、良夜の言うとおり鬼邑の剣技も見事だった。いかな神剣でも、わたしが振るっていたら、ああはできまい。鬼邑の剣技があってこそだったろう」

真《ま》っ直《す》ぐに褒《ほ》められて、陽太はちょっとドギマギする。

「あー、いえ、その。あ、あれ、陛下の真剣だったんっすか？　道理で。やっぱ一流の剣は、その辺の安物の剣とは違うっすねぇ」

そんなことを照れながら言う陽太の脇で、なぜか良夜が最初に出逢《であ》った日のように、この世の終わりを見たかのような面持《おもも》ちで額を押さえている。

「ど、どうしたよ、土御門？」

「……ミア様」

ぎょっとして尋ねた陽太には答えず、良夜は殿下のほうに質問を投げた。

「神剣とはつまり、ミア様は、あの天叢雲剣《あまのむらくものつるぎ》を陛下から借り受けられたと、仰《おっしゃ》いますか？」

「そうだ」

「……あの天叢雲剣を」

良夜はやはりこの世の終わりを見たような顔で溜息を吐《つ》いた。

──土御門ったら、なんでそこまで……？　うん？　あれ？　アマノム……!?

その名前が、どういう剣の名前か認識した瞬間、陽太は本当に本当に血の気が引いた。

「ちょ！　ミア様ってば、なんつーものを借りてきてたんっすかっ!?　畏《おそ》れ多くも三種の神器の一つじゃないっすかっっ!!」

陽太と良夜が二人揃《そろ》って真っ青になっていると言うのに、殿下ときたら平然としたもので。

「うむ。帝室の大事、存亡の危機だからな。陛下も快《こころよ》く貸してくれたのだ」

気軽に貸すなぁあっっ！　──と、陽太は思わず吠《ほ》えた。

その不敬極まりない叫びが音声として口から飛び出なかったのは、単に怒りと驚きで喉が麻痺《まひ》していたからに過ぎない。

隣で良夜が同じように歯がみしている。

この場で動じていないのは、やらかした殿下と、弥和帝国の建国神話にも帝室にも、まったく愛着も信仰もない異邦の探索官だけだ。

「まあ、皆様。どうなさいましたの、そのように怖い顔をなさって？　ミアが陛下から借りられた剣は、霊力に溢《あふ》れた非常に聖なる剣なのでしょう？　心強いこと、この上ないでしょうに」

「……い、いや、探索官。天叢雲剣つーのは、天孫降臨時に天よりもたらされた神剣で、我が弥和帝国の始まりから存在しているっていう、とんでもない遺産なんっす。そんな貴重なものに刃《は》こぼれの一つでも作った日には、オレ、腹を切れと言われかねないっすよ」

「わたしは、鬼邑にそ《そこ》んなことは言わないぞ」

いささか機嫌を損ねたような顔で、殿下が言う。

「たとえ鬼邑が今後〈まつろわぬ神〉を退治するのに、あの剣を折ってしまっても、それは鬼邑の責任にはならない。処罰はわたしが引き受ける。わたしが陛下から借り受けたのだから、当然のことだ」

あの大きな赤と金の混じった不思議な色合いの瞳で殿下は真っ直ぐに陽太を見て、極真面目《ごくまじめ》な顔で宣言された。が。

──そ、そんなことを言われたら、オレ的には、ますます折っても傷つけてもいけない剣になったんっすが……。

「──それも問題だが、もう一つ危険なことがある」

言葉をなくした陽太の横で、低く陰鬱《いんうつ》な声で良夜が告げる。

「かつて天帝陛下《あまみかど》の側《そば》に仕えていた男が、どうしても神剣をこの目で見たいと、宝物殿の清掃《せいそう》の時にこっそり神剣の入っている剣袋の紐《ひも》をほどき、半尺ばかり神剣を袋から出した。するとただそれだけで、男は眠りを妨《さまた》げられた神剣の怒りを買い、両目を焼かれ、悶《もだ》え苦しんだあげく、次の朝には死んでしまったという」

「……はい？」

「爾来《じらい》、天叢雲剣はいついかなる時も天帝陛下か東宮殿下のみが触れ」

「待った」

話が飲み込めた陽太は、先ほどよりさらに青い顔で良夜の話を遮《さえぎ》った。

「待った待った待った！　オレ、それ、使ったんっすけどっ⁉　え？　これから両目を焼かれ、悶え苦しんで、明朝には死ぬんっすか、オレ？」

「バカ者。そんなことがあるか」

情けなくも慌てふためいていると、殿下に軽く頭を叩かれた。

「そなたが天叢雲剣を使って、もう三日が過ぎておる。どのあたりの目が焼かれて、悶え苦しんでおると言うのだ？」

「え？　あ？　そ、そうっすね…………」

確かに今現在、目も体も無事だ。

悶え苦しむ兆候《ちょうこう》は出ていない。

「鬼邑を助けた時、剣に触れずに済んだのは私にとって行幸《ぎょうこう》だった。鬼邑は無事だったが、私や探索官はあの剣に触れないほうがいいと思います。探索官、よろしいですか」

「Yes, Sir……かしこまりましたわ」

母国語で頷いてから、探索官は例のごとく貴婦人的相槌《あいづち》を打った。

「しかし、天叢雲剣を平気で振るい、毒を浴びても死なないというのは」

「バカは風邪を引かない的な？」

話が嫌なほうへ向かっている気がして、陽太は自虐《じぎゃく》的《てき》なことを明るく笑いながら言った。

が、良夜はそのまま話を続けた。

「鬼邑忠孝《ただたか》公は、どう考えてもただ人ではなかった。鬼邑も、その血を引いていると言うことだろうな」

「――マジやめて、ソレ」

真顔で陽太は良夜に言った。

「親父と違って、極々《ごくごく》普通の人間ですから、オレ。海軍兵学校でだって、学校始まって以来の落ちこぼれと評判だし。もう、いつ退学になってもおかしくない劣等生《れっとうせい》っすよ、オレ」

声を荒らげているわけではないのに鬼気迫《せま》る陽太の剣幕に、三人は「おやおや」といった風情《ふぜい》で、互いを見合った。

「……のわりには、陽太君はとても記憶力が良いと思いますのよ、わたくし」

「うむ。撫子女御様は宮中ではとても地味な方で、あまり表に出られない。お名前だけで摂関家の方だとか、どの宮様のご生母かと即座に思い出せるのは、後宮の女官達でもそう多くない」

「私の妹達の名前もすぐに覚えたし、何よりあのような化け物を見ても怯《ひる》まず、戦える剛胆《ごうたん》さを持つのはまさに希有《けう》の者と呼べるだろう。それにいかに剣が優《すぐ》れていようと、剣術そのものが優れていなければ、あんな化け物と互角に戦うのは無理だ」

「……」

探索官に殿下、それに命の恩人の陰陽師様からまで言われて、陽太は深く深く息を吐いた。

☆

見聞きし、読んだものを全て記憶するのは、普通の人にはできないことだと知ったのはいつだったか。

自分が人より長く走れ、人より長く潜《もぐ》れること知ったのはいつのことだったか。

幼い頃、近所の子供とつかみ合いのケンカをすることがあれば、陽太は必ず勝った。

他の子供より体が大きい上、相手の次の手が視《み》えるからだ。

剣術や柔術の試合、水泳大会や陸上競技会など、何に出場しても、中学時代、誰にも負けなかった。

学校の試験で、満点以外の点を取ったことがなかった。

〝お前なら、何にでもなれる〟

末は博士か大臣か、はたまた海軍大将か。

中学の教師に、都会に出ればお前ならばいかようにも未来は開けていると言われたが、陽太は島を離れる気はなかった。

〝何にでもなれるなら、オレは、島でじいちゃん達と一緒に田畑を耕《たがや》して、漁に出る奴《ヤツ》になるっす〟

教師だけでなく、祖父母からも母からも外に行きたくないのかと何度も問われたが、いつも首を振った。

内乱で、母は兄弟全部失った。

祖父母は、陽太の母以外の子供達をすべて失った。

伯父《おじ》達だけでなく、あの内乱で一旗揚《あ》げようと島を旅立った若者のほとんどが戦死した。

だから、島は女と年寄りしかいない家が多く、男手を欲していた。

だから、陽太はあの島で新しい家庭を作り、祖父母にひ孫を抱かせようと決意していた。

伯父達から生まれなかった孫達の分まで。

戦死した若者達が残すはずだった子供達の分まで、陽太はあの島で人々を助け、支えたかったのだ。

人より頭が良くて力が強ければ、島の人達を護《まも》る力になるだろう。

故《ゆえ》に自分の才能を、能力を、子供の頃は素直に肯定《こうてい》できた。

——けど、それが捨てたはずの妾《めかけ》の子を、親父が拾いなおすきっかけになったと知れば。

足が不自由になった異母兄を、父が切り捨てるきっかけになったと知れば、陽太は天与の才を素直に喜べなくなった。

そしてまた、海軍兵学校で死ぬほど努力している同級生達を見た。

彼らの努力を横目に、生まれ持った才能だけで首席を張るのも、剣術の試合で相手を打ち負かすのも気が引けた。

——オレ、なんにも頑張ってないし。

母や祖父母を護るために体は鍛えたし、島に来る商人達に騙《だま》されないように読み書きや算術も覚えたけれど、彼らに比べればその努力は百分の一にも満たない。

父親のように陛下のために戦い、武勲《ぶくん》を立てたわけでもなければ、異母兄のようにその跡を継ぐべく幼い頃から毎日毎晩勉学に励《はげ》んできたわけでもない。

同級生達のように寸暇《すんか》を惜しんで兵術や軍政の研究をしていないし、血豆ができるまで竹刀を振ったわけでもない。

そんな自分が公爵になるのは間違っているし、海軍兵学校で首席の勲章を貰《もら》うのもおかしい。

鬼邑公爵家は異母兄が継ぐべきだし、海軍兵学校で一番になるのは一番努力している者がなるべきだ。

自分は海軍兵学校から放校されて、鬼邑公爵家から役立たずと断じられて、島に帰るのが一番いいのだ。

それが自分も周囲も一番幸せなのだ。

そんなことをボソボソと陽太が言うと。

「このバカ者が！　帝国臣民《しんみん》の義務をなんと心得る！」

殿下から後頭部を、今度は盛大に叩かれた。

「……ぎ、義務……？」

「才能がある人間がちゃんと才能を活《い》かさねば、この帝国は豊かにはなれぬ。なんのために天がそなたにその才能を与えた？　なんのためにそなたを、公爵の息子に生まれさせた？　それは、この帝国を豊かにし、次の世代に渡す天意と取るべきであろうが！」

「……」

「そなたがここにいることに、なんの意味もないはずがなかろう？　いや、意味がないと思うのであれば、意味を天に問うべきだ。そのために、与えられた場所で精一杯のことをすべきであろう。己《おのれ》が、ここに生まれた意味を、摑《つか》むために」

――それ、は。

赤く輝く篝火《かがりび》のような髪。

赤と金の入り交じった不思議な瞳。

薔薇《ばら》の花のような、華やかな洋装。

女の子の格好をしている東宮殿下。

でも本当は、女の子なのに性別を偽《いつわ》って、東宮をしている姫宮。

なぜ、自分は天帝の娘として生まれたのか。

なぜ、兄弟達の中で、自分一人だけが生き残ったのか。

彼女は、百万回でも天に問うたのではないだろうか。

ナゼ、自分ハ、ココニ生マレタノデスカ？

「そなたが手を抜いて、公爵位を異母兄に譲《ゆず》っても、わたしがそなたの異母兄の立場なら、ちっとも嬉しくないぞ。故郷の島のことをずいぶんと気にかけているようだが、そなた一人でできることなどたかが知れてる。だが、天下の鬼邑公爵なら、そなたの故郷にできることはもっとあるのではないか？」

「そ、それは……」

島の今にも壊れそうな古い桟橋《さんばし》。崩れかけた神社の石段。ガス灯一つない暗い道。古い民家を貰い受けて改築した島の学校は小さく、学校としての充分な設備がない……。

――殿下の仰るように、ただの一島民でなく、天下の鬼邑公爵なら、きっとそれらを改善することができるだろう。

しかし、公爵になれば、自分は島では暮らせない。

祖父母や母にお金を送ることはできても、共に暮らすことはできない。

内乱で子供を亡くした祖父母の家を、故郷の島を、新しい家族で満たすことはできない。

「――」

祖父母達を住み慣れた島から離すのはもってのほかで。

安易に「じゃあ、公爵になります」とも、陽太は言い切れない。

「それにわたしが海軍兵学校の生徒なら、一番になるはずの者が手を抜いたおかげで首席になったら、首席の勲章を授与すると言われても貰わないだろう。そんな恥《はじ》知らずにはなれないからな。そもそも一番を取るべき人間が手を抜いたら、もっと頑張ればもっと上に行けたはずの人間も低い場所で満足してしまうではないか。海軍兵学校の者達がより己を高め、切磋琢磨《せっさたくま》できる機会をそなたの偽善《ぎぜん》で失わせるのか？　そなたは父親以上に傲慢《ごうまん》な男だな」

「……そ、そうっすね……」

どの言葉もどの言葉も胸に痛かったが、父以上に傲慢だと断じられたのが、一番きつかった。

「……そうは言っても、鬼邑忠孝公の跡を継ぐのは、かなり心が強くなければできないことだと思います。私は、鬼邑が逃げたくなる気持ちも解ります」

陸サンの誇《ほこ》る神童様は、いつだって泣きたくなるほど完璧《かんぺき》だ。

――あー、こんだけ全方向に優れていたら、殿下が好きになるのも、無理はないっすよ……。

そんなことを、泣きそうな気分で思っていると。

「逃げる？　わたしは現在のところ、あの偉大なる陛下の跡を継ぐよう定められているが、与えられた立場から逃げるなど、考えたこともない」

さっきは物理的に叩かれたが、それ以上に陽太はがつんと頭を殴られた気がした。

――この女の子は。

どういう事情か全てを知ってはいないが、女の身で東宮の地位にいる。

だが、彼女が帝位に就くことはありえない。

帝室の呪いが祓われ、健《すこ》やかな弟宮様が生まれれば、彼女は東宮の座から降ろされるだろう。

歴史を紐解《ひもと》けば、ただでさえ廃太子《はいたいし》された親王の人生は暗い。

性別を偽《いつわ》って東宮の座にいる彼女が、幸せになれる可能性はとても低いように思える。

——それでも、東宮の座から逃げようと考えたことがないと？

帝室の呪いを祓うために尽力し続ける、と？

〝そなたがここにいることに、なんの意味もないはずがなかろう？　いや、意味がないと思うのであれば、意味を天に問うべきだ。そのために、与えられた場所で精一杯のことをすべきであろう。己が、ここに生まれた意味を、摑むために〟

——自分が。

自分が彼女と出逢ったことに、意味がないはずがない。

「……解りました。鬼邑陽太、このまま死ぬまで公爵をやるかどうかは置いて、劣等生の振りをするのは、今日限りでやめるっす」

そう宣言すると、彼女は初めて花が咲くようなあの笑顔を陽太に向けてくれた。

☆

「……さて、ミア様」

陽太が殿下の晴れやかな笑顔に胸がほんわかした、わずか三十秒ほどのち。

大変厳《きび》しい表情で土御門良夜は、彼女の名を呼んだ。

胸の前に腕を組んで立ちはだかるように殿下の前に立った様子は、「今から説教しますよ！」と宣言しているにも等しい。

「な、なんだ？」

殿下もその不穏な空気を悟ったのか、やや怯み顔だ。

「なんだではありません！　どうしてミア様は、あの時、良夜の言葉に従って、逃げなかったのですか！」

「それは、わたしに良夜を見捨てれば良かったと、言っておるのか？」

「そのとおりです。ミア様はご自分のお立場をなんと心得ていらっしゃるのですか！」

——おぅ。土御門ってば、おかんのようだ。

男にこんなことを言うのも変だが、良夜の厳しい口調に陽太は、説教時の母親を思い出した。

そのせいか、なんだか自分が叱《しか》られているかのようにビクビクしてしまう。

「先ほど、鬼邑にミア様はたいそう立派なことを仰いました。そのようにご自分のお生まれやお立場のことをお考えと知って、良夜も安心致《いた》しました」

「そ、そうか」

殿下の口元がふわりと綻《ほころ》ぶ。が。

「ですが、行動が伴《ともな》わなければ、意味がありません！この良夜のことより御身《おんみ》を第一とお考え下さいませ！」

すぐさまピシャリと言われて、殿下は身を竦《すく》めると固く口元を結ばれた。

「良いですか。今度、あのようなことをなさったら良夜は」

そこまで乳兄弟《ちきょうだい》としての説教をかっ飛ばしていた良夜だったが、不意に口ごもった。


陽太が思うに、良夜はここでどうも適切な罰《ばつ》が思いつかなかったようである。

——うん。殿下相手に、定番の「押し入れに閉じ込めますよ」を発動させるわけにもいかないっすよね……。

畏れ多くも我らが弥和帝国の東宮殿下を、どこの屋敷の押し入れに入れられると言うのか、である。

「——どうするのだ？」

ふくれっ面《つら》の殿下ににじり寄られ、良夜はムムっと唸《うな》った。

——一、二、三、四、五。

五秒数えて、陽太は二人に助け船を出す。

「そりゃあ、今度ミア様がミア様の命を粗末にするようなことがあったら、もう二度とミア様とは口を利《き》かないってことにしたらいいんじゃ？」

「鬼邑、余計なことを言うな！」

「鬼邑、素晴らしい！」

殿下には睨《にら》みつけられ、良夜には肩を叩かれた。

「まあまあ、ミア様。良夜の命を助け損なって良夜が死んでしまうのと、良夜の命が助かって良夜に口を利いてもらえないのとでは、どっちがマシっすか？　一応、後者だと再び口を利いてもらえる可能性が残ってるわけですが」

「なるほど」

「鬼邑！」

今度は、ぽんと殿下は手を叩き、良夜は歯がみした。

「貴様は何を」

「まあまあ、オレと良夜がついてれば大丈夫じゃね？　今回だってなんとかなったっす。オレ、次回も超本気で頑張るし」

——だってミア様に、お前を見捨てろなんて、絶対絶対絶対に、無理っす。理屈じゃないっしょ、こういうのって。

そんな口にしない思いを全部解っているという顔で、探索官がこちらを見ている。

「……そうですわねぇ。わたくしから言わせれば、良夜君、あなたこそ自分の価値を解っていません。最初に申し上げましたように、〈まつろわぬ神〉に対抗できるのは〈陰陽師〉だけです。わたくしや陛下が調べたところでは、今現在あなた以外には彼らと戦えるだけの技量を持つ者はいません。この状況であなたが斃《たお》れたら、誰が〈まつろわぬ神〉を倒すのです？　合州国は自国の探索官を派遣《はけん》するまでの好意はあっても、自国の数少ない〈ウィザード〉を弥和帝国に派遣するほど優しくはないですわよ」

「そうだ。良夜が斃れたら、結局わたし達は遅かれ早かれ全滅するではないか」

「あー、なるほどなぁ。じゃあ、やっぱりミア様が良夜を助けようとするのは、しょうがないっすね」

探索官の言葉に殿下が勝ち誇ったように言い、陽太が駄目押しをして良夜の腕を叩いた。

良夜は顔を手で覆《おお》い、天井《てんじょう》を見上げて嘆息する。

「まったく、なんて……。……良夜？」

陽太が己のことを名前で呼んだことに、ようやく気づいたようである。

「ツチミカドって呼びにくいし、なんか他人行儀じゃん。いいだろ、良夜で？」

陽太の言葉に、良夜は苦笑する。

「——そうだな。では、私も陽太と呼ぼう。私も……鬼邑は言いにくい」

そうっすよねー——と、親同士のアレコレを思いながら、しみじみ陽太は頷く。と。

「では、わたしもそうする。これからは、そなたのことを陽太と呼ぶ」

「へ⁉」

思わぬ展開に、陽太はしゃっくりを起こしそうになった。

「――なんだ、不満か？」

「え？　いや、ぜんぜん」

陽太が物凄い勢いで首を振ると、殿下は満足そうに頷いた。

「おやおや、狙《ねら》っていました？」

「え？　いや、ぜんぜん」

探索官にからかわれて、陽太はまたまた首を振った。

実際、そこまで計算できるほど陽太は狡賢《ずるがしこ》くない。

「なんの話だ、陽太？」

「あー、いや、あの……ミ、ミア様には関係のない話っすよ、うん」

「……」

さっきまでの満足そうな顔から一転不機嫌そうな視線を向けられたが、陽太は口を噤《つぐ》んだ。

あなたに名前を呼ばれるのが、嬉しいという話っす。

……そんな乙女《おとめ》なことを、いやしくも弥和帝国海軍兵学校生ともあろう鬼邑公爵が、口にできるわけがない。

❖断章〈花〉❖

毎朝あえかな期待を抱《いだ》いて、鏡を覗いた。
でも、どんな朝もいつだって鏡に映《うつ》るのは、血のように赤い髪の子供だった。
黒い髪の人々が普通のこの帝国では、明快なまでに異端な姿だった。
彼女の赤い髪に宮中の者達は上から下まで眉《まゆ》を顰《ひそ》め口を揃《そろ》え、こう囁き合った。

〝――まるで、〈鬼〉のような〟

たった九つの音の連《つら》なり。
神の末裔《まつえい》とその僕《しもべ》を名乗る高貴で雅《みやび》な彼らは、そのあとの言葉を口にはしない。
〈鬼〉という単語だけで、彼らの言いたいことは全て伝わるから。

〝――まるで、〈鬼〉のような〟

たった九つの音の連なり。
でも、それが意味するのは彼らには赤い髪の彼女は「忌避《きひ》すべき化け物に見える」ということ。
赤い髪の彼女を「化け物にたとえるほど醜《みにく》いと思っている」こと。

〝――まるで、〈鬼〉のような〟

衣擦《きぬず》れに紛《まぎ》れて、微《かす》かな嘲笑《ちょうしょう》とともに呟かれるその九つの音の連なりは、赤い髪の彼女の心にしんしんと降り積もる雪だった。
日々降り積もる雪に、五つの年を数える頃には彼女の心は凍えきり、その重みに押し潰されそうになっていた。

〝その髪は、まるでサザンカの花のようです〟

その時、ただ彼だけが、赤い髪を真冬に咲く綺麗な花にたとえてくれた。

〝――まるで、〈鬼〉のような〟

七歳の誕生日を迎える前に彼が宮中を去り、さらに三年後、双子《ふたご》の兄も亡くなって。

彼女に優しい言葉をくれる人は誰もいなくなったのに、その九つの音の連なりが途絶えることはなかった。

だから、帝国で最も高貴で豪華な宮殿に住みながら、彼女は一年中真冬の牢獄《ろうごく》にいるかのようだった。

〝その髪は、まるでサザンカの花のようです〟

だから、赤い髪の彼女は、彼の言葉を永遠に消えることのない灯火《ともしび》のように、胸に閉じ込めた。

彼との思い出の微《かす》かな温《ぬく》もりを糧《かて》に、生きてきた。

彼がサザンカの花のようだと言ったから、真冬に咲くその花のように、自分は赤い頭を垂《た》れることなく生きていられると思った。

これまでも、そして、これからも。

ずっとずっと、そうやって生きていくのだと彼女は思っていたのだった。

断章〈鬼〉

〝そなたの父、鬼邑忠孝《おにむらただたか》が陰陽道《おんみょうどう》など迷信だと切り捨てなければ、彼女が呪われ、殺されてしまうこともなかったのに〟

夜明け近く、柱を背にうつらうつらしていたところを、良夜《りょうや》は父の咳《せき》で起こされた。

「父上、大丈夫ですか?」

父の枕元に寄って尋ねると、父は乾いた唇で何事か呟いた。

水が欲しいのかと白湯《さゆ》を湯飲みに注ぎ、父の半身を支え起こして与える。

「……良夜」

「はい」

「……〈まつろわぬ神〉とは、〈鬼〉だ」

唐突に告げられ、良夜は父の顔を覗き込んだ。

土気色《つちけいろ》の父の顔には深い皺《しわ》がいくつも刻まれ、その目は落ちくぼんでいる。だが、瞳だけが爛々《らんらん》と輝いていた。

それこそ鬼のように。

「〈鬼〉……そう、鬼邑忠孝だ。奴《ヤツ》こそが、〈まつろわぬ神〉。我が土御門《つちみかど》家を呪詛《じゅそ》する者ぞ」

「――」

「良夜、良夜……。鬼邑忠孝を、誅《ちゅう》せよ。あれこそが、〈まつろわぬ神〉。今上《きんじょう》陛下に徒《あだ》なす者」

鬼邑忠孝公爵は、もう三月《みつき》も前に亡くなった。

父からその記憶がすっかり抜け落ち、何度それを告げても、父の頭に残らない。

まるで鬼邑忠孝公爵が亡くなった事実を拒否するかのように。

〝そなたの父、鬼邑忠孝が陰陽道など迷信だと切り捨てなければ、彼女が呪われ、殺されてしまうこともなかったのに〟

東宮《とうぐう》殿下の言葉が思い出された。

鬼邑忠孝公爵は、良夜からたくさんのものを奪い去った。土御門子爵《ししゃく》家の名誉も財産も陰陽師としての職も矜《きょう》持《じ》も。父の健康、家族の安寧《あんねい》。そして。

——あの小さな赤い髪の姫宮様までも。

何の非も罪《つみ》もない。

ただ、帝室に赤い髪をして生まれただけで、父たる今上陛下からも疎《うと》んじられ、まるで存在しないかのように名前さえ与えられなかった。

——姫宮様は、結局、最期《さいご》まで名前を与えられなかったのだろうか。

だとしたら、酷《むご》すぎる。

——いや、もし。

もし。

その先を考えることを、良夜は全力で拒《こば》んだ。

今上陛下がそのような選択をなさるはずがない。

そこまで残酷《ざんこく》な選択をなさるはずがない。

何よりそれは帝国臣民《しんみん》を謀《たばか》ること。

そのような過《あやま》ちを犯されるはずがない。神の末裔《まつえい》たる陛下が。

それは、千年以上も帝室に仕《つか》えてきた堂上《どうじょう》華族の一員として、けして良夜には認めることができないことだった。

「良夜」

「はい、父上」

「鬼邑忠孝を、誅せよ」

「……はい、父上」

宥《なだ》めるように頷くと、安心したのか父の体から力が抜け、薄い布団の上に横たえることができた。

——叶《かな》えることのできない約束を、してしまった……。

死んだ人間を、誅することなどできない。

どんなに、どんなに憎《にく》んでいても。

「——」

何もかも奪われた。それなのに、ほんのささやかな小さな復讐《ふくしゅう》さえも許されず、鬼邑忠孝は幽世《かくりよ》へと旅立った。

良夜の知らぬ誰かに殺されて。

恨《うら》みの言葉一つ伝えられなかったこの胸の内側に降り積もった冷たいものは、どうしたら解除《げじょ》されるのか。

——それは。

大きな大きな鬼邑公爵邸。

豪奢《ごうしゃ》な調度品が並ぶ屋敷の一番豪勢な部屋の中で、たくさんの人に傅《かしず》かれて、鬼邑公爵の息子は暮らしている。

先日、彼を見舞いに行った時にそれらを見て、我が身、我が父との違いに空漠《くうばく》たるものを良夜は思わざるを得なかった。

「……だが、鬼邑陽太《ようた》は、鬼邑忠孝ではない」

あの気のいい海軍兵学校生と出逢ってから、何度良夜は己《おのれ》にその台詞《セリフ》を言い聞かせたことか解らない。

彼は父親とは違う。

それに、長く父親とは離れて暮らしていた彼に、土御門家の没落《ぼつらく》についてどんな責任があろうか。

父親への恨みを陽太にぶつけるのは、間違っている。

間違ったことだと、良夜は知っている。

「……それにしても、威刃《たけは》と繋《つな》がるとは」

過日、御所《ごしょ》に現れた大蜘蛛《おおぐも》を操った萩野《はぎの》という女官《にょかん》は、威刃地方の特殊《とくしゅ》な家——トウビョウ持ち——の出だったことが判明したと、探索官《たんさくかん》から知らされた。

トウビョウとは威刃あたりで言う蛇神《へびがみ》のことで、トウビョウ持ちの家とは憑《つ》き物筋、蛇神に取り憑かれた家のことを言う。

本来、御所の女官になれるはずがない彼女が潜《もぐ》り込《こ》めたのは、内乱のどさくさに乗じて、別の女の戸籍を手に入れ、さらに威刃の名士の養女となってから、撫子女御《なでしこのにょうご》の遠縁の男に嫁《とつ》いだからだ。

そこまで出自を徹底的《てっていてき》に隠して、萩野が御所に入ったのはどういう意図があったのか。

また、考えるまでもなく、萩野一人でできることではあるまい。

——黒幕は、誰か。

威刃地方には帝国でも有数の神社である威刃大社《たけはたいしゃ》がある。

その宮司《ぐうじ》家である威刃家は、現在の陸軍大臣を輩出《はいしゅつ》している。

そして、彼は厚意で土御門家の屋敷を借り、その片隅の土蔵に良夜達一家を住まわせてくれている。

威刃地方なり威刃大社なりを、帝室を呪詛する一派との容疑をかけて調べるとなれば、良夜は立場的に苦しくなるだろう。

「……」

犯人が鬼邑忠孝公爵でないにしても、まちがいなく土御門家は呪われている。

見通しの暗さに、良夜はそう溜息を零《こぼ》した。

捌章

「焼き菓子を作りましょう！」

御所《ごしょ》で蜘蛛《くも》の化け物と戦い、倒れた陽太《ようた》を見舞いに行って公使公邸に帰ってくるなり、ケヴィンはそう宣告した。

「……焼き菓子を作りましょう？」

わけが解らず、ミアは復唱した。

「そうです。わたくしとしたことが、うっかりしていましたわ。殿方の好感度を上げるには、可愛《かわい》らしく着飾るだけでなく、手作りの料理を振る舞うことが大事なのですよ！」

この異邦人は男性なのに非の打ち所のない貴婦人の弥和《やまと》帝国語を使うのを横に置いても、とても不思議な人物だ。

海の向こうの遠い異国にいながらにして、弥和帝国の内情によく通じ、ミアの兄弟達が夭折《ようせつ》していく理由を〈まつろわぬ神〉とその神の信奉者による呪詛《じゅそ》だと見破った。

それだけでも凄《すご》いのに、東宮殿《とうぐうでん》に幽閉されていたミアを、父帝とどういう話し合いをしたのか、彼の住居である合州国公使公邸で暮らせるように算段を付けてくれた。

〝変装のため、わたくしの娘の振りをして下さいませ〟

そう言って、合州国の女の子の衣装でぎっしりの衣装部屋をミアに与えてくれた。

それらの服や装飾品は、合州国にいるケヴィンの妻が用意してくれた物だと聞いた。

父帝に捨て置かれた彼女の暮らしには、いつも最低限の衣服しかなかった。

兄宮の代わりに東宮になったあとも、東宮殿に幽閉の身のせいか必要最低限の物しか下さらなかった。それも飾り気のない男物ばかりだ。

だから、こんなにたくさんの華やかな服を持ったことなど生まれて初めてで、他の女の子のように着飾ることも初めてで、周囲から可愛いと褒《ほ》めてもらえることも初めてで。

夢みたいだと思った。

一度ケヴィンとその妻がどうしてこんなに自分に良くしてくれるのか解らないと尋ねたら、「睦治《むつさだ》に恩を売ってるだけですから、気にしないで下さいませ」と軽く言われた。

一応自分は東宮の地位にあるが、即位することはなく、これから生まれる弟に東宮位を譲《ゆず》るのは確定した未来だった。

父にとって赤い髪の姫宮は、東宮の身代わりを一時的に務めるだけの者。

名前すら授《さず》ける価値のない者。

――そんなわたしに優しくしても、今上《きんじょう》陛下に恩を売ることにはならないだろうに。

この帝国の最高位にある父を名前で気安く呼び、帝国にとって最重要機密であった自分を東宮殿から引き取ったケヴィンは何者だろうかと思う。

彼女が本当は女の子であることを、ケヴィンは知っているのか、知らないのか。

己《おのれ》の娘に変装しているという設定どおり、ミアを淑女として扱《あつか》う。

ドレスや髪飾りを付けたミアを可愛いと、手放しで褒めてくれる。

――でも、良夜《りょうや》は顔をしかめた。

そのことを思い出す度《たび》、ミアは胃のあたりに重い重い石が詰まったような感覚に襲われる。

まったく似合ってもいない質素な着物を着た赤い蓬《ほう》髪《はつ》の、鬼のように醜《みにく》いと評されていた子供に、その髪はサザンカの花のようだと言ってくれるほど情け深い良夜なのに。

その良夜が、西欧式に着飾った彼女を、ただの一言も褒めてくれなかった。

――やはり私は醜いのだな。

良夜との再会以来、いつもその結論に落ち着く。

ケヴィンやブラウン夫人達が可愛いと言ってくれたのは、異邦人と弥和帝国人の感覚の相違だろう。

――あるいは、あまりにも醜いから、ケヴィン達が哀《あわ》れんでくれたのかもしれないな。

マルデ鬼ノヨウナ。

この世に生まれ落ちた時から、いつもその言葉が聞こえていた。

自分が醜いというのは、あまり嬉しくないことだ。

特に父親もその正妻たる中宮《ちゅうぐう》様も美貌《びぼう》で名高く、御所には花のように美しい人達ばかりが住んでいれば、なおのこと惨《みじ》めな気持ちになる。

——でも、醜くても、できることはある。

兄の代わりに東宮の役割を果たしている。

ケヴィン達と呪詛を行っている者達を捕まえ、呪詛をやめさせることができれば、父や中宮様に喜んで貰《もら》えるだろう。

良夜もこの働きが認められれば、陰陽《おんみょうりょう》寮を復活できるかもしれない。

それが無理でも、陸軍でより高い地位に行けるだろう。

——リボンのことは、お礼を言って貰えたし。

ささやかなことだが、良夜が心から喜んでくれたので、ミアはとても嬉しかった。

〈まつろわぬ神〉に関することについて、父から神剣を借り受けたことも、ちゃんと役に立ったと思う。

実際に剣を振るったのは陽太だが、ただの剣では陽太の剣術でもあの化け物蜘蛛とは対抗できなかったと本人が言っていたから、剣を借り受けた自分は先見の明があったのだ。

——うん、ちゃんと良夜の役に立っている。

化け物を斃《たお》すことに役立ったと言うことは、この帝国のためにもなったということだ。

父の帝国に対しても良夜に対しても、自分は悪くない成果を上げている。

——……でも、良夜を助けようとしたことは、叱《しか》られた。

陽太が言いくるめてくれたが、良夜は凄く不満そうだった。

——だが、この点は折れるわけにはいかない。

偽物《にせもの》の東宮である自分より、本物の陰陽師で、陸軍士官学校では神童とさえ言われている良夜が生き残るほうが、弥和帝国のためになると思う。

——ケヴィンも、良夜のような本物の魔術師は貴重だと言ったし。

〝帝室に生まれた者の運命《さだめ》として、そのお命のすべて、弥和帝国のために使われよ〟

今は亡き鬼邑忠孝《おにむらただたか》公爵の言葉は、いつもミアの頭の中にある。

父の帝国のために自分は何ができるのか、いつも考えている。

そして同じくらいミアは、良夜に自分が何をできるか考えている。

良夜はミアにとって命の恩人のようなものだ。

それに、呪詛されたミア達と関わったことで、土御門《つちみかど》家は不幸に見舞われたような気がしてならないから。

だから、良夜のために何かできることはないだろうかとケヴィンに尋ねたのだが、その回答が。

「焼き菓子を作りましょう」

だった。

「……焼き菓子を作りましょう？」

わけが解らず、ミアは復唱した。

「そうです。わたくしとしたことが、うっかりしていましたわ。殿方の好感を上げるには、可愛らしく着飾るだけでなく、手作りの料理を振る舞うことが大事なのです！」

――好感度を上げる……？

「……お菓子を作ったくらいで良夜がわたしをより好きになってくれるとは思えないし、そもそもわたしみたいな醜い子を今以上に好きになっても、良夜に良いことなど一つもないように思う」

「――！」

自分の案に反対されたせいなのか。

いや、そんな大人げない人ではなかったはずなのだが、ケヴィンは今まで一度も見せたことがないような怖い顔をした。

それから、綺麗な金色の頭を振った。西欧人がよくやる「嘆《なげ》かわしい」という思いを込めた動作だ。

「……ミアは、醜くなんてありませんわ」

「いいんだ。知ってるから。ケヴィンの国では珍しくないのかもしれないけれど、弥和の人間は醜いと思うものなのだ。こういう真っ赤な髪とか、渦《うず》を巻くような癖毛《くせげ》は。おまけにわたしは目まで赤いし」

泣き出さないよう、ミアは頑張ってその赤い目を瞬《しばたた》いた。

――大丈夫。知ってる。誰に言われなくても。

自分は醜い。

実の親にさえ疎《うと》んじられるほど醜い自分は、誰かの好意に値《あたい》するような人間じゃない。

良夜が優しかったのは、彼が乳兄妹《ち》という立場をよく心得ていただけだ。

――でも、嬉しかったから。

彼がこの赤い髪をサザンカの花のようだと言ってくれたから、自分は最後の最後で醜い己を嫌いにならずにすんだのだ。

だから、彼女は良夜のために何かしてあげたいのだ。

「……焼き菓子を作りましょう」

もう一度ケヴィンは言った。

「でも、ケヴィン」

反論しかけたミアをケヴィンは両手を振って押しとどめた。

「わたくし達はチーム……仲間ですわ。ミアと良夜君とそれから陽太君、そしてわたくし。仲間が一致団結しないと、ことは上手《うま》く進みません。わたくし達がより仲良くなるためには、手作りの料理を一緒に食べることが不可欠です！」

「……そう、なのか……？」

ほとんど幽閉されて育った彼女は、人付き合いの根本が解っていない。その自覚もある。

これからも当分は帝室に掛けられた呪詛を解くために、四人で動かなければならないのだから、良夜はもちろん陽太とも仲良くなる必要があることも解る。

――でも、わたしの手作りの料理で仲良くなれる……？

かなり疑問だ。

「そうなのです！」

しかし、ケヴィンからは力一杯断言された。

「……だが、わたしは料理をしたことがないし……」

「だから、他の料理ではなくて、焼き菓子なのです。焼き菓子なら簡単ですから、ミアでもすぐに作れますわ。ブラウン夫人は教えるのも上手《じょうず》ですし」

公使公邸の家政婦であるブラウン夫人が料理上手なのは、彼女も重々承知しているが。

「ミアは、もっと普通の女の子らしいことをしたほうがいいと思いますわ」

「……わたしは、普通の女の子ではない」

自分は偽物とは言え、弥和帝国の東宮だ。

普通の女の子ではないし、普通の女の子にもなれない。

「なら、なおのこと。……そう、この屋敷にいる間だけでも」

ケヴィンは軽やかに微笑《ほほえ》んだ。

「ここにいる間は、あなたはミア・モーガン。赤い髪が珍しくない合州国の、ただの可愛らしい女の子ですわ。まあ、わたくしの娘ですから、普通の子より少々裕福ですけれどもね。わたくしがそう魔法をかけました」

「ケヴィンは、探索官《たんさくかん》だろう？」

「……実はわたくし、魔法が使えますの。あ、これは良夜君達には内緒ですわよ。合州国政府の最重要機密の一つですからね」

灰色がかった青色の片目をつぶる。

その悪戯《いたずら》っ子めいた表情を見るに、どこまで冗談でどこまで本気か解らない。

解らないがともかく、ミアはケヴィンの言うとおり焼き菓子を作ることを承知した。

結局のところ彼女も、普通の女の子のようなことを一つでも多くやりたかったのだ。

御所の外、この屋敷にいる間だけだったとしても、名前も授けられないほど親に疎んじられた醜い姫宮ではない誰かになりたかった。

玖章

「よく来たな、良夜《りょうや》！」

合州国公使公邸の玄関前で陽太《ようた》が馬車を降りた途端、勢いよく開かれた扉から、赤い髪の女の子が満面の笑みで飛び出てきた。が。

「…………」

が、その満面の笑みは、すぐに怪訝《けげん》そうな表情に取って代わり、それから悲しそうな顔に落ち着いた。

鬼邑《おにむら》陽太としては、まるで一瞬で花が萎《しお》れるのを手品みたいに見せられた気分になる。

――あー、やってきたのがオレだけだからって、そこまでガッカリしますか。しますよね。だって、オレは良夜じゃないし。

自分も落ち込んでしまいそうに自虐的《じぎゃくてき》なことを、つられて陽太は思ってしまう。

恐らく彼女は馬車が来たのを二階の窓から確認して速攻部屋を出たのだと思う。

つまり、馬車から降り立った人物までは確認せずに階段を駆け下りたって感じ？　――などと、まるでその場面を目で見たかのように推測できてしまう自分がなんだか恨《うら》めしい。

「良夜は何か外せない用事が生じたとかで、ちょっと遅れるそうです」

公爵家の馬車で迎えに行ったら、なんだか非常に困った顔をした上の妹さんが門の前に立っていて、陽太にそんな良夜からの伝言を伝えてくれた。

「……そうか」

陽太の目の前の、どう見ても可愛《かわい》らしい女の子にしか見えない女の子は合州国大統領直属〈まつろわぬ神〉対策局《Investigation Agency for Old ones》探索官《たんさくかん》兼合州国の特命全権公使ケヴィン・モーガンの令嬢ミア・モーガン。

……ということになっているが、本当は弥和《やまと》帝国の東《とう》宮《ぐう》殿下の世を忍ぶ女装姿。

……ということになっているが、本当は今上《きんじょう》陛下の姫宮なのではないかと陽太は疑っている。

そんな彼女は、今日も合州国公使令嬢に相応《ふさわ》しいたいそう可憐《かれん》なドレスに身を包んでいた。

淡い黄色を基調にドレスはふわふわと雲を思わせるような曲線で彼女の華奢《きゃしゃ》な体を包んでいるし、髪に編み込まれた金色のリボンは燃えるような赤い髪に輝きを添えている。

しかし、そんな明るく華やかな衣装ながら、しゅんと肩は落ち、形の良い眉も下がっていて、全身から漂《ただよ》うガッカリした様子がハンパない。

「あー、駄目っすよ、ミア様」

とりあえず一緒になって凹《へこ》んだ顔をするのもなんなので、陽太は無理に笑って言いながら扉をきちんと閉めた。

異邦人居留地にある合州国公使公邸の敷地内とは言え、玄関の扉を開けっ放しで立ち話をするのは不用心すぎだ。

軽く凹んでいても、そういうことに気が回るのは、一応海軍兵学校で軍人教育を詰め込まれている成果なのだろう。

「良夜がこの場に居《い》たら、今のミア様に絶対駄目出ししてます」

「なぜだ？」

——近い近い、近いっすっっ！

殿下におかれましては、陽太の言葉が納得いかれなかったらしい。

ムッとした顔で詰め寄られ、慌てて陽太は一歩引く。

それから。

「ミア様は無防備すぎます！」

二重の意味で！　——と、心の中で付け加えつつ。

「『私が暗殺者だったら、どうなさるおつもりだったのですか？　ミア様はご自分の身分を理解されているのですか！』——とかなんとか、絶対こーんな目をつり上げて言ったと思うっすよ？　相手も確かめずに扉を開けるなんてって」

前半良夜の真面目《まじめ》な口ぶりを模倣《もほう》して指で己《おのれ》の目尻を引っ張り上げながら陽太が言うと、一瞬目を丸くした殿下は、すぐに破顔した。

「……そうだな」

「でしょう？　だから、良夜の機嫌を損《そこ》ねないよう、あいつが来た時はおとなしく部屋で待っていたほうがいいですよ」

「……うむ。良夜の機嫌を損なわぬよう、必ずそうしよう」

両拳《りょうこぶし》を握りしめた上に物凄《ものすご》く真剣な顔つきで頷かれてしまい、陽太としてはなんとも言えない気分になる。

この殿下は、女の子離れした固い言葉遣《づか》いのわりに、陽太が知る他のどの女の子よりもコロコロと変わる表情がなんとも可愛らしい。

——しかし、片思いの相手に、これまた彼女が片思いの相手の機嫌を損ねないよう助言をするって、どうなんすか、自分。自分……？

自分で自分に突っ込まざるを得ない。

けれども、大好きな良夜に叱《しか》られてしょんぼりする殿下は、できれば見たくないと思うわけで。

「良き助言、感謝する、陽太」

花が綻《ほころ》ぶような笑みを向けられて忽《たちま》ち「まぁ、いっかぁ」と口元が緩《ゆる》んでしまう。

ここまでくると、我ながら「終わっているな、うん」と達観せざるを得ない陽太だ。

「それで、もう体は大丈夫なのか？」

そうこちらを見上げてくる赤と金の複雑に入り交じった瞳が、とても心配そうで。

陽太はまたまた口元がにやけそうになって、慌てて押さえた。

祖父母や母親の元を離れてからこんな風に純粋《じゅんすい》に体を心配されたり、労《いたわ》られたりしたことがない気がする。

——海軍兵学校じゃ、怪我や病気は本人の気の緩み。根性が足らんと怒鳴られるのが関の山だもんな。

一応、海軍兵学校の名誉のために付け加えておくと、だからと言って根性だけで怪我も病気も克服しろとは言わず、きっちり海軍付属病院に通院または入院させてくれる。

西欧医学にかけては帝国で一、二位を争う病院で、最新医療が官費で受けられるのだから、平民出身が多い海軍兵学校生にとっては非常にありがたい制度だ。

先日巨大蜘蛛《ぐも》と対峙《たいじ》した陽太は、その体液を浴びて三日ほど寝込んだ。

海軍兵学校の中で倒れたのなら通例にのっとり海軍付属病院に担《かつ》ぎ込《こ》まれただろうが、御所《ごしょ》の中だったたし、理由が理由だ。

下手《へた》に無関係の医者に診《み》てもらうわけにはいかない

と探索官が判断したようで（その間、陽太は意識がなかったので、彼の意思が入る余地はなかった）。

実は医者の資格を持っている探索官に薬を施《ほどこ》されて、鬼邑公爵邸で寝込むことになった。

探索官に言わせれば、普通の人なら死んでいてもおかしくないほどの毒を浴びていたそうだ。

しかし、子供の頃からやたらと頑丈《がんじょう》で、しかも帝国一厳《きび》しいと評判の海軍兵学校でも鍛《きた》えられているためか、陽太は特に問題なく復調した。

「あー、まぁ、その。えっと、探索官が作ってくれた薬がよく効いたみたいで、今はもうぜんぜん大丈夫っす」

元気になったことを示すように、陽太は両腕をぶんぶんと振った。

「それは良かったですわ」

そこへ奥の部屋から件《くだん》の探索官ケヴィン・モーガンが現れて、笑いかけてきた。

「わたくしも薬を調合したかいがございました」

年齢を尋ねたことはないが、合州国の内乱の際に軍医として従軍した後にＩＡＯに移ったという経歴から察するに、探索官は一番若く見積もって三十前後ではないかと思われる。

しかし淡い金髪やら灰色がかった青色の煙《けぶ》るような瞳やら、優しげで甘い顔立ちをした探索官は、二十代半《なか》ば、下手すると前半に見えた。

その優しげな面立《おもだ》ちに反して、均整の取れた体には無駄な脂肪《しぼう》が一つもついておらず、体幹がしっかりしている。

剣術やら柔術やらの武術を子供の頃からやってきた陽太から見ると、なんらかの戦闘《せんとう》技術を持っていそうだなと思う。

肉体的な戦闘能力をちゃんと持っていそうな男性が、貴婦人めいた言葉遣いをする違和感に、陽太はまだ慣れない。

「ちょうどお菓子が焼けたところですのよ」

そう言われれば、何やら甘い匂いが屋敷中に漂っている。

通された応接間の卓には洒落《しゃれ》た絵皿に、花や星の形をした焼き菓子が可愛らしく載っていて。

「ミアが朝からオーブンと奮戦して作ったのよ」

「ケヴィン！　それは今回は内緒だと言っただろう！」

殿下が真っ赤になって探索官の腕を引く。

――殿下の手作りかぁ……。

それを頂《いただ》けるのは嬉しい。が。

「食べてもいいですか？　あ、良夜を待ったほうがいいっすよね？」

非常に残念だったが、初めて食べる栄誉はやはり良夜のものな気がして陽太は尋ねた。

「べ、別に良夜を待つ必要はない。……焼きたてのほうが、冷めてからより美味《おい》しい……はずだし……」

少々自信なさそうな感じで、殿下は目を逸《そ》らされた。

「……まだ、練習中なのだ……。本当はもう少し上達してから……出そうと……」

――なるほど。

試作品ということらしい。

――でも、見た目は悪くないと思うけどな？

「じゃあ、遠慮《えんりょ》なく頂きます！」

ご飯を食べる時みたいに合掌《がっしょう》して、それから小さな焼き菓子をつまみ上げて口にする。

――甘っ！

お菓子だから甘いのは当然だ。

が、しかし、これはちょっと陽太の味覚的には甘すぎる。

海軍兵学校では和食が基本で、菓子も出ないことはないが、ここまで砂糖たっぷりではない。

そもそもこの帝国では、砂糖は高級品なのである。

鬼邑公爵家での食事はと言えば、海軍兵学校のざっと十倍は豪華で贅沢《ぜいたく》な品が並ぶ。

西欧料理が主《おも》ではあるが、公爵夫人の嗜好《しこう》により、甘味はもっぱら和菓子ばかりだ。

そんなわけで、バターと砂糖がたっぷりのこの西欧菓子は陽太には食べ慣れないもので、しかも非常に甘かった。

後日知ったことだが、基本的に合州国人は濃い味を好むようで、お菓子も一般的な和菓子の何倍も甘く作る。

そんな合州国人の家政婦の教えに従って作られたこともあって、殿下製作の焼き菓子は陽太の口にはかなり甘すぎた。

しかし、それは作った人が東宮殿下（と言うか現在進行形の片思いの相手）であるというだけで、すでに陽太には些細《ささい》なことだったので。

「美味《うま》いっす！」

と、陽太は元気に感想を述べた。

「嘘だ」

「はっ？」

「食べた瞬間、陽太、妙な顔をした」

――め、目敏《めざと》くないっすか、ミア様？

確かに想定より甘過ぎて、一瞬変な顔をしたかも知れない。

が、すぐに笑顔を取り繕《つくろ》ったつもりだったのだ、陽太は。

「………………」

赤と金の複雑に入り交じった瞳が、じっと問い詰めるようにこちらを見上げてくる。

「……あー、……それは……えー、こういう西欧菓子、食べたの、初めてだからで……、けしてけして！　美味しくないとか、まずいとか、思ったわけではなくて！」

しどろもどろに言い訳していると。

「まあまあ、ミア。〈クッキー〉などという、陽太君が食べ慣れていないものを出したのですもの。私も今は弥和料理はどれも美味しく頂いていますけれども、最初は吃驚《びっくり》した料理もありましたわ」

探索官が助け船を出してくれた。

「……そう、だな……」

しばらく考え込んでから、ゆっくりと殿下は口を開く。

「確かに私も〈クッキー〉を初めて食べた時は、不思議な味だと思った。陽太も、初めてだったのか？」

「そう、そうっす！　そうなんっす！　島ではバターなんて見たこともなかったし」

「……バター……？」

訝《いぶか》しそうに殿下の瞳が瞬《しばたた》く。

「え？　バター、入ってますよね、これ？　食べた感じ、卵と砂糖とバターと小麦粉が一、三、二、三くらいの割合だと思ったんすけど？　あと……この独特の甘い匂いは、砂糖とバターで出てるっすかね？」

「それは香料ですわ。匂いは甘くても、味は苦いんですのよ」

何故《なぜ》か二の句が継げない感じの殿下の代わりに探索官が答えてくれる。

「へぇ……」

匂いは甘いが、味は苦い。

——あー、なんかオレ、そういうもの、知っている気が……。

と、そういうものをまさに具現化した殿下を見遣《みや》る。

「それにしても、陽太君は味覚も鋭《するど》いのですね。ちょっと食べただけで成分が解るなんて」

「せ、成分が解るとか、そういう高尚なことじゃないっすよ。ってか食べたら、だいたいなんでも何が原材料とか、大まかな分量が判るものじゃないんすか？」

「……私は、判らない」

——あ。えっと。

拗《す》ねた口調で言われて、陽太はちょっと焦《あせ》った。

殿下が単にそういうのが苦手と考えても良さそうだったが、探索官までも感嘆しているところを考慮すると、やっぱり自分が変わっているのだろう。

大半の人と比べると記憶力が半端ないとか、運動神経が異常に良すぎるとか。

自分が規格外な人間であることを自覚はしていたが、こういうところも規格外だったのかと、陽太は己のことながら吃驚する。

「陽太は」

何か言いかけて、ハッとしたような顔で殿下は口を噤《つぐ》まれた。

——もしかして、オレが他人と比較されて凄いとか言われるのやめてほしいと言ったの、覚えていらっしゃる……とか？

それだったらちょっと嬉しいかもと思っていると。

「美味しくないと思ったのなら、ちゃんとそう言って欲しい」

厳しい口調で駄目出しされた。

「お、美味しくないなんて、ぜんぜん思ってないっすよ！　だから、ただ、その、ちょっと……オレ的には味が甘すぎると言うか……」

言葉を選び選びしながら言うと。

「だから！」

「はい！」

強い口調で言われて、ついつい海軍兵学校の教官に喝《かつ》を入れられた時みたいに背筋が伸びる。

「……だから……さ、最初から、正直にそう言ってほしい。……次は、砂糖の量を減らす」

——おお！

次もある上、こちらの好みに合わせてくれるんだと、歓喜していると。

「……それと、このお菓子を私が作ったということは、良夜には内緒にしてくれ」

――あ、うん。オレが甘すぎると思ったのなら、同い年の野郎である良夜も同じ感想持ちそうっすもんね、うん。それ、正しい分析だと思うっす。

一般的な話として、女性ほど男性は甘い物が好きではない。もちろん例外もあろうが。

――にしても、あれ？

「え？　なんで良夜には秘密なんですか？　ミア様の手作りのお菓子が頂けるなんて、良夜も大喜びすると思うっすよ？」

幼馴染みとか乳兄妹《ち》と言うより、ほとんどお母さんじゃないかという視点で殿下を見ている良夜のことだ。

殿下の手作りのお菓子なんて、陽太以上にありがたがりそうである。

――いやいや、待て。良夜が殿下に期待しているのは、〈賢帝と名高い今上陛下に負けないご立派な東宮殿下〉だから、〈女の子みたいにお菓子作りをする殿下〉は、叱責《しっせき》の対象になっちゃうかもなー？

そのあたりを殿下も心配されているのかと思いきや。

「りょ、良夜は陽太みたいに、思ったことを簡単には顔に出さないから。私が作ったと言ったら、絶対口に合わなくても美味しかったと言う。それは、嫌なのだ」

――そっち？　そっちっすか！

陽太よりずっと殿下の思考は乙女《おとめ》だった。

殿下が正真正銘《しょうしんしょうめい》の女の子であれば、乙女思考も当然と言えば当然であるのだが。

「それ、解らなくもないですけど、ミア様が作ってる作ってないにかかわらず、よそ様の家で出された品に文句を付ける良夜って、オレ、思いつかないっすよ。だったら、正直にミア様の手作りだって言った方がいいと思うっす」

「……」

「『あなた様のようなお立場の方が料理をなさるなんて！』という方向で怒られるかも知れないけど、でも、そこは怒りつつもミア様の手作りお菓子を喜んで相伴《しょうばん》するのが土御門《つちみかど》良夜って奴《ヤツ》じゃないっすか？」

先刻ウケた良夜の口真似を混ぜてそう言うと、なぜなんだか再びムッとした顔をされた。

「……ミ、ミア様。オレ、何か悪いこと、言いました？」

何か不味《まず》いことを言っただろうかと自分の言った台詞《セリフ》を反芻《はんすう》してみるが、コレと言って相手の気に障《さわ》るような単語はない。

と、思うのだが。

「……陽太は、ずるい」

「へ？　ず、するい？」

思わぬ単語が飛び出てきて、陽太は訳が解らない。

探索官も不思議そうな顔で、殿下と陽太を見ている。

「さっきの助言と言い、今の話と言い、ほんの十日ほど前に出逢《であ》ったばかりなのに、なぜ、陽太はそんなに良夜のことが解っているのだ？　わたしは……良夜と何年も一緒に暮らしたのに、そのわたしよりずっとずっと、陽太のほうが良夜のことを理解しているなんて……ずるい」

——そっち？　そっちっすか！

まさか、そんなところを責められるとは。

——いや、でも、良夜ってかなり解りやすい性格だと思うんすけど？

品行方正。正義感が強い忠義者。賢くて、気配り上手《じょうず》。家族思いで優しい。

真《ま》っ直《す》ぐ過ぎて、常《つね》に正しいことしか選ばなさそうなあたり、よほど捻《ひね》くれた人間でない限り、良夜の言いそうなことは考えつくと思う。

「……」

拗ねたような顔で睨《にら》み上《あ》げられて、陽太はなんとか相手が満足してくれそうな答えを引っ張り出す。

「そ、それは……えー、……男同士、だから？」

が。

「……わたしだって、男だ」

「え？」

思わず喉の奥から、変な声が出た。

陽太は勝手に——と言っても、ほぼ間違いないと確信しているが——姫宮が亡くなった双子《ふたご》の兄宮の代わりに東宮をしていると思っている。

が、対外的（？）には、目の前の殿下は男である（と言うことになっている）。

リボンで綺麗に飾られた髪をして、淡い黄色の可憐なドレスを着て。

どこをどう切り取っても女の子にしか見えない姿で、男だと言い張られても陽太としては大変扱《あつか》いに困る。

が、一応、男と言うことになっている人である。

「……あ、そ、そうっすね。そうでしたっすね、はい」

それから、自分と良夜の男性括《くく》り以外の共通項を必死で探し出して、口にした。

「……えーと……、オレも良夜も、一応、軍人、だから、その、軍人的思考ってやつ？」

「わたしだって軍人だ」

これまた反論された。

「良夜達とは違って、士官学校などには籍を置いていないが、陛下は……統帥権《とうすいけん》をお持ちで陸海軍の頂点にいらっしゃって、だから、わたしも……」

言いながら、だんだん声が小さくなっていく。

無論、法律だか憲法だかで、東宮殿下も有事の際に軍に身を置かれる存在であることは陽太とて承知している。

——でも、殿下の場合は……。

女性は良妻賢母であることをよしとする弥和帝国の風潮では、女性の軍人など認められていない。

——まあ、今は対外戦争も内乱も起きそうな情勢にないけど。

「……そもそも、なぜ陽太は、わたしを〈ミア様〉と呼ぶんだ？　差別だ」

唐突に話が飛んだ。

「へ？　差別？」

意味が解りませんと、陽太は思わず顔に出した。

「あー、とぅ……」

〈東宮殿下〉と言いかけて、探索官しかいない場だが、あんまり連呼してはいけない名詞の気がして、陽太はムニャムニャと言葉を誤魔化した。

「……と呼ぶべきなんでしょうけど、咄嗟《とっさ》の時とか人前でミア様がその格好をしている時に、その呼び方がでちゃうのは不味いっすよね？　だから、普段から怪しくない呼び方をしたほうがいいかと思ってたんすけど」

多分、良夜も同じことを考えて〈ミア様〉呼びをしていたはずだ。

「そんなことが問題なんじゃない」

陽太的には完璧《かんぺき》な理由を述べたのに、殿下はまだ不満顔だ。

「なぜ、良夜は〈良夜〉で、わたしは〈ミア様〉なのだ？　わたしはちゃんと良夜を〈良夜〉と呼び、陽太を〈陽太〉と呼んでいるのに」

意味が解りません、再びである。

「ミアは〈様〉を付けないでと言いたいのですわ」

陽太がすっかり困惑していると、殿下の父親を自称する、母親っぽい喋《しゃべ》りの探索官が口を挟《はさ》んだ。

「そういえば、陽太君も良夜君もわたくしのことは〈探索官様〉なんて呼ばないのに、ミアだけ〈様〉を付けるなんて、確かに差別ですわ」

「差別って……」

探索官にまで差別と言われて、陽太は意味が以下略な気持ちで一杯になる。

「はいはい、解ったっす。じゃあ探索官のことは〈探索官様〉とこれからお呼びすればいいっすか？」

「そうではなくて、ミアのほうの〈様〉を取りましょうよ。お友達でしょう？」

――オトモダチ？

お友達なのか、自分と殿下は。

異母兄は陽太が東宮殿下の元に通うことになったと言った時、〈ご学友〉なる言葉を使っていたが。

――いやいやたとえそうだとしても、〈ご学友〉だと殿下に様付けしないものなんすか？

鬼邑公爵を襲爵《しゅうしゃく》したものの、生まれ落ちて十五年は田舎《いなか》の島で先祖代々由緒《ゆいしょ》正しい平民として陽太は育った。

その後は全生徒の大半が平民出身者で占められる海軍兵学校の寮暮らし。

そんなわけで皇子様とか皇女様との付き合い方は、陽太はとんと解らない。

――良夜だったら。

千年以上の歴史を誇《ほこ》る土御門子爵《ししゃく》家の御曹司《おんぞうし》ならどうするか。

「あのー、それ、少なくとも良夜に同じ提案をしたら、全力で断固拒否すると思うっす。で、良夜が〈ミア様〉呼びをしてるのに、オレが敬称を付けないのはおかしいし、オレがそんなことをするのを、良夜も許すはずないと思うっすよ」

土御門良夜は、帝室史上主義の人である。

しかも、こういう事柄《ことがら》については割と考え方が固い。

……と、陽太は思う。

「…………わたしが、悪かった」

今度も唐突に謝られた。

「ミ、ミア様……？」

咄嗟に問題の敬称をつけてしまって、陽太は言い直すべきか悩む。

「今のはわたしのワガママだ。多分、良夜なら、『ミア様はお立場を解っていらっしゃいません』と目を三角にして叱りつけたと思う。わたしは敬称付きで呼ばれないといけない存在だと」

陽太がやったように良夜の口真似を混ぜて言うと、殿下は赤い目をさらに赤くして、小さくくすりと笑った。

「わたしは士官学校に籍を置いた人間ではないから、陽太のほうが軍人として良夜に近しい環境にある。それにほんの短い間に良夜のことをしっかり理解した陽太を褒めこそすれ、責めるのは間違っていた。むしろわたしのほうこそ、生まれた時から良夜と一緒に居たのに、良夜のことぜんぜん解ってなくて……情けない…………」

陽太的にはちょくちょく痛い言葉が挟まっていたが、どちらかと言うと彼女が泣きそうな顔で俯《うつむ》いたことのほうが痛かった。

「いやいや、そんなことないっすよ、ミア様」

だから、陽太は強い口調で言った。

「その、ミア様は最初ちょっと思い違いをされたかもしれませんが、それは東宮……じゃない、えーと、あまり同年齢の人間と付き合わない場所で過ごされたからで。ちょこっとオレより人付き合いに慣れていらっしゃらないんだと思います。オレも知り合いばっかりの島から出て、帝国全土から生徒が集まる海軍兵学校に入った時、価値観とかぜんぜん違う奴らに囲まれて、こいつらのこと、まったく解らないって何遍《なんべん》も思ったし。……でも、最終的には同じ人間っす。コツさえ摑《つか》めば、だいたい解るもんだと理解したっすよ」

まあ陽太とて〈ジャガイモとサトイモはどっちが航海の際に有用な食料か？〉みたいな論争に血道《ちみち》を上げられる同級生達が、いまだに理解しきれていないのだが。

「……そう……だろうか……？」

「そうっす。それにミア様、オレがこうしたほうがいいと思うって言ったら、素直に納得されたじゃないですか。ミア様だって、良夜がどういう人間か解っていらっしゃるから、オレの言葉に納得されたんじゃないですか」

言葉を重ねると、ようやく殿下に笑顔が戻った。

「そう……かも……しれない……」

「陽太君の言うとおり、ミアは人付き合いに慣れていないと思いますわ。特に同年輩の女の子と仲良くできれば、もう少し色々と良くなると思いますけれど」

そう言って探索官は深い溜息を零《こぼ》した。

「と言って、ミアと同い年くらいの女の子で秘密が守れそうな信用のおけるメイドを見つけるのは、難しいですし」

「ブラウン夫人やエラは、わたしにとてもよくしてくれている。新しいメイドは必要ない」

「ええ。彼女はわたくしの乳母《うば》でエラはその娘で。親子揃《そろ》ってこんな極東の島国まで着いてきてくれるような忠義者ですからね。彼女達を疑うくらいだったら、わたくしも自分の目を潰《つぶ》した方がいいくらいですわ。——でも、ブラウン夫人はもちろんエラも、ミアとは同年輩とは言えないでしょう？　親子ほど年の差があるのですから」

公使公邸の家政婦をしているブラウン夫人と女中のエラは、何度か陽太もここで顔を合わせている。たった二人で、この大きな屋敷を取り仕切っているあたり有能なのは疑いようがない。

今、東宮殿下はここで探索官の娘という触れ込みでミア・モーガンと名乗って暮らしている。

——まあ、一々《いちいち》東宮殿に帰っていたら、抜けるのも戻るのも大変だろうし。

と、陽太はあっさり納得したが、この事実を知った時、良夜は渋い顔をしていた。

東宮殿下は帝位に就くまでの間、東宮殿で精進潔斎《しょうじんけっさい》するのが正しいのだと。

かつて宮中の神事やら祭事やらを司《つかさど》る立場にあった陰陽道《おんみょうどう》の宗家の御曹司《おんぞうし》としては、そういう伝統を疎《おろそ》かにするのは許せないことらしい。

——でも、そっか。ミア様を預かっている以上、使用人も口が固くて信用のおける人間しか雇えないよな。

ブラウン夫人母子がどこまで殿下の正体を理解しているか解らないが。

——でも、探索官はミア様が本当は女の子だって知ってるんだよなぁ……たぶん。

今上陛下が打ち明けたのか、殿下自身が打ち明けたのか謎《なぞ》だが、異邦人としては破格の扱われ方だと思う。

『旦那様』

と、そこへ話題のブラウン夫人が部屋にやってきた。

何やらヒソヒソと探索官に耳打ちする。

途端、探索官が難しい顔をする。

〈まつろわぬ神〉がらみで何か……とか、陽太が心配しているると。

「良夜君がやってきたのだけれども、思わぬ連れがいるそうですわ」

「思わぬ連れ……？」

先日の蜘蛛の化け物を呼び出した萩野《はぎの》という女官《にょかん》について、威刃《たけは》地方の何やら怪しい家の出だということが解ったという。

今日はその調査結果を受けて、今後どうするかを相談するための会合だったはずだ。

そこに誰か連れてくること自体、良夜らしくない行動で、陽太も殿下も首を傾《かし》げた。

「どうしましょうか、ミア？　お連れの方と会われます？　それともお引き取り願います？」

歯切れの悪い探索官の問いに、殿下は少し考えてから。

「……良夜が連れてきたのなら、わたし達が会ったほうが良い人間なのでは？」

「確かに、良夜がここに連れてくるとしたら、おかしな人物ではないと、オレも思うっすよ」

陽太もそれに賛同する。

殿下の抑るとおり、良夜が自分や殿下に会わせたい人物だと判断したから連れてきたのだろう。

陽太達の行動を邪魔するような人物ではあるまい。

『――じゃあ、ブラウン夫人、通していいよ』

帝国語ができない夫人のために、母国語に切り替えて探索官が命じる。

対するブラウン夫人は気難しい顔をして、探索官に母国語で何か言った。

短い言葉ならなんとか意味が解るが、西欧語が得意でない陽太には、会話の内容は解らない。

しかし、二人の顔つきプラス探索官の隣に座っていた殿下の硬くなった表情から、あまり楽しい情報のやりとりでないことは見て取れた。

「良夜は、誰を連れてきたんすか？」

なぜそんなに渋るのか解らず陽太が問うと、一拍、間があいた。

それから、探索官が口を開いて言った言葉は。

「良夜君の婚約者だそうですわ」

拾章

土御門《つちみかど》良夜《りょうや》という人物を一言で言い表せと言われたら、〈神童〉だと、誰もが口を揃《そろ》えて答えるのは間違いない。

そう陽太《ようた》は思う。

実際、弥和《やまと》帝国陸軍士官学校ではそう呼ばれているし、そう呼ばれるだけに足る実績も積んでいる。

眉目秀麗《びもくしゅうれい》。品行方正。正義感が強い忠義者。賢くて、気配り上手《じょうず》。家族思いで優しい。

真《ま》っ直《す》ぐ過ぎて、常《つね》に正しいことしか選ばなさそうなあたり、よほど捻《ひね》くれた人間でない限り、良夜の言いそうなことは考えつくと陽太は思っていた。

——でもここで！　ミア様に！　婚約者を紹介するような奴《ヤツ》だとは、思わなかったっすよ、オレは！

と言うか、陽太としては良夜に婚約者がいたということすら驚愕《きょうがく》の事実である。

――齢《よわい》十七で婚約ってどうなんすか？　ありですか。いや、まあ総じて堂上《どうじょう》華族の家って早婚って聞くけど。

成り上がり者の勲功《くんこう》華族の子弟が、名家とよしみを結ぼうと堂上華族の令嬢達にあの手この手で縁談を持ちかけているとかで、昨今《さっこん》堂上華族の令嬢方の結婚年齢は恐ろしく下がっていると聞いたことがある。

また、堂上華族の子弟のほうでも同じ堂上華族から花嫁を迎えたいと思うらしく、なんやかやで堂上華族は早々と婚約を決めるところが多いそうだ。

――陽臣《はるおみ》異母兄《にい》さんも、十歳にもならないうちにミア様と婚約とかしてたっすね、そー言えば。

一つ運命の歯車が狂っていれば、陽太の義姉になったかもしれない姫宮。

その姫宮かもしれない殿下の、手作りのお菓子の皿が置かれた卓を挟《はさ》んで向かい側に座る人を、陽太は恐る恐る見た。

淡い黄色のドレスを着た赤い髪の少女にしか見えない殿下は、まるで磁器でできた西欧人形のように固まっていた。

――あー、驚くどころじゃないよなぁ、ミア様は……。

殿下が幼馴染みで乳兄妹《ち》である良夜のことを好きなのは、陽太も充分承知していた。

突然の婚約者の登場は衝撃という言葉では表しきれないものだろう。

――まったくなんで良夜ってば……あれ？　もしかして、良夜は気づいていないのかな？

あんなに恋する視線を送られていて、気づいていないなんてことがあるのだろうか。

――ってか、まさか良夜、ミア様が姫宮だって気づいていない……とか……？

今、この合州国公使公邸の瀟洒《しょうしゃ》な応接間の長椅子に腰掛けている東宮《とうぐう》殿下は、どこからどう見ても愛くるしい女の子にしか見えないが、良夜の目から見ると、また違うのだろうか。

☆

「遅れて申し訳ございません」

応接間の扉が開き、キッチリ頭を下げてから良夜が室内に入る。

その背後に、鞠《まり》や花が散らばる華《はな》やかな振り袖《そで》の娘が微笑《ほほえ》んで続く。

長く真っ直ぐな黒髪。黒目がちの切れ長の目、細い鼻筋。陽太と比較したら半分の大きさに思える小さな口。

典型的な弥和美人だ。

振り袖も帯も簪《かんざし》その他諸々《もろもろ》非常に凝《こ》った豪勢な品で、金に糸目をつけない感じの装いだが、下品にならないあたりさすが堂上華族の令嬢と言ったところか。

「紹介します。こちらは威刃《たけは》陸軍大臣のご息女でゆゐ子殿です」

――あー、陸軍大臣のご息女っすか……？

陸軍士官学校生と陸軍大臣の息女の組み合わせなんて、あからさまに政略結婚だ。

少なくともこの二人が激しい恋に落ちて……な空気は感じない。

――うんうん。まだ、殿下に望みはあるっすよ！

……落ち着いて考えれば、そこは自分が喜ぶところではないと気づかない陽太である。

「初めまして、皆様。威刃ゆゐ子と申します。今日は突然お邪魔致しまして申し訳ございません」

「いいえ、こちらこそ初めまして。わたくしはケヴィン・モーガン。合州国の公使です」

椅子から立ち上がって、探索官《たんさくかん》は軽く頭を下げた。

探索官という役職を口にしなかったのは、ＩＡＯの説明が面倒だったのだろう。

「それから、娘のミア・モーガン」

紹介された殿下は、探索官と同じように立ち上がって無言で頭を下げた。

「ミア様？　まあ、あなたが？」

にっこりとゆゐ子の口の端が上がった。

「先日、良夜さんが西欧人の女の子と一緒に居《い》たのを見かけたと、華族学院のお友達がゆゐ子に教えて下さったんですの。それで、婚約者として少々……お恥ずかしいですけれど、心配になってしまったの」

――うわぁあああ……。

陽太は思わず窓の外、清々《すがすが》しく青い空を見た。

――良夜には悪いけど、オレ、このお嬢さん、好きになれないっすよ。

弥和帝国の一般的な基準から言えば、並《なみ》外れた美少女だ。

にっこり微笑んでいる様は、一見優しそうにも見える。

――けど、目の奥が笑ってないっすよ、このお嬢さん……。

なんだか蛇《へび》みたいな冷たい目だと、陽太は思う。

「ゆゐ子殿、それは誤解だ。わたしと良夜……」

そこまで言って、殿下はいつものように呼び捨てにするのはよくないと考えられたらしい。

「良夜さんは、ゆゐ子殿が心配するような関係にない。護衛。そう。護衛を頼んだだけだ」

良夜に敬称を付けて呼び直してから、キッパリと言われる。

陽太が心配になるほど、その物言いに迷いはない。

「ミアは良夜君のことが好きですけれどもね」

――ちょっ！　何、満面の笑顔で爆弾投げ込んでるんすか、探索官！

「もちろん、良夜さんのことは好きだ」

この探索官の最悪の攻撃に動揺した素振《そぶ》りも見せずに、さらりと殿下は言われた。

月を指さして「あれは月です」とごく当たり前のことを述べているかのように。

「とても良い人だから、幸せになって欲しいと思う。ゆゐ子殿のような美しい花嫁を得るならば、きっと良夜さんは帝国一幸せな花婿《はなむこ》となるだろう」

――なんで？　なんでミア様は、そんなことが言えるんすか……？

陽太は信じられない思いで、目の前の少女達のやりとりを見詰めた。

彼女は良夜のことが好きだったのではなかったのか。

それこそ巨大な化け物相手に怯《ひる》むことなく、ただ一本の剣で立ち向かおうとするほどに。

陽太とは別にゆゐ子のほうも、面食らったような表情を浮かべていた。

ただそれは内容ではなく、女性らしくない殿下の言葉遣《づか》いに戸惑ったようだった。

なにしろ華族や良家の子女は、殿下のような言葉遣いをしない。

「ありがとうございます、ミア様」

女性らしくない言葉遣いは、異邦人故《ゆえ》とゆゐ子の中では納得がいったのか。

ゆゐ子はにこやかに会話を続けた。

「ミア様にも、合州国で素敵な方が見つかるとよろしいですわね」

――なんか「合州国で」に力が入っている気がするのは、オレの気のせいっすか……？

刺《とげ》があるのかないのか微妙なゆゐ子の言葉に、殿下は特に聞きとがめたような顔は見せなかった。

「どうかな？」

そうして西欧人っぽい板に付いた仕草で、殿下は肩を竦《すく》めてクスクスと笑った。

「わたしは昔、父が婚約者だと連れてきた少年から、『こんな醜《みにく》い女の子をお嫁さんにするのは嫌だ』と大泣きされたからな」

瞬間、陽太は心臓が止まった。

――そ、そ、それは陽臣異母兄さんのことっすか、殿下……？

殿下の兄宮が生きていて、この殿下が姫宮でいらした頃（と、陽太は推測しているわけだが）、当時、次の鬼《おに》邑《むら》公爵と目されていた陽太の異母兄に、姫宮との婚約話が立ち上がったと聞く。

古来より癖《くせ》のない真っ直ぐな黒髪を美女の第一義とするこの帝国では、殿下のような赤い巻き毛は醜いとされていた。

故に――陽太的には承服できかねるのだが、――異母兄は赤い髪の姫宮を一目見て醜いと、婚約を嫌がったそうだ。

――あー、覚えていたっすか……そうっすね。覚えていないはずないっすよね、こんな酷《ひど》い話。

加害者側の異母兄だって覚えていたのだから、被害者側の殿下ならなおさらだ。

「まあ、なんて酷いお話でしょう」

普通に酷い話だからして、ゆゐ子も口元に手をやり気《き》遣《づか》わしげに眉《まゆ》を顰《ひそ》めた。

「女の子に面と向かって醜いと言うなんて。醜いなんて……」

言いさして彼女は、殿下の顔を覗き込んだ。

「……醜いなんて……醜いなんて、殿方に面と向かって言われるなんて、いくらそんな風にその少年が思ったにしても、酷すぎますわ。お気持ち察し致しますわ」

優しく殿下の気持ちを慮《おもんぱか》って同情しているように憂《うれ》いを帯びた話し方ではあるのだが、陽太はやっぱり言葉の選択に刺を感じる。

——お気持ち察するなら、顔をじっくり見たあげくに、そんなに〈醜い〉を連呼しなくてもいいとオレは思うんすけど？

第一、殿下は醜くない。

——弥和帝国の一般的な美女の基準がどうあれ、篝《かがり》火《び》みたいな赤い髪は綺麗だし、顔立ちも可愛《かわい》いっす！

何よりこの令嬢のように刺を隠すような嫌みな言い方は、殿下はなさらない。

言いたいことがある時は、面と向かってハッキリと言われる。

そういう潔《いさぎよ》さが陽太には好ましい。

「うむ。当時はわたしもつらかったが、致《いた》し方あるまい。醜いものは醜いとしか言えまい」

「ミア様は醜くなんかないっすよ！」

笑いながら自分を卑下《ひげ》される殿下が痛ましくて、つい陽太は叫んでしまった。

全員の視線が一斉《いっせい》に陽太に集まる。

「……あ、いや。あの」

「陽太の言うとおりだ。ミア様は醜くない」


良夜がそう言った時、パッと一瞬、殿下の顔に赤みが乗った気がした。

それとも、それは顔を縁取《ふちど》る赤い髪が見せた錯覚《さっかく》だったか。

「いずれお父上が、ミア様の美しさとご身分に相応《ふさわ》しいお相手を用意なさるでしょう」

——りょ、良夜、それ……。

海よりも深い谷底に突き落としていると思う。その前に、一度空の高みまで持ち上げているあたり、始末に負えない。

そこへ嬉しそうな笑顔で、ゆゐ子が付け加える。

「ええ、ミア様。モーガン公使様ならば、きっと良い方を見つけて下さいますわ」

——お前ら、二人揃って、鬼っすか⁉　鬼っすね‼

思わずまた叫びそうになるのを、陽太は必死に抑えた。

一応、良夜の言い分は解らなくもない。

帝室の方々の婚儀は政略的な面が大きく、当人同士の好き嫌いより今上陛下や重臣達の意向に左右されるものである。

——けど、ミア様の場合、結婚をどこかの令嬢とする

わけにはいかないし？

と言って対外的に男で通している以上、花婿を連れてくるわけにもいくまい。

そのあたり、今上陛下はどう思っていらっしゃるのか。有事の際に、軍の指揮《しき》を執《と》らないといけないことだってそうだ。

今上陛下は何をどこまで考えて、ただ一人生き残った皇女に東宮の役割を振ったのか。

――それに、今、オレらが解決しようとしている〈まつろわぬ神〉とか呪詛《じゅそ》の問題が、無事に片付いたら。

今上陛下には恐らく新しい宮様が生まれて、無事に育たれることだろう。

そうして、恐らく殿下は廃位され、その弟宮様が、東宮になられるのではないか。

――そうなったら、ミア様は、どうなるんすか……？

「陽太」

思いふけっていたところでその殿下に名前を呼ばれて、陽太は吃驚《びっくり》した。

「な、な、なんっすか、ミア様？」

「陽太だけ、ゆゐ子殿に挨拶《あいさつ》していない」

なるほど、そう言えばそうだったと気づく。

積極的に挨拶したい相手ではないが、促《うなが》されてまるっと無視するわけにもいかない。

「ああ………いや、どうも。……陽太と言うっす」

威刃もそうだが、鬼邑も帝国では珍しい姓だ。

言えば簡単に鬼邑公爵だかその親族だと特定されてしまう。

それがうざくて陽太は、ムニャムニャと口の中で名字の部分は誤魔化した。

「……あら？　海軍の方、ですの……？」

ゆゐ子は眉を顰める。

陽太の雑な挨拶が気位の高そうな彼女の気持ちを傷つけたのかもしれないし、現職の陸軍大臣の息女としては海軍の人間を不快に思ったのかもしれない。

どういうわけか、発足以来この帝国では陸軍と海軍の仲は悪いのだ。

ちなみに彼女が一目で陽太を海軍側と認識したのは、陽太が（良夜も）今日も学校の制服を着ていたためだ。

海軍も海軍兵学校も白を基調にした軍服で、陸軍や陸軍士官学校の藍鉄色《あいてつ》とは異なるから識別しやすい。

「ええ。彼は海軍兵学校の生徒ですが」

陽太の代わりに、良夜が答えた。

「良夜さんに海軍のお友達がいるなんて、存じませんでしたわ」

妖怪の友達を持っていたとでも言わんばかりの口調である。

「陸軍士官学校生だからと言って、海軍兵学校の者と友好を持たないなんてことはありませんよ」

良夜は穏やかに応じる。

そうは言っても、事実的には海軍兵学校生と陸軍士官学校生の間で友誼《ゆうぎ》を結んでいるのは良夜と陽太ぐらいだろう。

「でも、海軍兵学校は、平民出身者ばかりで堂上華族の子弟は皆無と聞きますわ。昨今、勲功華族ですらないものが省庁に出入りするようになって、品格を失った部署《ぶしょ》もあると聞きましたの。華族女学院の女学生に過ぎないゆゐ子の耳に入るほどですもの。きっと大変なことになっているのですわ」

――はぁ。

「良夜さんは大丈夫だと思いますけれど、やはりゆゐ子達は堂上華族の誇《ほこ》りと伝統を守る義務がございますでしょう。あまり下々の者と慣れ親しむのはどうかと思いますわ。良夜さんは、お父様と同じように陸軍で下々を率いる立場になられるのですし」

――あー、そーっすかー。

彼女にとって堂上華族以外の人間は、無条件に見下してよい存在らしい。

まったく悪気がなく、良夜にとってよかれと思って助言しているようであるところが、さらになんとも度《ど》し難《がた》い。

「あー、そうっすね」

オレは、良夜みたいな物わかりのいい大人じゃないんで――と、誰にともなく、陽太は断りを胸の中で入れた。

「オレは所詮《しょせん》しがない勲功華族で、先祖代々の華族である堂上華族じゃないっすからね。土御門子爵《ししゃく》のご子息の友人を名乗るには、鬼邑公爵くらいじゃまだまだ分不相応っすね」

拾壱章

「あー、そうっすね。オレは所詮《しょせん》しがない勲功《くんこう》華族で、先祖代々の華族である堂上《どうじょう》華族じゃないっすからね。土御門子爵《つちみかどししゃく》のご子息の友人を名乗るには、鬼邑《おにむら》公爵くらいじゃまだまだ分不相応っすね」

そう陽太《ようた》が言った時のゆゐ子の顔は、良夜《りょうや》にとって、正直見物《みもの》だった。

瞬間、完全に固まった。

それから、すっと血の気が引いて、次の瞬間、頬に朱が昇った。

「……お、鬼……邑……公……爵……閣下《かっか》で、いらっしゃ……います……？」

内乱のあと、今上《きんじょう》陛下は従来の位階制ではなく、西欧諸国に倣《なら》った爵位制度を取り入れられた。

下から男爵、子爵、伯爵、侯爵。

そして帝国臣民《しんみん》の最高位が公爵。

内乱を制した英雄鬼邑忠孝《ただたか》ただ一人が許された位だ。

「はい」

陽太の方は、真顔のままさくりと頷いて。

「あー、公爵と言っても、帝室と同じくらい古い土御門子爵家や威刃《たけは》伯爵家と比べたら、歴史も何もない成り上がりの勲功華族っすから。威刃伯爵家なんてどこでしたっけ？　ああ、旧都ではなく、この帝都のさらに東の遠い遠い威刃大社《たけはたいしゃ》の宮司《ぐうじ》様のお家柄《いえがら》でしたよね？　そのような長い歴史には、鬼邑公爵家はぜんぜん及びません」

そう言って陽太は、満面の笑みで精悍《せいかん》な顔をくしゃりと崩す。

普段はおっとりのんびりことなかれ主義と言うか平和主義者のくせに、いざ戦う気になったら、鬼邑陽太は良夜が呆《あき》れるほど強い。

一度見聞きしたことは絶対に忘れないという鉄壁の記憶力から、ゆゐ子の泣き所をもう見つけ出している。

威刃伯爵家は由緒《ゆいしょ》正しい堂上華族だが、歴代の天帝《あまみかど》陛下の身近で帝室を支え続けた真の意味での堂上華族ではない。

幕府時代、今の帝都から遠く離れた西の旧都で帝室と共に堂上華族達は暮らしていた。

しかし、威刄伯爵家は陽太が言うように威刄大社の宮司の家で、旧都どころか今の帝都からも東へ幾日《いくにち》も旅せねばならない遠い威刄に住んでいた。

帝国各地にそのような神社の宮司家はいくつかあるのだが、彼らは神職ゆえにその地を離れられず、天帝の側《そば》に上がるのも年に一度か二度に過ぎなかった。

大事なお役目故《ゆえ》のことであっても、口さがない旧都の堂上華族達は、彼らを〈鄙《ひな》の偽族《ぎぞく》〉と揶揄《やゆ》していた。真の堂上華族ではないと。

ゆゐ子の父は内乱時に宮司のまま従軍し、武勲を立てた。

そして内乱が終わって伯爵の位を授かったのち、彼は陸軍に残るために弟に宮司の地位を譲《ゆず》った。

その後、順当に昇進し続け、今や陸軍大臣である。

今の彼や威刄伯爵家を〈鄙の偽族〉と面と向かって言う者はいないが、それでも全員が伯爵家に好意的というわけでもない。

堂上華族としての矜持《きょうじ》が人一倍強いゆゐ子には、〈鄙の偽族〉と揶揄されてきた家名の歴史は汚点《おてん》である。

自分達は威刄人ではなく、帝都人だと彼女は強烈に自負しているので。

「……威刄大社の宮司の職は、分家に移りましたわ、公爵閣下」

ようやく動揺も収まったのか、ゆゐ子は口を開いた。

「父は陸軍大臣で、夫になる方はご存じのように陸軍士官学校で〈神童〉と呼ばれております。良夜さんは、きっとお父様の跡を継いで素晴らしい陸軍大臣になって下さると思いますの」

「そうですね、良夜ならそうなるでしょう」

いつもの砕《くだ》けた言葉遣《づか》いとは違うよそ行き口調で、陽太が頷く。

「ですから、鬼邑公爵閣下。これからの、いいえ今の威刄伯爵家は威刄大社の宮司家ではなく、帝都に本家を置く帝国陸軍の重鎮《じゅうちん》とお考え下さいますよう」

現威刄伯爵は娘や息子を堂上華族と縁づけようとした。〈鄙の偽族〉と呼ばれ続けた家名の歴史を書き換えるために。

現在の当主が陸軍大臣であるが故に、陸軍に強固な派《は》閥《ばつ》が組めるよう、相手が陸軍高官ならなお良い。

そういう理由で自分がゆゐ子の婚約者に選ばれたことを良夜は知っている。

そして、陽太もそれを推察しているようで、ゆゐ子の物言いに鼻白《はなじろ》んでいる。

「酷《ひど》いですわ、良夜さん。鬼邑公爵閣下だと紹介して下されば、ゆゐ子だってちゃんと挨拶《あいさつ》できましたのに」

甘えたような口調で、ゆゐ子は言った。

いくら威刃伯爵が陸軍大臣の職にあるからと言って、三月前に暗殺されるまでこの帝国の首相を務めた鬼邑忠孝の威光《いこう》はまだまだ凄《すさ》まじいものがある。

勲功華族だ堂上華族だと、宮中では顔をつきあわせれば言い争っているらしいが、鬼邑公爵家は別格である。

堂上華族としての誇《ほこ》りが強いゆゐ子でも、現鬼邑公爵を敵に回す愚かさは解っているようだ。

「——私は、公爵だから陽太と友になったわけではありません。そのようなことは些末《さまつ》なことだと思っておりました」

良夜とて堂上華族としての誇りや意地を持っている。

しかし、以前からゆゐ子のそれは度を過ぎていると感じていた。


——私は、この方を一生好きになれないかもしれない。

不意に心の底で抱いていた暗い予感が明文化してしまった。

美しい方だし、土御門子爵夫人に相応《ふさわ》しい教養もお持ちだ。母や妹達とも、顔を合わせれば優しく接してくれる。

——ああ、でも、殿下のように何か下さることは今まで一度もなかった。

己《おのれ》の父親が、土御門子爵家の経済面を支えていると自負しているためか。

ゆゐ子は着道楽を極《きわ》めているが、古着一つ妹達に譲ってくれたことがない。

——今までは施《ほどこ》しを受けたくないという私の矜持を理解されているからだと、思っていたが。

そうではないのかもしれない。

殿下とは違って、ゆゐ子は自分自身以外の者を喜ばせることに何の価値も見いだせない類《たぐい》の人間なのではないか。

——いや、こういう考えはさもしい。

大臣の厚意で土御門邸を完全に手放さずにいられ、敷地の一画に住み続けることを許されている。

陸軍士官としての将来を期待され、愛娘《まなむすめ》を縁づけるとまで言われている。

これほどの厚意と援助を威刃伯爵家から得ていて、さらにゆゐ子からもというのは欲が過ぎようと、良夜は己を戒《いまし》めた。

「陽太が説明してくれたようなものですが、ゆゐ子殿の威刃伯爵家は、威刃大社と縁が深いのです。ゆゐ子殿、モーガン公使とミア様は我が弥和《やまと》帝国の神道に深い関心をお持ちです。できれば威刃大社に赴《おもむ》きたいと考えていらっしゃいます。ゆゐ子殿から便宜《べんぎ》を図って頂けないでしょうか」

異邦人の奉《ほう》じる神と帝国臣民が奉じる神は違う。

鎖国を解いて以来、何度か異邦人との宗教的な激しい言い争いが生じた。

そのため、対立が深まるのを恐れた政府は、昨今、異邦人が許可なく神社仏閣《ぶっかく》を訪れることを禁止している。

今朝《けさ》、出かけようとしてゆゐ子に捕まり、殿下とのことを酷い誤解と憶測に基づいて詰《なじ》られた時、良夜はこれを奇貨《きか》にしようと思った。


威刃大社は帝国でも有数の神社だ。

他の神社宮司家が男爵位を授けられたのに、威刃は伯爵位を授けられている。

それほど朝廷は威刃を重んじているのだ。

この社《やしろ》に祀《まつ》られている国津威刃命《くにつたけはのみこと》は元々は弥和列島を治めていた神だが、伝承によれば天孫降臨の際に天帝に弥和を譲り渡したとされている。

しかし、資料によっては戦争に負けて国を渡した敗将とされ、〈まつろわぬ神〉の一柱と考える者達もいる。

先日、良夜達を襲った化け物を操った萩野《はぎの》は、威刃の特異な家の生まれだった。

それだけで威刃を疑うのも根拠《こんきょ》が薄いかも知れないが、一つずつ可能性を消していくべきだと良夜は思う。

「ぜひお願い致します。弥和の神道には本国に居《い》た頃から大層興味を持ち、勉強してきました」

探索官《たんさくかん》が無邪気な調子で言葉を添えてくれる。

「ぜひお願いしたい……です。ケヴィン……父は、昔から弥和の神や建物に興味があって、弥和の公使も何年も志願してなったのだ」

「そう申されましても……」

探索官と殿下に懇願《こんがん》されて、ゆゐ子は困惑した表情で良夜と殿下、探索官を見遣《みや》った。

「威刃大社の宮司をしております叔父《おじ》は、とても異邦人を嫌っていますの。他のことならばお願いしやすいのですけど……」

「そこをなんとか」

宮司の異邦人嫌いは良夜も知っていた。

だからこそ、ゆゐ子を通じて頼もうと思ったのだ。

「いくら良夜さんの頼みでも、これぱっかりは……」

「——では、威刃伯爵に鬼邑公爵家から頼めばよろしいか？　あるいはオレが今上陛下にお願いし、勅命《ちょくめい》を頂《いただ》ければよいのか？」

それまで黙っていた陽太が口を開いた。

「ま、まあ！　鬼邑公爵閣下！　閣下がそのようなことを……」

「モーガン公使は今上陛下のご友人で、オレは陛下から公使を歓待する役目を申し遣っている。公使が威刃大社を詣《もう》でたいと仰《おっしゃ》るなら、オレは万難を排してその便宜を図らねばならない。ゆゐ子殿にはわざわざご足労願ったが、オレ達に協力できないということであれば、お引き取り願いたい」

驚くほど冷たい表情で陽太は言った。

——ああ。

良夜は思わず拳《こぶし》を握り締めた。

良夜とてゆゐ子の人を食った態度に一喝《いっかつ》したい気持ちがあったが、家族のことや己の立場を思い、踏みとどまった。

そこをサクりと言い放った陽太に、正直胸がすく思いがした。

反面、何も気にせず言いたいことが言える〈鬼邑公爵〉に良夜は激しく苛立《いらだ》った。

「陽太！　それはゆゐ子殿に失礼だし、わたし達にも失礼だ！」

「へ？」

途端、冷酷《れいこく》な権力屋の仮面は剝《は》がれ落ち、陽太はいつものまだまだ子供っぽさが残る素朴《そぼく》な少年に戻ってしまった。

「ゆゐ子殿は陽太の客ではないぞ。良夜……さんが連れてきたケヴィンの、つまりわたしの父の屋敷のお客様であって、陽太にそんなことを言う権利はない」

殿下の強い口調に、陽太はもちろん良夜もゆゐ子も探索官も何も言えない。

「……あー、いや、そのオレは、今日、そもそもミア様達と今後の予定を決めるために来たのであって。その件について役に立たないいつーか、無関係の方にいつまでもいられると、肝心《かんじん》の予定が決まらないっすよね？　それって困るっすよね？」

陽太が四苦八苦《しくはっく》と言い訳をする。

しかし、殿下は陽太を一睨《ひとにら》みすると、ゆゐ子のほうを向き合った。

「ゆゐ子殿、申し訳ない。陽太は悪い奴《ヤツ》ではないのだが、色々と考えが足りないのだ」

「ミア様、そこまで仰るのは……」

いくらなんでも陽太が気の毒だと思い良夜は口を挟《はさ》む。

ゆゐ子は一同をぐるりと見て。

「……解りましたわ。少し時間はかかるかもしれませんが、ゆゐ子、頑張って叔父を説得してみますわ。そうそう帝都分祠《ぶんし》のほうでしたら、分祠長をしております従兄《いとこ》から、参拝の許可はすぐ取れますわ。まずは分祠のほうへ赴《おもむ》かれてはいかがでしょうか」

ゆゐ子の提案に四人は顔を見合った。

「ありがとうございます、ゆゐ子殿」

ケヴィンが代表して礼を言い、それから帝都分祠を訪れる日にちを決めた。

拾弐章

帝都内とは言えやや山間部に近いこのあたりは秋が早いのか、威刃《たけは》の帝都分祠《ぶんし》の銀杏《いちょう》はすでに金色に染まり始めていた。

「ようこそ、いらっしゃいました」

最初に会った時もたいそうな美人だと思ったが、今日もゆゐ子は美しかった。

淡く優しい色合いの辻《つじ》が花の振り袖《そで》は上品だ。

赤い珊瑚《さんご》の簡素な簪《かんざし》だけの艶《つや》やかな黒髪が、ミアが羨《うらや》ましくなるほど美しい。

ひるがえってミアは自分の身に付けた洋装を見て、少しばかり哀《かな》しくなった。

ケヴィンの妻が合州国で型や布を選んで、あちらの一流の店で作ってくれたドレスはどれも可愛《かわい》らしい。

ブラウン夫人が結ってくれた西欧式の髪型や華《はな》やかな帽子《ぼうし》も素敵で。

出がけに覗いた鏡の中で、自分はまるで本当にケヴィンの娘であるかのように西欧人の少女に見えた。

西欧の服を着ていると、自分はあまり醜《みにく》くないのではないかと勘違いしそうになる。

——わたしはこの帝国の、姫宮なのだがな。

姫宮なのに東宮《とうぐう》と呼ばれ、姫宮なのに西欧人の格好をしている。

昨今、今上《きんじょう》陛下も中宮《ちゅうぐう》様も洋装なさることが多くなった。

それでもやはりこの帝国の皇女に生まれてきて、和装がまったく似合わないのはなんとも切ない。

作法通りお参《まい》りしたところで、建物の中から白い狩衣《かりぎぬ》に烏帽子《えぼし》を被《かぶ》った青年が出てきた。

千年も前の華族達は皆このような格好をしていて、ミアも東宮殿内ではこんな格好だ。

狩衣ならば体の線が出にくい。

多分、万一事情を知らない者がミアの姿を見ても、女性であることが解らぬよう、父は古代の服装をミアにさせているのだろう。

しかし、市井《しせい》でこんな古い時代の格好をしているのは、神社の神主くらいである。

「こちらが分祠長で、ゆゐ子の従兄《いとこ》の左近《さこん》ですわ」

ミアの予想通り、青年はこの社《やしろ》の神主だった。

帝都の分祠を束《たば》ねるゆゐ子の従兄・威刃左近は、頬のこけた目つきの悪い青年で、ミア達を歓迎していない空気を纏《まと》っていた。

嫌そうにミア達に会釈《えしゃく》し、すぐにゆゐ子のほうを向くと。

「お参りも済まされたなら、もう見学は充分だろう」

と、言い放った。

ケヴィンやミアが帝国語を理解できないと思っているのかもしれないが、わりと迂闊《うかつ》と言うか無神経な人のようである。

まだ何も見ていないとミア達が口を開く前に、ゆゐ子が左近の袖を引っ張った。

「……左近お兄様、そのようにゆゐ子のお友達に失礼をなさるなら、小さい頃、お父様が大事にしていた壺《つぼ》をお兄様が割っ」

「わ！　わ！」

大声を上げて、左近はゆゐ子の声を遮《さえぎ》った。

「お、お前が頼むから、特別に境内《けいだい》に立ち入りを許可し、参拝も許したではないか。これが精一杯だ。我は異邦人が苦手なのだと、最初に言っただろう。西欧語など知らぬのだから、我に異邦人の歓待など無理だ。そもそも当社は分祠とは言え、歴史ある威刃大社《たけはたいしゃ》の神聖なるお社ぞ。異邦人を立ち入らせるのは望ましくないと、父にもきつく言われておる」

「まあ！　ご心配なく。私も娘のミアも帝国語は得意ですわ」

左近の喉から変な音が出た。そのまま激しく咳《せ》き込《こ》む。

ミアも左近の気持ちは解った。

ケヴィンが帝国語を使いこなすとは思わなかったのだろう。

しかも、ケヴィンは甘く優しげな顔立ちをしてはいるが、男性である。

声も男性のもので、女性っぽい声ではない。

嫋《たお》やかな貴婦人の言葉遣《づか》いが出るのは違和感がありまくりだろうし、いまだにミアも慣れない。

「……あ、あの？」

「失礼。申し遅れましたわ。わたくしケヴィン・モーガンと申します。本日は威刃の神々のお話を分祠長様から直々《じきじき》にお伺《うかが》いできると聞き、楽しみにして参りました。どうぞ宜《よろ》しくお願い致《いた》します」

ケヴィンは滑《なめ》らかな帝国語で挨拶《あいさつ》すると、帝国式に頭を下げた。

ミアや良夜《りょうや》達も一緒に頭を下げる。

「私が御社の祭神に興味を持ちましたのは、蛇神《へびがみ》を御使《みつかいがみ》神になさっていると聞いたからですの」

「ほぉ。西欧では蛇《へび》は嫌われている。そのようなものを御使神にするとは、どんな邪教だと思われたか?」

「逆ですわ。わたくしは、蛇を美しい生き物だと思っております」

途端、魔法にかけられたかのように左近は豹変《ひょうへん》した。

「公使殿は蛇の美しさが、お解りになりますか!」

最初の無愛想さはどこへやら。

同好の士を見つけた喜び溢《あふ》れる顔で、左近はケヴィンのほうを向き直った。

「仰《おっしゃ》る通り弊社《へいしゃ》の御使神は蛇神様で、威刃家では蛇をことさら大事に致します。我が家にも番《つがい》の蛇がおります。これが珍しい真珠色の蛇でして、よろしければご覧になりますか?」

「ええ、ぜひ」

「では、こちらへ」

拝殿とは別棟——恐らく分祠長の住まいだろう——を右手で指し示す。

そのまま建物へと歩きながら左近は己《おのれ》が飼う蛇がいかに美しいか力説し始めた。

ケヴィンは楽しそうに相槌《あいづち》を打っている。

「……蛇、好きだったんだ……」

二人の背後を歩きながら、ぼそりと陽太《ようた》が小さな声で呟く。

弥和《やまと》では威刃に限らず蛇神信仰があるが、だからといって帝国臣民《しんみん》全員が蛇が好きということはない。

逆に蛇が苦手な者は多いと思う。

陽太も良夜も蛇を偏愛《へんあい》する分祠長の手前、あからさまに嫌悪するような表情は見せなかったが、好意的とも言いがたい顔をしている。

「……さあ? 私も、ケヴィンが蛇好きとは知らなかったが……」

単に話を合わせているだけかもしれないと、ミアは思う。

あの異邦人はそういう器用なところがある。

良夜が威刃大社にケヴィンを連れて行きたい理由として、祭神に興味があるとでたらめを伝えていた。

それでここ数日、威刃大社関連の資料をたくさん読んでいたから、分祠長が無類の蛇好きという情報を摑《つか》んでいてもおかしくない。

「ゆゐ子は、蛇は好きではありませんの」

陽太とミアの会話を聞きつけたのか、ゆゐ子が割って入った。

「ミア様もそうでしょう？　左近お兄様ご自慢の蛇を見るより、庭園や他のものに興味がおありではなくて？もしよろしければ、ゆゐ子が案内致しますわ」

「ああ、そうですわね」

ゆゐ子の言葉に、ケヴィンがミア達を振り返った。

「わたくしは大変興味深いのでぜひ分祠長様の真珠色の蛇を拝見したいと思いますが、ミアやゆゐ子様のような若いお嬢さんには退屈かもしれませんわね」

「じゃあ、オレが探さ……モーガン公使の警護をするから、良夜がミア様の」

ケヴィンの言葉を受けて陽太が護衛に名乗りを上げると、ゆゐ子が不賛同を示した。

「あら、鬼邑《おにむら》公爵閣下《かっか》がゆゐ子達に付き合って下さいませ。良夜さんは左近兄様と友好を深めた方がよろしいですし」

「そうだな。良夜は残った方がいい」

威刃家に婿《むこ》に入るわけではないだろうが、親戚《しんせき》付き合いはせねばなるまいと、ミアも思い、ゆゐ子の言葉に頷く。

そんな二人を良夜は見て。

「では、そう致します。陽太、ミア様達を頼む」

「ああ……」

頼まれた陽太は、なぜか釈然《しゃくぜん》としない顔でミアと良夜を眺めてから頷いた。

☆

「ねえ、ミア様。ミア様は弥和の装束《しょうぞく》にご興味はおありかしら？」

庭を案内すると言ったのに、拝殿や本殿に併設《へいせつ》する弥和庭園を数歩歩いたところで、ゆゐ子はそんなことを言い出した。

「興味は……」

「あるっすよね？」

ないと言いかけたところを、背後から陽太に言葉を取られた。

——なんなんだ？

ムッと陽太を見上げると、「話を合わせて下さいっす」と、ゆゐ子に聞こえぬよう耳打ちされた。

威刃大社の調査のためには、陽太は彼女がゆゐ子と親しくなったほうがいいと判断したのだろう。

「……う、うむ。そう……合州国の服とは全然違うから……」

なんとか会話が繋《つな》がるようミアは頑張った。

「西欧とは違って、弥和は織物自体が手が込んでるって、言ってたっすよね？」

そんなことを話した覚えはないが、陽太が調子よく言う。

ゆゐ子はさっきの蛇の話に同意して貰《もら》った分祠長と同じくらい満面の笑みを浮かべて。

「それで、ミア様さえよろしければ威刃の巫女《みこ》装束を着てみませんか？」

何が「それで」なのか解らない。

「し、しかし、私は巫女ではないし」

巫女でないのに、巫女の装束なんて身につけていいものだろうか？

それにミアは、巫女が着るような緋袴《ひばかま》に白の小袖《こそで》を姫宮時代に身に付けていた。

渦《うず》を巻く赤い髪と緋袴の相性が悪くて、我ながら醜いと思っていた。

ので、あまり着たい代物《しろもの》ではない。

「あら、もちろん本物の巫女のように祭事を手伝わなくてもいいですわ。衣装を借りるだけですもの。威刃の巫女装束はよそとは違って、袴も白なんですよ」

「ああ、いいっすね！　ミア様、珍しい体験だから、ぜひ」

——なぜ、そこで同意するのだ？

ミアは陽太の足を蹴りたくなったが、ゆゐ子の手前我慢する。

——そういえば、子供の頃の陽太が、醜いと詰《なじ》った時も緋袴を履《は》いていたな……。

威刃の巫女装束は白袴だから、まだマシだろうか。

それとも和風の装い自体が似合わず、また、同じことを陽太が言うかも知れないと思うと、ミアはさらに気が滅入《めい》った。

弥和の服より合州国の服を着ている方が、まだ見た目はましに見えると思ったが、良夜は可愛いと言ってはくれなかった。

どんな格好をしても醜いものは醜いままなのだろうと思う。

〝可愛いっすよ！〟

そう思った瞬間、陽太の声が蘇《よみがえ》った。

子供の頃、彼女のことを醜いと言い、花嫁にするのは絶対にごめんだと泣いていたが、大人になって他人への気遣いを覚えたらしい。

——今なら陽太も本音は口にしないか。

そもそも陽太がどう思おうとどう言おうと自分にはどうでもいいことではないかと、ミアは自分に言い聞かせた。

「鬼邑公爵閣下も仰ってますから、ぜひ」

ゆゐ子に念を押すように勧められて、ミアはしぶしぶ頷いた。

服を着替えようと連れてこられたのはケヴィンが分祠長の愛玩蛇《あいがんへび》を見にいった建物とは別棟の洋館だ。

「公爵閣下は外で待っていて下さいな」

「了解っす」

肩を竦《すく》めたそうな顔をして、陽太は軍帽の鍔《つば》に手をやると頷いた。

「それでねぇ、ミア様。ミア様が巫女装束を着ている間、そのドレス、ゆゐ子に貸して下さらない？」

建物内に二人だけで入り、いざ着替えるという段になって言われて、ミアは苦笑した。

なるほど、最初からそれが目的だったようだ。

「かまわないが……」

「良かったわ。ゆゐ子のお父様ったら、洋装がお好きでなくて、ちっとも西欧のドレスを作って下さらないのよ」

「ゆゐ子殿は雛《ひな》人形のように美しいから、お父上も弥和の衣装を着せたいのでは？」

「ふふ、お父様と同じようなことを仰るのね」

まんざらでもない顔で笑うと、ゆゐ子は自分の帯をほどき始めた。

　それを見て、ミアはどうせならばゆゐ子が着ていた淡い色彩の辻が花の振り袖を着てみたいと思う。

　しかし、ケヴィン達の言うように同年輩の女友達など持ったことのないミアは、どう切り出せばいいか解らなくて、最初の提案通り、渡された巫女装束に身を包む。

　ゆゐ子が言ったように、威刃の巫女装束は白一色だったが、ただの白布ではなく、何か幾何学的《きかがくてき》にも見える模様が織り込まれ、光に淡く輝いていた。

　——これは……蛇の鱗……？

　威刃神社に祀《まつ》られている神は、国津威刃命《くにつたけはのみこと》という神だが、その御使神は蛇である。

　だから、このような鱗模様の生地《きじ》で装束が仕立ててあるのだろうか。

「……もしかして、以前、お召しになってます？」

「あ……、巫女装束ではないが、こんな感じのものを」

　ミアが一人でサクサクと着付けてしまったので、ゆゐ子は目を丸くしている。

　ゆゐ子のほうは洋装に四苦八苦していて、背中のボタンをミアが留めてあげた。

「似合っていまして？」

「うん、よく似合っている」

　ミアは心から頷いた。

　薄い黄色みを帯びた真珠色のドレスは、黒髪のゆゐ子によく似合っていた。

「ミア様は……異邦の方ですもの。似合わないのはしょうがないですわね」

　——そうか、やっぱり似合わないか。

　ゆゐ子の言葉で、ミアは鏡を見るのをやめた。

「ところで、ミア様。ゆゐ子は一つ、ミア様にご提案がありますの」

「提案？」

「ええ。ミア様は良夜さんのことがお好きなのでしょう？」

　ミアは溜息を一つ吐《つ》いた。

　ケヴィンも誤解しているようだが、違うのだ。

　自分は良夜に恋をしているわけではない。

　——ただ、良夜に幸せになって貰いたいだけだ。

　賢くて優しくて素晴らしい人間である彼に、その才能と人格に相応《ふさわ》しい場所に居《い》て欲しいだけなのだ。

――それだけだ。

親にさえ疎《うと》んじられるほど醜い自分を、好きになってくれるなどと言えるわけがない。

「ゆゐ子殿、先日も申したが、わたしは良夜さんのことは好きだが、それは人間としてであって、彼がゆゐ子殿と結婚して幸せな家庭を築くことを願っている」

「無理をしなくてもいいんですのよ、良夜さんは本当に素敵な方ですもの」

ゆゐ子はミアの両手を取って、力づけるよう握りしめた。

「ミア様、ゆゐ子とミア様はお友達ですわよね？」

いつから友達なのだろうかと首を傾《かし》げたくなったが、彼女は良夜の未来の妻である。

希《こいねが》っても、ミアは彼女と友達になるべきだと思い直し、頷いた。

「あ、……ああ」

「ゆゐ子はお友達が悲しむようなことをしたくないんですの。良夜さんは、ミア様と結ばれるべきだと思いますわ」

「それはできない！」

間髪入れずにミアは否定した。

自分と良夜が結ばれる？

そんなことはありえない。

己は醜くて、好きになってもらえるはずもない人間だ。

そして、何より自分は東宮だ。

東宮が男の嫁を娶《めと》るわけにはいかない。

――たとえ東宮の座を降りても、わたしは元東宮の親王だ。

親王がどこへ嫁に行けようか。

多分自分は一生結婚できない。誰とも。

「できますわ。ゆゐ子は鬼邑公爵閣下のところにお嫁に行けばいいだけですもの」

今度は即座に反応できなかった。

ミアはゆゐ子の煙《けぶ》るような優しい顔立ちを二度見した。

「……あ、ゆゐ子殿は、その、陽太のことを好きに……？」

一目《ひとめ》惚《ぼ》れという現象が世間にあるのは、いくら世間知らずのミアでも知っていた。

――陽太は……確かに、見た目は感じがいいが……

……。

化け物に臆《おく》することなく向かっていくほど勇敢《ゆうかん》で、凄《すご》い剣の使い手でもあるけれども。

何か色々と引っかかる。何がと問われても、ミアにも説明できないが。

「いいえ。ゆゐ子は海軍の方は好きになれませんの」

「え？」

陽太に一目惚れしたと言われても引っかかるが、好きになったわけでもないと言われても引っかかった。

そもそも、陽太を好きになったのでなければ、なぜ良夜との婚約を破棄《はき》してまで、彼の妻になろうと言うのか。

「……では……？」

「ゆゐ子は伯爵令嬢でしてよ。格下の子爵家に嫁《とつ》ぐのは、おかしくありません？　お父様が良夜さんは必ずや陸軍大将になる方だからと仰いましたけど、土御門《つちみかど》子爵《ししゃく》家は経済的にも、ねぇ……？」

良夜の家が今貧困に喘《あえ》いでいることは、後宮の女官《にょかん》達の噂話などでミアの耳にも入っていた。

先日、陽太が無神経にも良夜の妹達にリボンが似合うだろうとか話した折、刹那《せつな》見せた痛みを堪《こら》えるような表情に、ミアは思わず自分のリボンを差し出した。

そうせずにはいられなかった。

「それに比べて鬼邑様は公爵閣下ですわ。ゆゐ子なら公爵夫人になっても、ぜんぜんおかしくないでしょう？」

ゆゐ子は自分の美貌《びぼう》を誇《ほこ》るかのように、くるりとその場で回って見せた。

「洋装だってこんなに似合っていますし」

そう言ってまたミアの手を取った。

「ゆゐ子達はお友達同士ですもの。協力し合いましょう」

「……協、力……？」

「ミア様はゆゐ子が鬼邑公爵家の花嫁になれるよう、陽太様にゆゐ子の良いところをたくさん言って下さいな。それから、陽太様はミア様の護衛なんですってね。ミア様のお屋敷に訪問されることも多いのでしょう？　そういう時、ゆゐ子も招いて下さい。ゆゐ子が陽太様の花嫁になれば、良夜さんも婚約者がいなくなるわけで、ミア様には悪い話ではないでしょう？」

「ゆゐ子が陽太《ようた》様の花嫁になれば、良夜《りょうや》さんも婚約者がいなくなるわけで、ミア様には悪い話ではないでしょう?」

――うわぁ……。

二人が会話している部屋の窓の下で、陽太は思わず叫びそうになって手で口を覆《おお》った。

建物の外に出るよう言われ、実際外に出たが、一応護衛である。

しかも、東宮《とうぐう》殿下の、だ。

完全に離れるわけにはいかないと、外から回り込んで二人がいる部屋の窓の下に座り込んだ。

なお、陽太の名誉のために付け加えるならば、窓の下、壁に背を向けて座っていただけで、二人が着替えている間、窓から覗いたりはしていない。

――あー、でも、そっか。オレがあのお嬢さんとくっつけば、良夜は婚約が解消されて、ミア様と結ばれる芽も出てくるわけか。

彼女が東宮の地位にある間は無理だとしても、東宮位を降りれば可能な気がする。

――殿下にとっては、渡りに船だよなぁ……。

殿下はきっとゆゐ子の提案に乗るだろう。

「駄目だ! そんなこと、わたしは絶対に協力できない!」

しかし、そんな陽太の予想に反して殿下がキッパリと強い口調で断られた。

「……ミア、様……?」

陽太と同じく、まさか断られるとは思っていなかったのだろう。

ゆゐ子の声も驚きに満ちている。

「土御門《つちみかど》子爵《ししゃく》家に嫁ぎたくないのならば、ゆゐ子殿はその旨《むね》をちゃんと良夜さんに伝え、婚約を破棄《はき》すべきだ。それをせずに、陽太とわりない仲になろうというのは順序がおかしい」

「あら、だって、お父様が良夜さんのことをとても気に入っているんですもの。婚約破棄なんて絶対に許して貰《もら》えないわ。でも、鬼邑《おにむら》公爵からぜひにと望まれたとなれば話は別になりますもの」

「良夜さんの気持ちはどうなる?」

「良夜さんだってお解りになりますわ。貧乏子爵家に嫁《とつ》ぐより、鬼邑公爵家に嫁いだ方がゆゐ子は幸せになれるって。良夜さんはお優しい方だから、ゆゐ子のために喜んで身を引いて下さいますわ」

――凄《すご》いや。どこまでもどこまでも海の向こうまで行っても、自分のことしか考えてないんすね、このお嬢さん……。

陽太は心底呆《あき》れかえった。

――それに比べて、殿下は偉《えら》いな……。

自分が殿下の立場だったら、ゆゐ子の提案に一も二もなく乗ったに違いあるまい。

「わたしは協力できない。百歩譲《ゆず》って陽太を好きになったのならともかく、ただ奴《ヤツ》が公爵だから良夜さんから乗り換えるなんて、良夜さんにも陽太にも失礼すぎるではないか!」

「……まあ!　お友達甲斐《がい》のない方ですのね」

「こういう協力をするのがお友達なら、わたしはゆゐ子殿とお友達でなくてもよい」

「ま、ま、ま、まあ!」

生まれ落ちたその日から伯爵令嬢として蝶《ちょう》よ花よと育てられてきたゆゐ子には、殿下の拒絶は応《こた》えたようだ。

「ゆゐ子に協力しないと言うのでしたら、それならそれでよろしいですわ。ミア様の協力などなくても、ゆゐ子は鬼邑公爵夫人になりますから。でも、そうなったからといって、良夜さんがミア様を花嫁にけしてなさらないよう、ゆゐ子は良夜さんに念入りに忠告致しますわ。お友達甲斐のない冷たい方だと。それでもよろしくって?」

殿下の溜息が聞こえた。

「それならそれでかまわない」

「……。では、行きましょう」

「行く、とは……?」

「お庭の散策ですわ。何のために着替えたと思っていますの?」

「いや、こ、この格好で出歩くのは……」

「せっかくの巫女装束《みこしょうぞく》ですわよ。さあ、参りましょう」

強引にせき立てられて、殿下も否応《いやおう》が言えなかったようだ。二人が部屋を出る気配に、陽太も立ち上がって玄関に歩を向けた。

――なんて酷《ひど》い女だろう。

あれを嫁にするなんて、どれだけ前世でやらかしたらそんな罰《ばつ》を受けるのかと陽太は恐れ入った。

――良夜が可哀相《かわいそう》すぎるっすよ。

あんなに顔も頭も性格も家柄《いえがら》も何もかもいい青年なのに、なんだってあそこまで性格の悪い女を娶《めと》らねばならないのか。

――絶対、婚約破棄するよう、念入りに忠告してやるっす！

「鬼邑公爵閣下《かっか》、公爵閣下」

建物の玄関口で陽太を呼ぶゆゐ子の声がする。

「はい、ここにいるっす」

ぞんざいに陽太は返事をして、二人の元に歩み寄った。

☆

「いかがです？　ミア様に服をお借りしましたのよ」

ねっとりと媚《こ》びを含んだ声でゆゐ子が言う。

「似合いまして？」

そんなゆゐ子の後ろでミアはなんとも惨《みじ》めな気持ちで体を小さくしていた。

――陽太も子供の時のようには面と向かって「醜《みにく》い」とか評さないだろうけれど。

それでも、典型的な弥和《やまと》美人で洋装も和装も似合うゆゐ子の横で、似合わない和装の自分はいつも以上に醜く見えていることだろうと思うと、なんとも哀《かな》しくなるのだ。

「可愛《かわい》いっす！」

力一杯陽太が言う。

――本当に、誰にでも簡単に言うな、この男は。

少しばかりムッとしたが、すぐに考えを改めた。

ゆゐ子は本当に可愛いのだから、陽太がそう言うのも無理はない。

「ミア様、そういう格好も似合うっすね」

――え？

思わずミアは陽太の顔を二度見した。

「……こ、こういう格好は、似合わないだろう、わたしは」

「そんなことないっすよ！　白い小袿《こうちき》がミア様の赤い

髪に映《は》えて、凄くいいっす」

——そう、……なのだろうか……？

子供の頃は、この赤い髪が醜いと切って捨てたくせに——と思いつつ。

——もしも。

もしも陽太が言っていることが、ほんのちょっぴりでも本当なら、嬉しいと思う。

「公爵閣下、ゆゐ子はどう思います？　ゆゐ子も洋装、似合ってますでしょう？」

「あー……」

次に陽太がゆゐ子を褒《ほ》めるだろう言葉に対して、ミアは身構えた。

——陽太は、誰でも褒める奴だ。

やっぱりさっきのミアへの言葉は本心からではなく、社交辞令として褒めるべきだと思ったからだろう。

そう思わされるくらいの熱心さで、陽太はゆゐ子を褒めあげると思ったのだ。が。

「……ゆゐ子殿は、洋装、しないほうがいいんじゃないっすか」

「そうでしょう……え？」


褒められるものとばかり思っていたのか、一度相槌《あいづち》を打ってから、ゆゐ子は陽太をまじまじと見上げた。

「着物のほうがいいっすよ、ゆゐ子殿のようなぼんやりとした顔には」

「ぼ、ぼんやりとした顔ですって……！」

「なんかこう……西欧人に比べて弥和の人間って、顔の凹凸《おうとつ》が浅めじゃないっすか。そういう平べったい顔には、リボンとかひらひらした飾りの多い洋装は、びっくりするほど似合わないいんだって、オレも今、初めて知りました」

ニコニコと無邪気な調子で言っているが、内容はかなり辛辣《しんらつ》だ。

「……で、でしたら、ミア様のようなハッキリとした顔立ちの方には、弥和の着物は似合わないものではなくて？」

ゆゐ子の声が平素より低くなっている。

「そうっすね」

あっさり陽太は頷いた。

「さっきゆゐ子殿が着ていたような細かい模様がゴチャゴチャ入った着物は似合いそうにないっす。でも、巫女装束は白一色で、飾りけがなくてすっきりしているから、ミア様の顔を引き立ててると思うっすよ」

「陽太」

女の子としての矜持《きょうじ》をズタズタにされているゆゐ子が忍びなく、ミアは悲鳴のような声をあげて、陽太の袖《そで》を引っ張った。

先ほどの取引の話を思えば自分がゆゐ子に好意的になれないのは無理からぬことだが、あの話を知らない陽太がなぜゆゐ子にこんな失礼な態度を取るのかミアは解らない。

「ゆゐ子殿に失礼が過ぎる！」

「あー、すみませーん。オレ、大人げない人間なんで、社交辞令とか苦手なんす」

「陽太！」

なんだ、その言い訳は？　大人げないって自慢することか？　――と、吃驚《びっくり》して。

――社交辞令が、苦手……？

社交辞令が苦手と言うことは。

――さっき陽太がわたしを褒めたのは、本心、から……？

そんなことがあるのだろうか。

「な、なんて失礼な方！　行きましょう、ミア様」

激怒したゆゐ子がミアの手を取り、早足で歩き出した。

「あ、あの、ゆゐ子殿……ど、どこへ？」

ゆゐ子の剣幕と腕を引く勢いにぐらつきながら、ミアは尋ねた。

「何度も同じことをお聞きにならないで。お庭の散策と申しましたでしょう。弊社《へいしゃ》の回遊庭園は帝都随一《ずいいち》の広さと美しさを誇《ほこ》りますのよ」

西欧と違い、八百万《やおよろず》の神がいらっしゃる弥和帝国だが、国津威刃命《くにつたけはのみこと》は現世利益の高い神として人気が高い。

しかし、今日は境内《けいだい》にも庭園内にも人気《ひとけ》がなかった。

案内すると言ったゆゐ子だったが、先ほどの陽太とのやりとりですっかり気分を害したようだ。ミアの手を取ったまま、無言でどんどん歩いていく。

その怒れる背中に恐れ入ったか、陽太は三歩ほどあとをこれまた無言でついてくる。

入り口の鳥居のあたりは銀杏並木《いちょうなみき》だったが、奥のこの庭園は銀杏だけではなく、さまざまな木が植えられ、小さな森を形成している。

まだ紅葉の季節ではなかったが、赤や黄色に染まり始めた葉が、ちらほら見える。

金木犀《きんもくせい》の香る中、淡い紫の乙女《おとめ》桔梗《ききょう》に縁取《ふちど》られた坂を下りて、四阿《あずまや》に辿《たど》り着《つ》く。

そこでゆゐ子はくるりと陽太を振り返った。

「公爵閣下、少々ここでお待ち頂いてもよろしいかしら？」

「なんでですか？」

「向こうにご不浄がありますの。いくら護衛だからと、淑女《しゅくじょ》のご不浄までついてこられませんわよね？」

つけつけと言われて、陽太は肩を竦《すく》めた。

「お待ちしてるっす」

「では、わたしも、ここで」

「まあ、ミア様。このようなところで殿方と二人きりになるものではありませんわ。危険です！」

——危険？　何が？

思わずミアはゆゐ子と陽太の顔を見た。

が、ゆゐ子は反論を許さないとばかりに口をへの字にしているし、陽太は無言のまま片手で「あちらへどうぞ」の仕草をした。

——陽太は護衛なんだから、陽太の側《そば》にいたら危険というのはおかしいではないか？

ミアが女の子ならともかく、陽太はミアを東宮だと知っているから、陽太にとって自分は〈男〉のはずである。それに醜い。

何の危険もないと思いつつ、これ以上ゆゐ子の機嫌を損《そこ》ねるのも良夜に悪い気がして、ミアはおとなしくゆゐ子に従った。

陽太を置いて、森の小道を上る。

木々に隠れるような場所にご不浄と思われる小屋がある。

その小屋の傍《かたわ》らで突然、ゆゐ子がしゃがみ込んだ。

「ゆゐ子殿？」

「耳飾りを落としてしまったわ。ミア様にお借りしたものなのに」

「それは大変だ」

ケヴィンは衣装部屋の服や装飾品は全部ミアの物だと言ってくれたが、ミアの意識としては全て借り物だ。

良夜の妹達に贈ったリボンのような真新しい品なら、後日購《あがな》って返すこともできると思い——その場の勢いでケヴィンに了承を取るのを忘れたのは良くなかったが――譲ることもできた。

が、件《くだん》の耳飾りはケヴィンの祖母だか曾祖母《そうそぼ》の遺品だと聞いている。

ケヴィンにとっては愛着深い物だろうし、彼の妻や本当の娘に譲り渡されるべき品で、なくすなどとんでもないことだ。

「落ちて、向こうに転がったのかも。ミア様、あちら側を見て下さらない？」

上ってきたのと反対側の傾斜《けいしゃ》をゆゐ子は指さす。

そして、ミアが素直に言われた場所を覗きに行った途端。

「！」

背後から足払いをされた。尻餅《しりもち》をついてそのまま崖《がけ》を滑《すべ》り、悲鳴を上げる間もなく崖下《がいか》に広がる池に落ちた。

ミアは泳ぎは得意ではない。

と言うか、東宮殿にほとんど幽閉されていたミアには水泳など習う機会はなかった。

恐慌状態で必死に藻掻《もが》いていると、足が池の底を掠《かす》めた。

心配するほど深い池ではなかったようだ。

「ゆゐ子殿！」

全身ずぶ濡れになったミアは、大声でゆゐ子を呼んだ。

「まあ、大変」

崖の上から、ゆゐ子がおっとりと言った。

「すぐに着替えを持ってきますわ。お一人で上がれますわよね？」

そう言って、ゆゐ子は姿を消す。

「ゆゐ子殿！」

呼ぶ声は彼女に、そして崖の向こう、木立《こだち》の向こうの陽太に聞こえているのか。

「――」

ぞくりと背筋に悪寒が上ったのは、水の冷たさからだけか。

秋口の帝都は、水浴びをするには涼しすぎる。

――早く池から上がらねば。

そうミアが思い、岸へと歩を進めた時、右の足首に何か冷たいものが巻き付いた。

――え？

「……妾《わらわ》の……、眠りを……、妨《さまた》げるのは……、誰じゃ

「……？」

人の声にしては金属めいた、甲高《かんだか》く、居丈高《いたけだか》な声音。

振り返ると、ミアが転がり落ちた崖の斜面にぽっかり空《あ》いた洞窟《どうくつ》があった。

注連縄《しめなわ》が張られ、人や動物は入ることができぬ神域であることが示されている。

そんな洞窟の奥、黒い闇《やみ》の中にあるはずのない星のように光る二つの目。

居るはずのない何か。

「……おや……、嬉しや……。お前は……、天津神の……、吾子《あこ》……」

うねうねと池の水面《みなも》が波立った。

水底《みなそこ》を何か重いものが蠢《うごめ》いている。

「なっ……！」

ミアの足首に巻き付いたと思ったものは、いつの間にか両足にぐるぐると巻き付いていて、彼女の体を洞窟に向かって引き寄せようとしていた。

水面に顔を出していた岩にしがみつくが、引き寄せようとする力も強い。

「……天津神《あまつかみ》の、……吾子。……やれ嬉しや……やれ嬉しや……」

耳障《みみざわ》りな金属めいた声は、歌うような調子でミアに近づく。

うねうねと、うねうねと。

まるで生きているかのように水面も動く。

そうして、真っ黒な洞窟の中から光る目の主《ぬし》が現れる。

「――！」

ミアは、己はこの帝国の東宮であるという矜持だけで、どうにか悲鳴を飲み込んだ。

現れたのは、一見、女に見えた。

白い髪、白い顔。細い首、細い肩。

むき出しの乳房《ちぶさ》の下、へそのあたりから女の体には鱗《うろこ》が生えていて――。

「……さあさあ、しかと捕まえよう、しかと捕まえようぞ、天津神の吾子」

吐き気がこみ上げてきたのは精神的なものか、化け物がミアの足から腹部に掛けて、その蛇《へび》の下半身で締め付けているせいか。

「く、来るな！」

「やれ、嬉しや。やれ、嬉しや」

ミアが叫び、化け物の腕を払っても、化け物はいっこうに躊躇《ちゅうちょ》する様子もなく、蛇の下半身でミアの足の自由を奪い、どんどんと近づいてくる。まるでミアを頭から食べるかのような近づき方だ。

ミアとは違う、血の塊《かたまり》のように赫《あか》く丸い瞳が、ミアの顔を覗き込む。

「何百年ぶりじゃろうか。いやいや何千年ぶりじゃの。やれ嬉しや、やれ嬉しや。天津神の贄《にえ》とは。我が主様も喜ばれよう」

ミアの目前で、にぃ……っと、女の顔をした化け物の赤い唇の両端が上がる。

暗い口腔《こうこう》の中から二股《ふたまた》に分かれた蛇の舌先がそれ自体が意思を持った生き物のように蠢き出て、ミアの頬を舐《な》めた。

拾肆章

「閣下《かっか》、鬼邑陽太《おにむらようた》公爵閣下！」

着慣れぬドレスと履《は》き慣《な》れぬ革靴《かわぐつ》で本人は駆け下りているつもりなのかもしれない。

「ミア様は？」

尋ねても、陽太の前で胸に手をやり、息を整えている。あれしきの坂を下りたくらいで、こんなに息が荒れるとは、普段どんだけ運動をしていないのかと、陽太は呆《あき》れた。

「それが、あの方、神泉に落ちてしまわれて」

「……は？」

「ご不浄《ふじょう》の裏手にある崖《がけ》の下は、神泉つまり威刃《たけは》の御《み》使神《つかいがみ》の池で、人が踏み入ってはいけない場所なのに、あの方ったら」

「ちょ、待った待った。さっき、神泉に落ちたと言わなかったか？　落ちるのと踏み入るのでは、ぜんぜん違うだろ？」

「え？　あ、もうそんな言葉遊びはなさらないで！　ともかくゆゐ子と一緒に来て下さい」

そう言ってゆゐ子は陽太を引っ張る。

ご不浄とは反対方向の、最初に来た道の方へ。

「待った待った。なんでこっち？　あっちだろ、ミア様が落ちたのは」

「ずぶ濡《ぬ》れになったミア様の着替えや体を拭《ふ》く物が必要ですわ」

「じゃあ、ゆゐ子殿がそれを取りに行って、オレはミア様を泉だか池から引っ張り上げないと」

「溺《おぼ》れるような深さはありません。ご自分で岸に上がっておられるはずです」

「そうは言っても」

真夏ではない。

いやむしろ秋風の冷たい季節だ。

「とりあえずオレの上着でも貸しますから、ゆゐ子殿は服を持ってきて下さい」

ゆゐ子を自分達が来た方向に押しやると、陽太は一目《いちもく》散《さん》で坂を駆け上った。


用心して佩用《はいよう》していた神剣が、何かに反応したのか熱を帯びている気がする。

嫌な予感に苛《さいな》まれながら、ご不浄の小屋、その傍《かたわ》らの木の枝を掴《つか》み、陽太は下を覗いた。

「ミア様！」

陽太の身長の二倍あるかどうかの高さの崖だ。

緩《ゆる》い傾斜《けいしゃ》の土に確かに何かが滑《すべ》り落ちたような跡がある。

しかし、無骨《ぶこつ》な岩がいくつか顔を覗かせているだけの水面《みなも》には人の気配がない。神泉とやらの畔《ほとり》にも。

「ミア様！」

もう一度、広い分祠《ぶんし》中《ちゅう》に響き渡るような大声で、陽太は殿下を呼んだ。

「……ミア様……？」

落ちたのはこの池ではないのか。

あるいは自力で這《は》い上《あ》がられたあと、着替えるために建物のほうに向かわれたのか。

神泉の向こうには小学校の校庭くらいの何もない平地があり、その先には黒い板塀《いたべい》が続いていた。

板塀の向こうに、本殿と思《おぼ》しき建物が見えたから、ここは本殿の裏手らしい。

下に降りる道はなかったが、陽太は池に落ちなくて済むような場所を見つけて、そろりと崖の斜面を滑り降りた。

「……洞窟《どうくつ》……？」

上からでは気づかなかったが、崖の斜面には洞窟があった。

風か何かに吹き飛ばされたのか、元はきちんと洞窟の入り口を封じていただろう注連縄《しめなわ》が入り口近くに浮かんでいる。

「陽太！」

板塀のほうから、良夜《りょうや》と探索官《たんさくかん》、それに分祠長の左近《さこん》が駆け寄ってきた。

陽太の声を聞きつけたらしい。

「ミア様はどうした？」

「居《い》ない」

こんな報告をよりによって良夜にしないといけないのが、心底恥ずかしい。

「ゆゐ子殿と庭の探索中にご不浄に行かれると言うので、オレ、ちょっと離れた所で待っていたんだ。そうしたら、ミア様が神泉？　この池に落ちたとゆゐ子殿が言うので」

良夜は眉《まゆ》を顰《ひそ》めたが、陽太を責めるようなことは言わずに、別の質問をした。

「ゆゐ子殿は？」

「ミア様の着替えを取りに行った。ミア様がずぶ濡れになっていると」

「池から上がった形跡はないようですわね」

探索官が池の畔の土が乾いていることを示す。

「そもそも神泉に入るとは何事ですか！　ここは我が祭神の神域ですよ！」

分祠長が声を荒らげた。

「入ったんじゃない！　落ちたんだ！　あそこの崖から！　そして、居《い》なくなった！」

「崖からこの池……神泉？　に落ちて、水から出た形跡がないとなれば、ミアはあの奥にいるのかしら？」

探索官が洞窟を指さした。

「あそこは禁域だ！　ああ、誰だ。注連縄を外したのは！」

分祠長は子供のように地団駄《じだんだ》を踏む。

「注連縄が外れていると言うことは、誰かが出入りしたと言うことですね」

「公使殿のお嬢さんが？　なんてことを！　だから異邦人を境内《けいだい》に入れるのは嫌だったんだ！」

——なんだ、こいつ？

陽太は分祠長にむかついた。

「今はミア様を探すのが大事っす！　オレ、ちょっと行ってくるっす」

とりあえず上着を脱いで、陽太は池に近づく。

「やめなさい！　人の話を聞け！　この神泉は神域。あの洞窟は禁域中の禁域だ！」

探索官が陽太に摑みかかろうとする分祠長の腕を押さえた。

「……それは、〈まつろわぬ神〉の眷属《けんぞく》が住んでいるからかしら？」

「ま、〈まつろわぬ神〉の眷属、だと……？」

青ざめた顔で分祠長は探索官と向き合う。

「我々合州国人が〈イグ〉と呼ぶ蛇《へび》達の父。あなた方が蛇神《へびがみ》様あるいはトウビョウ様と呼ぶもの達の王。〈イグ〉の息子、または娘。あるいは彼の配下の化け物が、ここには居ますわ」

「な、な、何を言っているんだ？」

「ここで、化け物を、飼っているでしょう？」

探索官の青灰色のガラス玉みたいな瞳が、冷たく分祠長を見据《みす》えた。

「公使、いくら合州国人で本邦のことに詳《くわ》しくないからと言って、我が神と御使神を化け物呼ばわりなさるとは……！」

「わたくしはただの公使ではありません。合州国大統領直属〈まつろわぬ神〉対策局探索官ですわ。しかも、本国でわたくしは〈イグ〉にまみえたことがあります。〈イグ〉の匂い、〈イグ〉の気配。忘れるはずなどありませんわ。分祠長様。ここは〈イグ〉の気配に満ちています」

——そういや探索官、〈まつろわぬ神〉の関与した人間は見分けが付くと言ってたっけ……。

「では、ミア様は……」

良夜の顔色がさらに青くなる。

「行くっす！」

陽太は池の中に飛び込んだ。

「陽太、私も行く」

「泳げんの？」

「海軍兵学校生ほど得意ではないが、この程度の池なら」

そう言って良夜も上着を脱ぎ、池に入る。

「神を恐れぬ者どもめ！　罰《ばち》が当たるぞ」

「もう当たってるっすよ！」

陽太は怒鳴り返し、洞窟へと急いだ。水は冷たかったが、腰より上まであるような水深だと歩くより泳いだ方が早い。

洞窟の中は暗く、泳いでも泳いでもどこにも辿《たど》り着《つ》かないような感じがした。

「――良夜」

「どうした？」

顔を出して泳いでいるので、会話はできる。

暗がりで顔は見えないが、声が聞こえて少しホッとした。

「すまん。こんなことになってしまって。ご不浄と言われたくらいで、怯《ひる》んじゃ駄目だな、護衛は」

「ゆゐ子殿についてくるなと言われか」

「よく解るな」

「ミア様が言うような台詞《セリフ》ではないからな」

――さすが幼馴染み。よく解っていらっしゃる。

「良夜には悪いけど、ミア様が池に落ちたのは、ゆゐ子殿が突き落とすか何かしたんだと思う」

「……そうだろうな。ミア様は用心深い方だ。ご自分で足を踏み外すようなことはなさるまい。それにゆゐ子殿は、幼い子供のように癇癪《かんしゃく》を起こすことがある方だから」

――あー、なるほど。確かに癇癪持ちだ。

ドレスが似合わないと陽太が言ったときのゆゐ子の様子を思い出し、泳ぎながら陽太は肩を竦《すく》めたくなった。

しばらく無言で泳ぐが、まだどこにも辿り着かない。

「……あのな、良夜」

意を決して、陽太は口を開いた。

「なんだ？」

「ゆゐ子殿のことだけど、オレ、彼女はお前に似合わないと思う」

ゆゐ子と殿下の会話の内容を伝えるのはさすがに躊躇《ため》われたが、彼女がこのまま良夜と結婚するのは良くないと陽太は思う。

――やっぱり良夜はミア様とくっつくべきだよな。それが二人にとって一番幸せだし。

あぶれた自分は不幸かも知れないが。

「……だから？」

暗い洞窟の中に、ことさら低くなった良夜の声が響いた。

「あー、だから……婚約は破棄《はき》したほうが」

「そんなことはできない」

速攻で否定された。

「いや、でも、ゆゐ子殿もお前も、お互いが好きとかそういうわけじゃないんだろ？」

「好きとかそういうわけじゃないから、婚約破棄はできない」

陽太の言葉をなぞって、良夜は冷たく言った。

「なんでだよ？　好きでもない相手と結婚するには、人生は長過ぎるぞ」

母親がいつも言っていた言葉を口にする。

好きでもない相手と長い人生を共に暮らしたくない。だから、陽太の母親は結婚しなかった。

陽太の父と結婚できる立場になかったから。

「そういう言葉は、結婚相手を選べる人間だけが言える言葉だ」

「なんでだよ？」

他に言葉を知らない子供みたいだと、陽太は自分で自分に突っ込んだ。

「お前ならどんなご令嬢もよりどりみどり、選べるだろ？」

バシャンと、激しい水音がした。

こんな暗闇《くらやみ》の中で、しかも水の中でなければ、もしかしたら陽太は良夜に殴られていたのかも知れない。

そう思うほど冷たい水音だった。

「——没落《ぼつらく》して破産寸前の子爵《ししゃく》家に、好き好んで嫁にくる女性などいない」

まるで一音一音が、鋭い刃《やいば》のような声で。

暗闇の中、見えるはずのない相手の顔を陽太は目を凝《こ》らし見ようとした。

良夜の父である土御門子爵が御所を追われて世間から忘れられた形になっているのを思えば、土御門家が経済的に困窮《こんきゅう》していることは陽太も薄々察していた。

ただ。

「でも、お前、あんな大きな屋敷に住んでるし……」

まさか破産寸前だとは思わなかったのだ。

「借金の形《かた》にいつ取られてもおかしくない。いや、ほとんど取られている。名目上、威刃陸軍大臣が土御門《つちみかど》家から借りているが、大臣はその気になれば、いつだってあの屋敷を合法的に土御門家から取り上げることができるんだ。私達一家は大臣のお情けで、敷地の片隅の土蔵《どぞう》に住んでいる」

——しまった。オレ、良夜が絶対に言いたくなかったろうことを、言わせてしまった……。

矜持《きょうじ》の高い良夜にとって、こういうことを他人に言うのは、ひどく嫌なことだったはずだ。

それでも始めた会話を止めることはできなくて。

「——だから、ゆゐ子殿との婚約は破棄できない？」

「……そうだ」

苦く良夜はその事実を認めた。

「お、お金の問題なら、オレがなんとかしてやる！　いや、オレがっつーか、鬼邑公爵家が、だけどさ」

「施《ほどこ》しは受けない」

氷よりも冷たく、良夜は言った。

「別に施しってわけじゃ……」

「陸軍士官学校生が陸軍大臣を怒らせて、どんな職につけると？　返す宛《あ》てのない金を借りるのは施しを受けるのと同じだ」

ゆゐ子は現陸軍大臣の娘だ。

陸軍士官候補生である良夜から縁談を断って、大臣の機嫌を損《そこ》ねるのがまずいのは陽太にも解る。解るが。

「それは……で、でも、お前の陰陽《おんみょう》の技は凄《すご》いし、陸軍大臣を怒らせてもなんとかなるんじゃ？」

「陰陽寮が廃止されたのに、陰陽師としてどこで働けると言うのだ？　今、探索官の元で働いているのも、この問題が解決するまでのこと。何年も解決に時間をかけるわけにもいかない。せいぜい三月《みつき》か半年の仕事だ」

「……」

「返す宛てのない金を借りるのは、施しを受けるのと同じだ」

良夜は先ほどの自分の台詞を繰り返した。

「そんな情けないことは、土御門子爵家の人間として絶対にできない。——特に、鬼邑忠孝《ただたか》公の息子からは」

鬼邑忠孝公の息子からは。

そう言われてしまっては、鬼邑忠孝公の息子は何も言えない。

——良夜の家が没落したのは、親父が陰陽道を嫌って、陰陽寮を廃止し、土御門家の人達を御所《ごしょ》から追い出したからで……。

良夜は賢くて優しい人間だから、鬼邑忠孝の息子の陽太を嫌う素振《そぶ》りはみせない。

それでも、鬼邑忠孝は嫌いだし、憎《にく》いだろう。

――憎くない、はずがない……か……。

何も言えなくなって、また無言で泳いでいるうちに、ようやく石の壁にぶつかった。

腕を伸ばすと、岸壁のように上がれる場所を見つけた。這い上がって一息吐《つ》く。

「……灯《あか》りを持ってくれば良かったな」

水から上がってみると、そこは人工の地下道のようで、上の方に小さな採光用の穴らしきものがあった。

それでこの場は完全な暗闇ではなかったが、奥の方は真っ暗である。

「ある」

隣で良夜が手首に付けていた数珠《じゅず》から一つ珠《たま》を抜くと、手のひらの上に置いて何事か咒文《じゅもん》を呟き、息を吹きかけた。

次の瞬間、赤ん坊くらいの大きさの白い紙人形が地面に立って、紙燭《しそく》のような灯りを掲《かか》げていた。

「え、えっと……」

「式神《しきがみ》だ」

「便利っすね」

「小一時間ほどしか持たない」

素《そ》っ気《け》なく返される。

先ほどから良夜の機嫌は傾いたままだ。

紙人形の式神はひょこひょこと良夜達の前を歩く。

陽太達は無言で、式神の後をついて行く。

入り口は天然の洞窟っぽかったが、ここは完全に人工の地下道だ。周囲も床もきっちり石が積まれている。

――ミア様、大丈夫かな……？

出し抜けに天井《てんじょう》が高く大きな空間に出た。

そこは壁や床自体がぼんやりと発光していて、完全な暗闇ではない。

真ん中に石造りの祭壇《さいだん》のようなものがあり、その上に白い巫女装束《みこしょうぞく》の殿下が横たわっている。

「ミア様！」

「陽太、止まれ！」

良夜が祭壇へ駆け出しかけた陽太の腕を摑む。

その間にひょこひょこと紙人形の式神が殿下が横たわる祭壇に近づき、一瞬で灰になった。

——え？

「陽太、神剣を振るってくれ」

言われて剣を抜き、祭壇の前の何もない空間を薙《な》ぎ払《はら》った。

「っ！」

変な手応《てごた》えと、痺《しび》れるような衝撃が剣を持つ腕から全身に伝わった。

「さすが天叢雲剣《あまのむらくものつるぎ》だ。怪しげな結界も一刀両断だな」

僅《わず》かだが良夜の声に笑みが戻った気がして、陽太はホッとする。

「ミア様！」

「ミア様！」

二人は祭壇に駆け寄ろうとしたが、なぜか不意に良夜は足を止めた。

「良夜……？　まだ、何か……？」

「いや。陽太が起こしてさしあげてくれ」

言われて陽太は祭壇に近づき、横たわる殿下の肩を揺すった。


濡れた髪が張り付いた額や閉じられた瞼《まぶた》が蠟細工《ろうざいく》のように青白くて、死んでいるのかと陽太は怯《おび》えた。

「……陽……太……？」

「ミア様！」

最初はぼんやりとしていた瞳が、覗き込んだ陽太の顔をしっかりと捉えた。

「っ！　あ、あの化け物は⁉」

「化け物？」

「大蛇《だいじゃ》だ。上半身は女のような姿をしている」

——上半身が女の大蛇？

探索官が言っていた分祠長が飼っているという化け物とはそれか。

「それは見かけませんでしたが、そのようなものがいるのならば、一端退《いったんひ》いて準備をして出直さなければ」

いつの間にか良夜は白い毛布のようなものを手にして、陽太を手招いた。

「そうっすね。〈イグ〉とかいう〈まつろわぬ神〉なら、探索官の意見を聞いた方がいいだろうし。ってか、良夜、それ、どっから？」

「式神だ。一時的に擬態《ぎたい》させたが、そう長くは持たない。

早く帰らねば」

言いながら、近づいた陽太に良夜はその毛布を押しつけてくる。

「えっと……」

「ミア様に！」

自分で持っていけばいいのにと思いつつ、数歩戻って、殿下に毛布を手渡そうとして、さっきはそれどころではなくて、気づかなかったことに気づいた。

――す、透けてるっす……！

白絹の単衣《ひとえ》に白絹の袴《はかま》がびっしょり濡れて、体に貼り付いている。

やばい。目のやり場が……！　良夜、お前、これに気づいていたからミア様に近づかなかったのか！　これってオレの役得？　いやいや違うだろ、不謹慎《ふきんしん》な！　それにしても式神万歳！　灯りにも毛布にもなれるなんて素晴らしすぎる！　こんな便利な陰陽師を排斥《はいせき》するって、親父は何を考えてたんだ？　バカっすか？　バカっすね！　――とかなんとか。

陽太は完全に混乱し動揺しまくった。

「……陽太……？」

ギクシャクと動き、明後日《あさって》の方向を見ながら自分に近づく陽太に、殿下は不審そうに声をかけられた。

「あー、すみません。これ、体に巻いて下さい。そ、その、濡れたままだと風邪引くし」

自分の顔が赤くなっているのを自覚しながら、陽太は式神製毛布を差し出した。

「あ、ああ――――！」

頷いて毛布に手を伸ばされた時、ご自身の胸のあたりが目に入られたらしい。

一瞬で自分の状況を理解されたようで、ひったくるように毛布を掴み、大急ぎで体に巻き付けられた。そして。

「……み、み、み、見た……のか……？」

「いえ！　何も！」

陽太と負けないくらい真っ赤になられた殿下の問いに、陽太はぶんぶんと首を振った。

胸の谷間が見えましたとか、墓まで持っていかねばならない重要機密だ。

「――妾《わらわ》の」

そこへ、金属的で耳障《みみざわ》りな声が響いた。

即座に緊張の糸が張る。

「妾の結界を破ったのは、誰じゃ？」

耳障りで金属的な声が奥のほうから聞こえてきた。

ずるりずるりと、遠くで重い物が床を這う音がする。

薄暗い空間のさらに闇が一番濃くなった奥から、赫《あか》く光る二つの瞳と確かに陽太の目が合った。

――ミア様が仰《おっしゃ》った化け物か？

闇に紛れた敵の全貌は定かではないが、場に満ちた禍々《まがまが》しい空気に、陽太は吐き気を覚えた。

「……おや、まあ、また、天津神の吾子が」

金属が擦れ合うような耳障りな哄笑《こうしょう》が響く。

「やれ嬉しや、主様《あるじ》に捧《ささ》げる贄《にえ》が、増えたか。さあさあ、子供達、狩りの練習をし。母は主様を呼ぶ支度《したく》をせねばならぬ。宴《うたげ》の準備をせねばならぬ。嬉しや嬉しや。贄が増えた。やっと妾も主様のための宴が開ける」

声が少しずつ遠ざかる。

あの巨大な何かと対峙《たいじ》しなくて済んだと気が緩《ゆる》んだのも束《つか》の間、薄闇の中に無数の赫い瞳が開いた。

「っっ！」

陽太も良夜も殿下も息を飲んだ。

いつの間にか無数の蛇に取り囲まれている。

本能的に陽太は、剣を振るった。

ざわっと蛇達が怯むように離れた。

それも一瞬、また陽太達に近づく。

「このっ！」

陽太は近づいてきた蛇達を文字通り一刀両断した。

「なっ！」

二つに切られた蛇はそのまま絶命するどころか、二匹の蛇となって蘇《よみがえ》ってくる。

「ど、どうしろってんだ⁉」

切ったら増えるなんて反則だろうと、陽太は癇癪を起こしかけた。

「だが、天叢雲剣に蛇達は近づけないようだ。蛇を斬《き》らないように空間を払え」

冷静に殿下が指摘する。

「――東山《ひがしやま》、蕾ヶ原《つぼみがはら》の早蕨《さわらび》の、思いを知らぬか忘れたか」

――こ、この場面で歌を詠《よ》むか？

堂上《どうじょう》華族ってそういう生き物なのかと、陽太はぎょっとして、良夜のほうを見た。

が、良夜が和歌を呟きつつ己《おのれ》の髪を短刀で一房切って投げると、その髪が針のように蛇を襲う。良夜の髪で床に縫《ぬ》い止《と》められた蛇が、ビクビクと痙攣《けいれん》している。

「すっげ……」

「一時的なものだ。私も蛇達の動きを止めるから、陽太はミア様の言うとおり天叢雲剣で退路を作ってくれ」

「おう」

陽太が先頭に立ち、神剣で蛇達を近づけない空間を作り、殿《しんがり》の良夜が己の髪を少しずつ切って左右の蛇達を床に縫い止める。

あとで聞いたが、良夜が口ずさんだ雅《みやび》な和歌と思しきものは、実は蛇の害から身を守る咒歌《じゅか》なのだそうだ。

ジリジリと元来た道を引き返し、先ほど上ってきた水辺まで戻ってきた。

だが、良夜が言ったとおり彼の髪で縫い止めた蛇達も数分で自由を取り戻したようで追ってくる蛇は減っていないようだ。

「我が子よ、我が子よ、狩りはまだか」

その上、金属めいた声が奥からまた響いてきた。

「母が手伝わねば、贄を狩ることはできぬか」

再び何か重い物が闇の奥から這い寄ってくる音がする。

「あれや子蛇と一緒に水の中に入れば、私達に分はない。陽太、天叢雲剣で結界を張ってくれ」

「け、結界を張るって、どうやって？」

「咒は私が唱《とな》える。合図をしたら地面に剣を刺してくれ」

「おう」

「東海の神、名は阿明《あめい》。西海の神、名は祝良《しゅくりょう》。南海の神、名は巨乘《きょじょう》。北海の神、名は禺強《ぐきょう》。四海の大神、百鬼を避《しりぞ》け兇災《きょうさい》を蕩《はら》う。急々如律令《きゅうきゅうにょりつりょう》！」

咒文の最後で肩を叩かれた陽太は、敷石《しきいし》の継ぎ目を狙《ねら》って、思いっきりよく天叢雲剣を突き刺した。

その瞬間、不思議な光が一弾指《いちだんし》の間、周囲に散った。

子蛇達はその光に弾《はじ》かれたように、後退している。

「今のうちに、ミア様を連れて逃げろ」

良夜が陽太に言うと、殿下が良夜の腕を摑んだ。

「良夜は、何をする気だ？」

「神剣の結界があれば、しばらく時間が稼《かせ》げます。その間に、この魔物達を浄化する術を」

「ならば、それが終わるまで待つ」

「いけません！　陽太、殿下を頼む」

決意みなぎる良夜の顔と、同じく必死な形相《ぎょうそう》の殿下を見て、陽太は意を決した。

「失礼するっす！」

「よ、陽太⁉」

陽太は殿下の体を横抱きに抱《かか》え、そのまま池に飛び込んだ。

行きは泳いできたが、歩けない水深でもない。殿下の体をこれ以上濡らさないよう抱えて、陽太は水の中をできうる限りの早さで歩き出した。

「陽太、離せ！　良夜を置いていけない！」

「駄目っす！　ミア様が無事でなければ、良夜の努力が無駄になります！」

「良夜が殺されてもいいと言うのか⁉」

「じゃあ、ミア様が側《そば》に居れば、良夜が助かるって言うんですか⁉」

陽太が叫び返した瞬間、腕の中の女の子の全身に力が籠《こ》もった。

「……っっ！」

暗闇で助かったと陽太は思った。

陽太が言ったことは事実で、彼女が良夜の側に居たからと言って良夜が助かる確率は一厘《いちりん》だって増えやしない。

けれど、それを指摘する自分がとても情け知らずの人間のように思えた。

小刻みに震え、嗚咽《おえつ》を一生懸命堪《こら》えている彼女の顔を見なくて済むのは、僥倖《ぎょうこう》だ。

ざぶざぶと水を切って、己でも不思議なくらいの速さで、陽太は水の中を歩いた。

「……陽太は、嘘つきだ……」

「え？」

闇の中で涙声で詰《なじ》られて、陽太は怯んだ。

「わたしが良夜を救おうとするのは、しょうがないって言ったくせに……なんで今回は、邪魔をするんだ……」

巨大蜘蛛《ぐも》を退治した後、寝込んだ陽太を見舞いに殿下達が来た時、そういう話になったのだ。

その時、自分は彼女が良夜を守ることを是とした。

——そうは言ったって。

だからって、彼女が死ぬかも知れない場所に彼女を置いてはおけない。

彼女が良夜に対してそう思っているように、陽太だって彼女に対してそう思っているわけで。

「戦うのは男の役目っす」

「わたしだって、〈男〉だ」

——こんなに華奢《きゃしゃ》で、小さくて、軽いのに。

「わたしはこの弥和《やまと》帝国の〈東宮《とうぐう》〉なのに……、何もできないんだ……」

「……できなくていいんです」

陽太は喉を振り絞《しぼ》るようにしていった。

「ミア様はここにいらっしゃるだけでいいんです。それが東宮殿下や今上《きんじょう》陛下の仕事っす。内乱の時も、先陣《せんじん》切って走ってたのは、オレの親父や他の尊皇攘夷《そんのうじょうい》派《は》の武士っす。親父や武士達が戦えたのは、陛下が親父達の背中にいらっしゃったからです。今、オレや良夜が戦えるのも、ミア様がここにいらっしゃるからです」

「——」

長い洞窟を抜けると、日の光が暗闇になれた目に痛かった。陽太は何度も瞬《まばた》きをした。

けして目から零《こぼ》れそうなものを誤魔化すためではなく。

「ミア！」

大きな布を持って駆け寄ってきた探索官に殿下の体を渡す。

「ミア様を頼みます」

「陽太？」

「良夜のところに戻ります」

「だ、だが、あれは……本当にとんでもなく気持ちが悪くて恐ろしい化け物だぞ……！」

腕を掴まれて、陽太は意外に思った。

引き留められるとは思っていなかったのだ。

「なんとかなるっす。前回もなんとかなったし」

「——」

「良夜を助けないと、ミア様、オレを許してくれないっしょ？」

陽太がそう笑って言うと。

「そんなことはない！　わたしはただ……」

殿下は泣きそうな顔で俯《うつむ》かれた。

「わたしが許せないだけだ……何も、できないわたしが……。陽太は、何も悪くない」

そう言って貰えただけで、十分な気がした。

そして、やっぱりこの彼女のために良夜を助けにいかなくてはと思った。

「ミア様はここにいらっしゃるだけでいいんです。良夜があの化け物と戦うのも、オレが良夜を助けようと思うのも、ミア様が居てこそですよ」

「……」

「大丈夫っす。絶対、良夜と一緒に戻ってきますって」

拾伍章

「良夜《りょうや》様、青星《あおぼし》、良夜様の招聘《しょうへい》にはせ参じました」

「良夜様、赤星《あかぼし》も参上致してございます」

土御門《つちみかど》家の当主のみに仕《つか》える式神《しきがみ》は、幼児ほどの幼い姿をしている。

水色の水干《すいかん》と薄紅の水干を着込んだ童《わらべ》にしか見えぬ彼らは、しかし、陰陽道《おんみょうどう》の宗家土御門家最強の式神である。

「土御門陰《いん》の式神青星、土御門陽《よう》の式神赤星、土御門宗主雅夜《まさや》の代わりに、その一子土御門良夜が命ず」

自宅に居《い》る時と違い、正式な命じ方になったのは、彼らが本来守護し、仕えるのは良夜ではなく、良夜の父で、この場に父が居ないからだ。

「あの長虫共を浄化し尽くせ」

赤星と青星はお互いの顔を見合い、それから良夜を見上げた。

「かしこまりました、良夜様」

「うけたまわりました、良夜様」

そう言ったものの、彼らは続ける。

「しかし、あの長虫共は古き神国津威刃命《くにつたけはのみこと》が眷属《けんぞく》であれば」

「我らが今の力では浄化しきれぬかも知れませぬ」

「良夜様は未《いま》だ宗主様でいらっしゃりませぬ」

「良夜様は未だ青星達の真の主《あるじ》様でありませぬ」

「今の我らが力は本来の半分の半分」

「そのまた半分にも足りませぬ」

「早う主《はよ　あるじ》様にならしゃりませ」

「早う宗主様にならしゃりませ」

歌うように囁《ささや》きながら、式神達は蛇《へび》の上を飛んで彼らを燃やしていく。

土御門家が持つ式神の力を十全《じゅうぜん》に扱《あつか》うためには、良夜は土御門家の宗主にならねばならない。

父が良夜に宗主の座を譲《ゆず》ると一言言ってくれれば解決するはずだが、父は宗主の座に固執《こしつ》していた。

もう式神を自由に操れる気力もないようなのに。

「――！」


様々なことが腹立たしい。

〝お、お金の問題なら、オレがなんとかしてやる！　いや、オレがっつーか、鬼邑《おにむら》公爵家が、だけどさ〟

公爵家の当主として、そんな言葉を友人に簡単に言える陽太《ようた》が羨《うらや》ましい。

そして、羨ましいと思う自分が惨《みじ》めでさもしい。

髪を纏《まと》めた紐《ひも》をほどく。その紐に織り込んだ呪符《じゅふ》は九つ。

他の呪符は水に浸《つ》かって使えなくなってしまったから、良夜の手持ちの式神はこの九枚と左手の数珠《じゅず》だけだ。

――これでなんとかせねばなるまい。

「木火土金水《きひづかみ》の神霊《かむみたま》、木火土金水《きひづかみ》の神霊《かむみたま》」

呪符を手に、呪を唱《とな》えながら禹歩《うほ》を踏む。

呪が繰り返された唇から、禹歩を踏む足から、力が満ちて良夜の体を通り、両手に持った呪符へ流れ込む。

「木火土金水《きひづかみ》の神霊《かむみたま》、木火土金水《きひづかみ》の神霊《かむみたま》」

呪符が淡く発光し、次第に明るくなっていく。

「あな悔《くや》しや。あな悔しや。我が子を焼くのは誰ぞ？」

ずず、ずずと重い物が地を這《は》ってくる音がする。

声がどんどん近づいてくる。

「あな悔しや。あな情けなや。人の子の、式神ごときに我が子を焼かれるとは」

「赤星！」

青星の悲鳴が洞窟《どうくつ》の奥から聞こえた。

良夜のいる場所からは解らないが、攻撃を食らったらしい。

「土御門陰の式神青星、土御門陽の式神赤星、土御門宗主雅夜の代わりに、その一子土御門良夜が命ず。急ぎ土御門宗主雅夜の元に戻れ！」

「良夜様！」

「良夜様！」

赤星達は不満そうな声を残して、父の元に強制的に戻っていった。

「あな悔しや。あな悔しや。贄《にえ》の分際で妾《わらわ》に刃向《はむ》かうとは笑止《しょうし》千万《せんばん》」

闇《やみ》の中から現れた大蛇《だいじゃ》は、良夜の想像以上に大きかった。

「木火土金水《きひづかみ》の神霊《かむみたま》、木火土金水《きひづかみ》の神霊《かむみたま》」

呪符に力を吹き込む。

まだ充分とは言えないが、これ以上の時間はかけられないほど、大蛇は目の前に迫《せま》っている。

「朱雀《すざく》、玄武《げんぶ》、白虎《びゃっこ》、勾陣《こうじん》、南斗《なんと》、北斗《ほくと》、三台《さんだい》、玉女《ぎょくじょ》、青龍《せいりゅう》。木火土金水《きひづかみ》の神霊《かむみたま》よ、災禍消除《さいかしょうじょ》、鬼魔駆逐《きまくちく》、急急如律令《きゅうきゅうにょりつりょう》！」

呪符を放つ。

九つの光の刃《やいば》が、大蛇を襲う。

金属の無数の板が崩れ落ちるような呻《うめ》き声《ごえ》とともに、大蛇の長い胴体が波打ち、人の体に似た上半身が地面に崩れる。

――斃《たお》した、か……？

息を吐きかけた良夜の耳に、あの金属めいた耳障《みみざわ》りな声が届いた。

「……あな、悔し……や。あな、悔しや」

巨体に対して二本の細すぎる腕が地面を撫でるように動いて、大蛇は傷ついた体を起こした。体のあちこちに良夜の式神が穿《うが》った穴が開いているのに、大蛇は女のような頭を上げる。

血の塊《かたまり》めいた赫《あか》い瞳が爛々《らんらん》と輝き、良夜を見据《みす》える。

良夜は手首の数珠を取り、握り締めた。

「木火土金水《きひづかみ》の神霊《かむみたま》、木火土金水《きひづかみ》の神霊《かむみたま》」

灯《あか》りを灯《とも》すくらいしかできない力の弱い式神が連《つら》なった数珠だが、これだけの数があれば良夜一人燃やすくらいのことはできよう。

「あな悔しや、あな悔しや。贄の分際で妾をこれほど傷つけるとは」

細い両腕を伸ばして、良夜に近づいてくる。

予想していた通り、良夜の咒と神剣で作った結界も効力切れのようで大蛇の腕は結界の中に難なく入った。

天叢雲剣《あまのむらくものつるぎ》を手に持てば結界を張り直すことも可能かも知れない。

だが、陽太が例外で、本来は今上陛下《きんじょう》か東宮《とうぐう》殿下しか手に持つことができない神剣だ。

良夜が触れることは神剣の怒りを買うだけかも知れず、結界を張り直すことは諦《あきら》めた。

——私が死んでも。

「木火土金水《きひづかみ》の神霊《かむみたま》、木火土金水《きひづかみ》の神霊《かむみたま》」

——赤星達が残っていれば、従兄弟《いとこ》なり妹達の子供なりが、陰陽道を守るだろう。

だから大蛇がもっとも近づいた瞬間、良夜は己《おのれ》を火柱にし、大蛇を燃やすために咒を唱えようとした。

☆

良夜の舌が最期《さいご》の咒文を唱えようとした瞬間。

「良夜、どいてくれ！」

恐ろしいほどの熱量を持ったものが、反射的に横にずれた良夜の体の脇を通り抜ける。

「うりゃあああああああ‼」

雄叫《おたけ》びを上げて陽太が横に払った神剣に、女の姿に似た頭部がその不気味な体から切り離される。

首から吹き零《こぼ》れ、周囲に飛び散った体液は、まるで油だとでも言うのか。

赤星や青星が燃やしていった子蛇達を再燃させ、その激しい炎はあっという間に母たる大蛇の体にも燃え移った。

「良夜、大丈夫か？」

呆然《ぼうぜん》と膝をついた良夜に、神剣で大蛇の首を切り飛ばした陽太が声をかける。

「……陽太……」

「間に合って良かったっす。良夜があの化け物に殺されていたら、どんだけミア様から叱《しか》られたことか」

戯《おど》けた調子で言って神剣を鞘《さや》に収めると。

「火に巻かれる前に、逃げるっすよ」

と、良夜の背中を叩いた。

炎が迫っているので良夜も否応《いやおう》なく、陽太と二人、また水に飛び込んだ。

「ミア様は?」

来た時と同じように泳ぎながら、尋ねる。

「探索官《たんさくかん》に預けてきたっす」

「そうか」

安堵《あんど》してから、まだ礼を言っていないことに気づいた。

「礼が遅れた。助けてくれてありがとう、陽太」

「前回のお返しっすよ」

暗い洞窟内だが、背後で化け物達が燃えているせいか、気分的なものか、行きほど暗く感じない。

「——なあ、あんな化け物を飼ってたんだ。威刃《たけは》伯爵家もどうなるか解んないんじゃ?」

陽太はどうやら数時間前にこの洞窟を泳いだ時の婚約破棄《はき》の件を蒸し返したいらしい。

「どうかな。伯爵家本家は今は陸軍大臣の家で、宮司《ぐうじ》は分家のほうに移っている。それに威刃大社の帝都分祠《ぶんし》が化け物を飼っていたと我々が証言しても、肝心《かんじん》の化け物が燃えていてはどこまで信用して貰えるものか……」

陰陽道ですら非科学的と捨て去った現政府に、大蛇だのなんだの言って信用してもらえるだろうか。

〈まつろわぬ神〉について大統領直属の機関を持つ合州国でさえ、〈まつろわぬ神〉がらみの事件は秘密裏に処理されることが多いと探索官は言っていた。

この件で威刃陸軍大臣の責が問えるか、微妙なところだと良夜は思う。

「そうは言ってもさ……たとえば、ゆゐ子殿はどこまで知ってたんすかね?」

「……」

「真夏でもないこの季節に単純に嫌がらせで池に落としただけでも、どうかと思うっす。でも、禁域の池に化け物が棲んでいて、池に人を落とせば襲ってくると解っていてやったとしたら」

「いや、いくらなんでもそこまでは」

愛情も信頼も感じていない名ばかりの婚約者とは言え、彼女がそこまで悪辣《あくらつ》な人間だとは思いたくない。

そう良夜が言うと、なんだか不機嫌な空気を身に纏《まと》って陽太は押し黙った。

数分の無言の時間が過ぎて。

「――オレ、彼女がミア様に取引を持ちかけたの、聞いてしまったんだけど」

怒ったような口調で陽太が口を開く。

「取引？」

「ミア様が彼女とオレが上手《うま》く行くよう振る舞ってくれたら、ミア様にとっても悪いことじゃないだろうって」

「……待ってくれ。意味が解らない」

「つまり、伯爵令嬢としては子爵家より公爵家に嫁《とつ》ぎたいんだと」

吐き捨てるように鬼邑現公爵は言った。

「――ああ、なるほど。ゆゐ子殿が言いそうなことだな」

「腹、立たないんだ？」

訊《き》かれて、ちっとも腹が立っていない自分に良夜は我ながら驚く。

「――そうだな。そんなことを聞かされて腹が立つほど、私は彼女に関心がないのかもしれない」

「それでも、あの女と結婚すると？」

「あの女とか言うな。今回の件で威刃陸軍大臣が失脚でもしない限り、私に選択権はない」

「あるって！」

陽太は立ち止まって大声をあげた。

「ミア様やお前自身にこんなに酷《ひど》いことをした女とこのまま結婚するなんて、良夜が何と言おうと、オレは認めないから。鬼邑公爵家の全権力全財産を傾けても、断固阻止《そし》するっす！」

大声で宣言されて、良夜は不思議とおかしくなった。

行きがけに似たようなことを言われた時は、腹が立ったのに。

「……陽太には、関係のないことだと思うんだがな」

「関係ならあるって！」

「どんな？」

「それは……」

口ごもった。そのまま一度水面《みなも》に視線を落として。

「それは、良夜はオレの友達だし」

口早に言う。良夜が否定するといけないとでも言うかのように。

「友人が不幸になるのを、指くわえて見てられるわけないっす。良夜は施《ほどこ》しは受けたくないって言うけど、友人が不幸になるのをみすみす見過ごさねばならないオレの気持ちはどうなるんだって話！　良夜が不幸になったらオレだって不幸だし、ミア様だってそうっすよ」

「……」

「良夜だって、ミア様が不幸になったら、哀《かな》しくなったり無力感を抱《いだ》いたりするだろ？　ミア様だってそうだよ。良夜に不幸になってほしくないに決まってる。そんなオレ達の気持ちを施しだって切り捨てるのは、酷いっすよ」

そう言ったあと。

しまらないことに、陽太は大きな大きなくしゃみをした。

それがおかしくて、良夜はそんな場面でもないのに笑ってしまった。

「早く帰ろう。泳ぐような季節ではない」

「それは賛成だけど、良夜があの女と結婚するのは反対」

まるっきり子供みたいな言い方をする。

――あの鬼邑忠孝《ただたか》公爵の息子なのに。

父や良夜達一家に憐憫《れんびん》の情を一欠片《ひとかけら》も見せずに御所《ごしょ》を追い出した、冷酷《れいこく》な権力者。

その男の血の繋《つな》がった息子だとは到底思えないほど、陽太は優しくて情に厚い。

「解った解った、ゆゐ子殿とは結婚しない」

「本当っすか⁉」

「婚約破棄《はき》するのに、公爵家の権力だか財産を頼るかも知れないが、それでもいいか？」

昨日の自分だったらとても口にしないことを言っている。

「いいっすいいっす、ぜんぜんいいっす！　どんどん頼って！」

上機嫌で陽太は頷き、胸を叩いた。

拾陸章

「バカは風邪を引かないのではなかったのか？」

殿下に真顔で尋ねられて、陽太《ようた》は上半身を起こしたベッドの上でがっくりと項垂《うなだ》れた。

「あー、それはオレがバカだってことっすか？　いやバカですけど。ええ、どうせバカですけど」

拗《す》ねる陽太に、殿下は吃驚《びっくり》したように目を丸くされる。

「そうじゃない。前に自分でそう言ったじゃないか」

——ああ、なんかそう言えばそんなこと、言ったかもしれないっす……。

威刃《たけは》大社《たいしゃ》の帝都分祠《ぶんし》で季節外れの水泳をやらされた三人だったが、なぜか風邪を引いたのは一番頑丈《がんじょう》だと自負している陽太だけだった。

執事の北野《きたの》が言うには、陽太は帝都分祠から帰宅した直後にぶっ倒れ、三日ほど高熱を出して寝込んでたそうだ。

気合いが足りてないのかとつい反省してしまうのは、海軍兵学校の薫陶《くんとう》かもしれない。

それはともかく、お見舞いに来てくれた殿下は、今日も愛くるしい洋装だ。

淡い水色の襞《ひだ》飾りたっぷりのドレスにふんわりとした白い肩掛けを巻いて、赤いサザンカの造花で留めていらっしゃるのが、凄《すご》く可愛《かわい》い。

白い小花やリボンを編み込んだ赤い髪にも、同じく赤いサザンカの造花が耳の横に差し込まれている。

ただ、赤に赤を重ねているから、せっかくの髪飾りは目立たない。

「ミア様はサザンカがお好きなんすか？」

最初に逢《あ》った時も、サザンカを身に付けていたなと思い出し、ふと陽太は尋ねた。

「ああ。一番好きな花なんだ」

——へぇ。

「だったら、髪飾りは白いサザンカのほうがいいんじゃないっすか？　赤い髪に赤いサザンカって目立たないし」

最初に出逢った時の白いドレスにしろ、先日の白い巫《み》女装束《こしょうぞく》にしろ、殿下には白が似合うと陽太は思う。

——まあ、他の色も似合うけど。

白やら水色やら黄色やらと逢う度《たび》に違う色のドレスを着ていらっしゃるが、そのどれもが似合っていたと思う。

そんな腐ったことを考えていると。

「……赤が、いいんだ。その、似合わなくても」

髪の赤いサザンカの造花に手をやって、殿下が言われる。

「どうせどんな色の花も似合わないしな」

「へ？　そんなことないっすよ！」

陽太がそう言うと、殿下はどこか痛いような顔で苦笑された。

「気を遣《つか》わなくてもいい。解ってるから」

——へ？　解ってるって、何を？

「醜《みにく》いんだから、花なんて付けても、似合わないのは解っている。だが、その、一応、女装しているわけだし、普通の女の子は髪飾りを付けるものだと、ケヴィンが言うから」

——え、……と。

醜くなんかないし、花は似合っている。

問題にしているのは色であって、花自体が似合わないなんて言ってないっすよ？　——なんて言いかけたところで、陽太は〈女装〉という言葉に、頭を殴られた気分になった。

——いやいやいや。違うっしょ？　ミア様は女の子っすよね。

蛇《へび》の洞窟《どうくつ》で見たものとか——見たことは内緒になっているが！　——この手で抱《かか》えて運んだんだから、彼女の本当の性別なんて陽太は解っている。

陽太が解っていることを、彼女も本当は解っていると思う。

「——」

けれども、だ。

それでも一生懸命〈東宮殿下〉であろうとし、〈東宮殿下〉として振る舞おうとしているこの少女に、自分が彼女を女の子だと知っていることをハッキリ言っていいものか。

「その……昔、良夜《りょうや》がこの醜い赤い髪をサザンカの花のようだと、言ってくれて……嬉しかったから……」

迷っている陽太に、照れくさそうに、そして嬉しそうに殿下が言われる。

その殿下は、陽太が叫び声を上げて悶《もだ》えたくなるほど可愛らしい。

そして。

――うぅ。

悶え苦しみたくなるほど、陽太は凹《へこ》んだ。

こんな時、乳《ち》兄妹、幼馴染みという関係にある良夜が心底羨《うらや》ましくなる。

彼女と乳兄妹の良夜は、自分より十七年も前に彼女と出逢っているのだ。

まあ、そのうちの十年くらい会ってはいなかったそうだが。

それにしたって、七年だ。

七年分の思い出の蓄積《ちくせき》は大きすぎる。

大きすぎるというか、羨ましすぎる。

――ってか、ずるいっすよ。いや、良夜が悪いわけじゃないけど。でも、ずるいっす。

疎外感《そがいかん》を覚えるのだ。

共有している思い出の少なさに、二人の間に入れないものを感じて、陽太としては切ないことしきりである。

――だいたいオレの親父は、二人にとっては憎《にく》い仇《かたき》みたいなものだし……。

前世で何をしたら、こんな酷《ひど》い巡《めぐ》り合《あ》わせを用意される人生になるのか。

「……でも、やっぱり、似合わないか……」

陽太が落ち込んでいる横で、同じように萎《しお》れた様子で殿下が溜息を零《こぼ》されたので、陽太は慌てた。

「に、似合わないって言ってるわけじゃないっす！　白いサザンカの飾りのほうがより似合うって言っているだけで！　それに醜いってなんすか⁉」

きょとんとした顔で、殿下は陽太の顔を凝視《ぎょうし》された。

「――醜いだろう、わたしは？」

物凄く自然に「何をバカなことを言っているのだ？」と書いた顔で、聞き返された。

「何を！　言って！　るん！　っすかっっ⁉」

陽太も、何をバカなことを言っているのだと言わんばかりの顔になって叫ぶ。

「醜くなんかないですよ！　むしろ綺麗《きれい》っす！　良夜だって赤いサザンカの花のようだって言ったんでしょ

う？　それくらい綺麗っすよ!!」

力説すると、殿下は眉根《まゆね》を寄せた。

そして、ぷいと視線を外された。

窓の外を遠く見遣《みや》って。

「………醜いと、泣いたではないか」

「え？」

「子供の頃。わたし……の妹宮と婚約させられた時、あんな醜い女の子をお嫁さんにしたくないと大声で泣いて嫌がった」

――う。

「そ、そ、それは……その節は、うちの愚兄《ぐけい》が大変な失礼をば……」

異母兄の陽臣《はるおみ》はとても良い人間で、陽太は彼のことを普通に家族として好きだったが。

――いい人なんだけどなー。女の子の趣味が違うくらいで嫌いになったりしたら申し訳ないくらいいい人なんだけどなー。でも、いくら子供だったからって、言っていいことと悪いことがあるっすよ、異母兄《にい》さん……！

「…………」

気がつくと、ついさっきまでそっぽを向いていた殿下が、マジマジと食い入るように陽太の顔を見詰めている。

「……み、ミア様？　何、か……？」

「………ぐ、け、い……？」

――うん？

殿下が何に引っかかっていらっしゃるのか解らなくて、陽太は首を傾《かし》げつつ答える。

「はい。愚兄の鬼邑《おにむら》陽臣がミア様……の妹宮様に、子供の頃のこととは言え、非常に失礼なことを致《いた》しまして、申し訳ございませんでした。愚兄もちゃんと反省はしてたんですけど、オレからも改めて、きつくきつく言っておくっす！」

そう陽太がベッドの上で精一杯《せいいっぱい》頭を下げると、殿下はなぜか非常に困惑したような顔をされた。

「わたし……の妹宮の婚約者は、鬼邑忠孝《ただたか》公爵の跡取り息子だったはずだが」

相手がその姫宮だと解っているのに、建前的にその姫宮はもう亡くなっていることになっているから、お互いになんだか回りくどい言い方になる。

「えー……と。うちの愚兄は鬼邑忠孝公爵の正妻の息子で、姫宮様と婚約した頃は継嗣《けいし》だったのですが、その後、体を壊したものだから、妾腹《しょうふく》のオレが跡継ぎに」

ゆっくりと陽太の説明が殿下の頭に入ったのか、大きな瞳がさらに大きく見開かれて。

「……では、あの時の子供は、お前じゃない……？」

「愚兄っす！　ってか、オレ、子供の頃、島にいたと話したじゃないっすか」

「……あ！」

そこに今気づかれたようである。

「……でも、陽太は、忠孝公爵の跡を継いで鬼邑公爵になっているし……だから………」

しどろもどろになって床を見られる。

――あー、もしかして、もしかして。

もしかして、である。

「……もしかして、婚約者は〈鬼邑忠孝公爵の跡継ぎ息子〉だという属性だけ覚えてて、名前、確認されてなかったんすか……？」

尋ねると、陽太には大変恐ろしいことに、こくんと頷かれた。

「……そうか……、違ったんだ……」

「違います！　オレじゃないっす！　……って、ミ、ミア様……？」

陽太が驚愕したことに、殿下の赤と金の入り交じった不思議な色合いの瞳から、大粒の涙《なみだ》が零れ落ちた。

「……あ、あれ……？」

本人も吃驚したようで、小さな子供みたいに手の甲で涙を拭《ぬぐ》われた。

「……おかしいな、わたしは。あの時、わたしを醜いと詰《なじ》った子供が陽太じゃなかったと知って……、おかしいな。なんだか、ホッとしたんだ。嫌われるのには慣れているから、陽太がわたしのことを醜いと思っていても、嫌っていても平気だと思ってたんだが」

――えっ？　えっ？　えっ⁉

陽太は色々と感情と考えが追いつかない。

「でも、陽太と良夜はどんどん仲良くなっていくのに、わたしだけ陽太に嫌われていると思ったら、凄く淋《さみ》しくて」

「い、いや、オレ、ミア様のこと嫌いだなんて、思ったこと一度もないっすよ！」

って言うか、むしろ――と、勢いに乗って告白しそうになって、なんとか制止した。

「それなら……嬉しい」

にっこりと花が綻《ほころ》ぶように笑う殿下に、陽太は改めて胸を射貫かれた気分である。

「もしもミア様が言うとおり、その時、その場に居たのが異母兄ではなく自分だったら、絶対になんて綺麗な赤い髪だろうと褒《ほ》めあげたに違いないっす！　良夜が言ってあげたように、オレだって、サザンカでもツバキでもヒナゲシでも、知っている限りの赤い花にたとえて、ミア様を褒めあげたっすよ!!」

それでせっかくさっきは制止できたのに、今度は感情が振り切れて限りなく告白に近いことを口走ったら。

「………そこまで言うと、嘘くさいぞ」

などと、最愛の姫宮からたいそう胡乱《うろん》げな目で見られた。酷い話である。

「えええ！　オレ、本気っすよ？」

「言ったろう？　わたしは自分が醜いのは解っている。でも、一応……父上の跡継ぎだ。容姿が醜かろうと、その責務は負わねばならず、できることはしなくてはならない。陽太や良夜にも助けを乞《こ》わねばならない。だが、自分を嫌っている人間に助けを乞うのは難しい。……だから、嫌われてないことが解っていれば十分だ。無理に褒める必要はない」

淡々と語られて、陽太は二の句を失う。

――どれだけ。

陽太は目の前に立つ少女を、ベッドの上から見上げた。

どれだけこの少女は、醜いと他人から言われ、疎《うと》まれてきたのだろうか。

どれだけそんな扱《あつか》いを受けたら、こんなに哀《かな》しいことが言えるようになるのだろうか。

――でもって、それだけ酷い扱いを受けたのに、なんでミア様は、この帝国の東宮としての責務を投げずに真面目《まじめ》に引き受けようと思えるんだろう？

陽太だったら、とてもそんな気になれない。

自分を罵《ののし》り続《つづ》けた相手のために、指一本動かしたくない。

でも、彼女は帝室に生まれた人間としての責務から逃げようとはしない。

そこが人間として、器が違うと思う。

――ゆゐ子殿が取引を持ちかけた時も、オレや良夜に失礼だって断られたし。

人として立派だと思うが、反面まるで己《おのれ》の幸せなど一つも考えていらっしゃらないようで、陽太としては哀しくなる。

嘘くさいと言われようと、オレ、毎日だって可愛いとミア様を褒めるっすよ——そう、陽太は心に誓《ちか》った。

あなたは醜くなんかないと、何百回何千回繰り返せば、彼女の固くなった心に響くか解らないが。

「あー、そういえば、良夜や探索官《たんさくかん》はどうしたんです？」

階下で公爵夫人だか異母兄に捕まって話し込んでいるのかと思っていたが、いつまでも二人はやってこなかった。

「ゆゐ子殿の件で警察に行っている。ケヴィンがわたしは行かなくてもいいように手を打ってくれた」

陽太が寝込んでいる間に、ゆゐ子は合州国特命全権公使のご令嬢を池に突き落とした廉《かど》で警察に捕まったのだと言う。

無論、父親たる陸軍大臣は娘を犯罪者扱いされて激怒したらしいが、なにせ訴《うった》え出《で》たケヴィン・モーガンは世界有数の強国合州国の特命全権公使様で大統領直属機関のお偉《えら》いさんだ。

おまけにあの探索官は実は西欧でもかなりの名家の出だそうで、親戚《しんせき》には西欧諸国の王族までいるとか。

そんな国際的大物が相手では、陸軍大臣ごときの権力で揉み消せるはずもない。

保身のために警察沙汰《ざた》の騒ぎを起こした娘を切り捨て、縁を切ることになるだろうと探索官が話していたとか。

——ってことは、ゆゐ子殿と良夜の婚約も破棄《はき》だよな。

絶対ここまで考えて訴え出てるよな、探索官……。

陽太達とは目の付け所が違うと言うか、さすが百戦錬《れん》磨《ま》の大人と言うべきか。

優しい顔をして、やっぱり怖い人のようだ。

陽太達が伯爵家を失脚させるのに使えるのではと論じていた威刃大社の帝都分祠が化け物を飼っていた件については、表に出ていない。

だが、今上《きんじょう》陛下には探索官から詳細《しょうさい》な報告が行っている。

今後の調査を待って、しかるべき時にしかるべき処置が取られるらしい。

——次回の探索は、威刃大社かなぁ……？

とか考えていて、はたと陽太は気づいた。

「えっ？　じゃあ、もしかして、ミア様、ここまで一人で来られたんですか？　護衛もなく？」

「いや、良夜やケヴィンと一緒だ。警察の事情聴取が終わったら迎えに来てくれる。ここにいる間は危険はないだろう？」

――えー、……と。

なんとも言えず、陽太は頬を掻《か》いた。

自分と二人きりなのは、危険ではないのか。

危険ではないと思われているのは、いいことなのか悪いことなのか。

陽太としては複雑である。

「そうだ。お見舞いにまた菓子を焼いたのだ。今度は陽太の好み通り、ちゃんと甘くないようにしたぞ」

焼き菓子の入った籠《かご》を差し出されて、陽太はすぐさま浮上した。我ながら簡単な男だ。

「頂きます！」

喜び勇んで小さな星形の焼き菓子を口にする。と。

――に、苦、い……？

「どうした？　変な顔をして」

殿下が小首を傾げて、陽太の顔を覗き込む。

「あの……せっかく作って頂いたのに、大変心苦しいのですが、バターと小麦粉の味しかしないと言いますか、ほど良い焼き加減で香ばしいのは良いけれども香ばしさしかないと言いますか……、菓子にしては甘いと言うよりも、その……苦い……ような？」

「甘いと言ったり、苦いと言ったり、陽太は存外細かい男なのだな。良夜はちゃんと美味《おい》しいと笑ってくれたのに」

この菓子と呼ぶには微妙な物を美味しいと笑顔で言い切る良夜は忠義者すぎて、陽太は二人に出逢ってから何度目かの敗北感を覚える。

「……いや、良夜も顔と口に出さなかっただけで、あいつも微妙と思ったに違いないっす！　前回は砂糖多すぎで今回は少なすぎです。菓子ならば、もうちょっと砂糖の量を増やした方がいいっすよ。卵と砂糖とバターと小麦粉が一、一、二、三くらいの割合がいいかと」

「卵、砂糖、バター、小麦粉が一、一、二、三だな？」

肩を竦《すく》めつつも、口の中で三回くらい復唱してくれている。

ではもう一回くらい、殿下の手作りの焼き菓子が食べられるのかも知れない。

そう思うだけで幸せになれる自分は、やっぱりずいぶんと簡単な男だと我ながら陽太は思った。

断章〈薨〉

『お帰りなさいませ、ご主人様、お嬢様』

『お帰りなさいませ、ご主人様、お嬢様』

公使公邸に戻ると、エラとブラウン夫人がいつものようにニコニコと笑いながら迎えてくれた。

二人は……というか、この公邸で働く者達は西欧語しか話さない。

ケヴィンが弥和《やまと》帝国語を学ぶことを禁じたためだ。

それはどうやら自分の秘密を守るためらしいと、彼女は薄々気がついている。

『陽太《ようた》様はいかがでしたか？』

外出用のドレスから屋敷内用のドレスに着替えるのに、彼女の部屋に手伝いに来たエラが尋ねた。

『もう元気だった』

『クッキーはどうでした？』

『苦いと言われた』

『あらあら、ですから母もエラももう少しお砂糖を足しましょうと申しましたでしょう？』

『でも、陽太は前回、甘すぎると言ったんだ。だから、甘くないほうがいいと思ったのだ。甘すぎると言ったり、苦いと言ったり、まったくあいつは注文が多い』

くすくす笑いながら、エラは彼女の赤い髪を櫛《くし》で梳《す》く。

『良夜《りょうや》様は、どう言われました？　やはり苦いと？』

『良夜は美味《おい》しいと言ってくれた。ミアが料理をするのはどうかと思うと言われたが』

『あらあら、お二人とも、紳士失格ですわねぇ』

エラは苦笑した。ケヴィンより十ほど年嵩《としかさ》の彼女は、合州国の内乱で夫とは生き別れになったそうだ。

そういうつらい過去を感じさせない軽やかな性格で、子供みたいに何でも面白《おもしろ》がる。

『そんなことない！　二人とも立派な紳士だ！　わたしこそ……』

鏡の中で赤い髪の女の子が俯《うつむ》いている。

――二人に相応《ふさわ》しい立派な東宮《とうぐう》ではない……。

エラが髪を梳きながら首を傾《かし》げた。

『心配されなくても、ミア様は立派な淑女ですわ』

そう力づけるように言って肩を叩く。

『でも、花嫁になるまでに、もう少々料理の腕は磨《みが》いた方がよろしいかと、エラは思います』

花嫁になるまでに。

『……そうか』

『母は本国ではちょっとは名の知れた料理上手《じょうず》ですからね。大丈夫。ミア様が花嫁になられる前にちゃんと仕込んでくれますわ』

陽気な合州国の婦人はそう笑って、ミアの外出着の手入れをするために下がった。

――花嫁になるまでに。

「でも、エラ、そんな日は永遠に来ない」

部屋からもう居《い》なくなったエラに、彼女は小さく呟いた。

〝父上、父上、僕はあんな醜《みにく》い女の子をお嫁さんにするのはイヤです〟

ハッキリと彼女の容姿を醜いと言ったのは、その子供が最初だった。

〝馬鹿者。醜かろうと、あれがお前の嫁だ〟

普通の姫宮なら、臣下《しんか》の親子にそんなことは言われなかったろう。普通に父帝に大事にされている姫宮ならば。

だから、ずっとその記憶は彼女の心に深い爪痕《つめあと》を残していた。

――でも。


〝良夜が言ってあげたように、オレだって、サザンカでもツバキでもヒナゲシでも、知っている限りの赤い花にたとえて、ミア様を褒《ほ》めあげたっすよ!!〟


陽太は最初から彼女のことを可愛《かわい》いと褒めてくれた。どうやら社交辞令でもないらしい。

では、もしかしたら自分は醜くないのか。

――いや、焼き菓子の好みみたいに、陽太の好みが他の者と違っていて、変わっているだけかもしれない。

陽太は今上《きんじょう》陛下さえも一目《いちもく》置かざるを得ない鬼邑《おにむら》公爵家を相続していて、それを異母兄に譲《ゆず》るために、海軍兵学校でせっせと劣等生《れっとうせい》の振りをするようなバカである。


一見そうは見えないが凄《すご》く頭が良くて、剣術の腕も並《なみ》外れていて、いざとなったら弁も立つし度胸もある。

かようにあの鬼邑忠孝《ただたか》公爵の跡を継ぐに足る器量を持っているくせに、その器量があることを嫌がっているという自分の使い道が解っていない大バカ者だ。

たぶん陽太みたいな変わり者のバカかエラ達のような異邦人でなければ、彼女を可愛いなんて思わないのだろう。

「――ただ、醜かろうと、わたしは東宮だ」

今は、まだ。


東宮様、薨御《こうぎょ》――。


七年前のことだ。

双子《ふたご》の兄の枕元で彼を診《み》ていた医師は、愕然《がくぜん》とした様子でそう呟いた。

部屋の隅に座っていた彼女は、悲鳴も嗚咽《おえつ》も零《こぼ》すことができなかった。兄の死があまりに唐突すぎて。

最初、彼女の兄は、ただの風邪を引いたように見えた。

ただの風邪にしては、始終咳《せ》き込《こ》んでいる兄を見て、やけに咳《せき》が続くなと心配した。

よほど彼女が不安そうな顔をしていたのだろう。

〝風邪を拗《こじ》らせたようだ〟

と、兄が咳の合間に笑ったのは、つい前日のことだ。

〝立太子式《りったいししき》までには、よくならなければ〟

そう自身に言い聞かせるように言っていた。

それから、たった十数時間しか経《た》っていない。

もうすぐ兄は正式に東宮になる予定だった。

正式に兄が東宮になったことを帝国の内外に知らしめる立太子式はとても大事な儀式で。

より良き日を選び、帝国の内外から要人を招き、帝国の威信《いしん》をかけた豪華絢爛《けんらん》な式典が行われるはずだった。

その大事な儀式のほんの十日前。

兄はあっけなく逝《い》ってしまった。


東宮様、薨御――。

すでに父のただ一人生き残った親王《しんのう》として、あと十日で正式な東宮になるはずだった兄を、後宮ではすでに東宮と呼んでいた。


女官《にょかん》も医師もあまりのことに、皆、その場に竦《すく》んでいた。

今上陛下のただお一人の皇嗣《こうし》が亡くなったのである。

――眠っているだけみたいなのに。

兄の髪は彼女の髪より暗く、年を重ねるごとに赤と言うよりは茶に近くなっていた。

彼女は兄の枕元に近寄り、その乱れた赤茶色の髪を整え、まだ微《かす》かに温かい頬に触れた。

〝もう少し大人になったら、きっと姫宮の髪も僕と同じように暗い色になるよ。そうしたら〟

その先の言葉を兄は言わなかった。

御所《ごしょ》に住む者は皆、そうなのだ。

ソウシタラ、姫宮ヲ醜イト思ウ者ハイナクナルヨ。

そんな彼女が醜い存在であることを肯定するような酷《ひど》い言葉は、口にしないのだ。


〝姫宮が薨去《こうきょ》されたとか〟

ただただ呆然《ぼうぜん》と兄宮の遺骸《いがい》の枕元に座っている彼女や女官達の元に、あの男は唐突にやってきた。

場の誰も男が言った言葉の意味が、理解できなかった。

男は彼女の顔を見、彼女の前で跪《ひざまず》いてその手をすくい取った。

〝妹宮様が薨去なされたとのこと、お悔やみ申し上げます、輝治親王殿下〟

誰かが息を飲む音がした。

いや、それは彼女自身だったか。

〝姫宮は我が継嗣《けいし》の妻となるはずの方でした。丁重《ていちょう》に葬儀を行いましょう。……殿下の立太子式のあとで〟

〝……お、鬼邑公爵閣下《かっか》〟

古参の女官の一人が、勇気を振り絞《しぼ》るように声を出した。

〝立太子式を日延べするわけにはいかぬ！〟

その声を上から抑えつけるように、男は低く強い声を出した。

〝諸外国から大勢の祝いの客が、今、この帝都を目指していらっしゃる。喪中《もちゅう》につき立太子式が無期延期になったと、簡単に言える状況ではない。我が弥和帝国の威信《いしん》にかけて、西欧諸国の立太子式と見劣《みおと》りをせぬ式をやり遂《と》げねばならぬ！　我が弥和帝国が諸外国から一歩も二歩も遅れた二等、三等国家だと思われるわけにはいかぬのだ！〟

開国以来、この帝国は西欧諸国に追いつき、追い越すことを目標に、彼らの優れた技術や知識を貪欲《どんよく》に取り込んできた。

極東の小国ながら、彼らと並び立とうとしていた。

弥和帝国は、諸外国と比べて、けして遅れ劣《おと》った非文明的な国ではないのだと。

それを示すために、兄の立太子式には一年も二年も前から綿密な計画がなされ、盛大な式典の準備がされていたことを、彼女も知っていた。

〝――故《ゆえ》に、姫宮薨去の報は立太子式が終わってから、一月《ひとつき》ほどおいて公表することとする。それまで、そなたらは姫宮が薨去されたことはけして口外せぬよう〟

亡くなったのは姫宮。

そのことを公表するのを一月ほどずらせと言う。

人々が異を唱《とな》えているのは、亡くなった子供の命日をずらすことではないのに。

まるでそこが問題だったかのように、男は言う。

〝……し、しかし、閣下、それはあまりに無謀《むぼう》な……〟

男が何をしようとしているのか理解したその場の全員の気持ちを代弁して、医師が言うと。

〝お前達が何を心配しているか、俺には解らぬな〟

議論の余地などないのだと、言外に男は言った。

〝――ああ、だが〟

一端《いったん》切り捨てておいて、男は言葉を繋《つな》いだ。

〝一度立太子した東宮が廃位され、別の親王が東宮に立たれることは、古来よりよくあること。東宮殿下におかれましては、くれぐれも御身《おんみ》を慎《つつし》まれますよう〟

それで、後宮の者達は納得した。

納得してしまった。

彼女は兄の身代わりになる。

彼女の弟が生まれ、その弟宮が東宮になる日まで。

鬼邑忠孝公爵がそう決めたのであれば、真実がどうあれ、後宮は……この帝国は公爵の決めたことを事実として動くのだ。

〝……そうだ。古来より東宮殿下は即位まで東宮殿から一歩も外に出ず、精進潔斎《しょうじんけっさい》なさり、御身の代の安寧《あんねい》を祈られると聞く〟

男が言い出したのは、帝室が今よりずっと祭祀《さいし》に重きを置いていた、古い時代の仕来《しきた》りである。

政権が将軍に移り、宮中の祭祀が簡略化されていた幕府の時代には、途絶えていた仕来りだ。

陰陽寮《おんみょうりょう》が閉鎖《へいさ》されて、さらに宮中祭祀が簡略化されつつある時に、陰陽寮を閉鎖した張本人の男が何を言い出すのか。

そう彼女は思った。

だが、まるで彼女の父もそのまた父もその仕来りを経《へ》て、帝位に就いたかのように仕来りを口にする男に誰も反論しなかった。

いや、反論できなかった。

そうして彼女は今後東宮殿に幽閉されることが決まった。

まだ子供の体つきだが、数年経たぬうちに彼女の体は丸みを帯び、女性らしくなるだろう。

公《おおやけ》の場で男の振りをするのにも限度がある。

だからカビの生えた古い仕来りを持ち出し、彼女を東宮殿に幽閉する。

咄嗟《とっさ》にそこまで考えつく鬼邑忠孝とは、いったいどういう男だったのか。

〝殿下が東宮殿にお移り遊ばした後は、即位までまみえることもなかろう。――いや、今上陛下より先に臣が冥《めい》土《ど》に赴《おもむ》くことになるだろうから、こうしてお話しするのは、これが最後かも知れぬ〟

〝弥和《みあ》様〟

そう言って男は、彼女の赤い瞳を覗き込んだ。

他の者には〈宮《みや》〉と聞こえただろう。

だが、彼女の耳には〈弥和《みあ》〉と聞こえた。

その昔、名前を父親から貰《もら》えなかった彼女が己《おのれ》の名を〈弥和《みあ》〉と決めたことを、男が知っていたはずもないのに。

〝弥和《やまと》帝室に生まれた者の運命《さだめ》として、そのお命のすべて、弥和帝国のために使われよ〟

男の予言通り、その後、彼女とまみえることなく、男は死んだ。寿命ではなく、何者かに殺害されて。

〝弥和帝室に生まれた者の運命として、そのお命のすべて、弥和帝国のために使われよ〟

鬼邑忠孝公爵の言葉どおり生きるのは癪《しゃく》だが、彼の言っていることは正しい。

〝ミア様はここにいらっしゃるだけでいいんです〟

彼の息子たる陽太はそう言った。

だが、本当にそれだけでいいとは、彼女はとても思えない。

だから、彼らが戦う時、少しでも役に立てることがないか、自分にできることを探そう。

帝室のために、帝国のために。

良夜のために。

「……それから、わたしなんかのために戦ってもいいと言ってくれる、変わり者の鬼邑陽太公爵のためにも」

桜か桃か、山茶花《サザンカ》か

一

山桜　霞《かすみ》の間より　ほのかにも
　　見てし人こそ　恋しかりけれ

その日、威刃《たけは》大社《たいしゃ》の帝都分祠《ぶんし》を訪れる前にもう少し威刃大社のことを知ろうと、ミア達は帝国図書館を訪れた。

陽太《ようた》が手配した個室の閲覧室《えつらんしつ》には障子《しょうじ》を模したような格子《こうし》の窓があり、射し込む陽光は温かく、そして明るい。

「……」

その明るい陽光の中で、ミアは良夜《りょうや》から渡された資料の中に挟まっていた和紙を読み直した。

山桜　霞の間より　ほのかにも
　　見てし人こそ　恋しかりけれ

墨《すみ》は淡く、小さな金銀の箔《はく》と桜の花びらが漉《す》き込まれた和紙に流麗《りゅうれい》に書かれた和歌はあえかで、美しい。

何度読んでも、良夜の見事な手蹟《しゅせき》で書かれているその和歌は、紛《まぎ》れもなく恋の歌だ。

「まぁ、恋の歌とは、良夜君も隅に置けませんわね」

ミアの手にある紙片を覗《のぞ》き込んだケヴィンが、なんだかとっても意味ありげに微笑《ほほえ》む。

「霞の合間に見た美しい山桜のように、ほのかに垣間見《かいまみ》たあなたが恋しい……そんな意味でよいかしら？」

ケヴィンは弥和《やまと》帝国語を流暢《りゅうちょう》に話すだけでなく、読むほうもかなりできるようで和歌の解釈《かいしゃく》までしてみせた。

「……うん、そうだな――」

――良夜は、こんな歌を書くようになったんだ……！

そのことにミアは、吃驚《びっくり》していた。意外で。

ミアが知っている良夜は、こんな煌《きら》びやかで華《はな》やかな和紙に、あからさまな恋の歌を書くような軽薄な性格ではなかった。

――けれども、わたしが知っている良夜は七歳までだからな……。

昔から〈男子三日会わざれば刮目《かつもく》して見よ〉と言う。三日どころか十年も会わなかったのだ。その間に良夜も変わって当然だ。

この十年の間に良夜に何があったか、ミアはほとんど知らない。

風の噂《うわさ》で、土御門《つちみかど》家が没落《ぼつらく》し、困窮《こんきゅう》していることは知っていた。そんな中で、良夜は陸軍幼年学校から陸軍士官学校とずっと学年首席で、神童と呼ばれているのだと。

だが、軍人の良夜が、ミアにはなかなか想像しづらかった。

武官より文官のほうが彼らしかったし、なんと言っても土御門家は陰陽道《おんみょうどう》の宗家だ。良夜は大人になったら、陰陽師になるものだと思っていたし、本人もそう口にしていた。

それどころか、ミアに術を施《ほどこ》してくれたことも何度もあった。

病気が早く治るように。怖い夢を見ないように。

そんな子供だましのお呪《まじな》いのようなものであっても、良夜が真剣な顔で唱えてくれると本当に効果があって、陰陽道も良夜もたいしたものだとミアは思っていたのだ。

――だが、鬼邑忠孝《おにむらただたか》公によって陰陽寮は廃止され、陰陽師達は良夜の父を筆頭に公職から追放された……。

傾《かたむ》いた家を支えるために、良夜は陸軍に進むしかなかったのだろう。

――良夜も好き好んで陸軍の学校を選んだわけでもないのに、他の誰よりも頑張っている。

そんな良夜を、ミアは乳《ち》兄妹として誇《ほこ》りに思っていたし、彼の良い噂を聞く度《たび》に己《おのれ》も頑張らねばと思ってきた。

いつか良夜に逢《あ》えることがあれば、彼に褒《ほ》めて貰《もら》えるような帝室の子としての責務をきちんと果たしている〈姫宮様〉であろう――そうミアは思っていたのだ。

たとえ再会が叶《かな》っても、彼から昔のように〈姫宮様〉と呼ばれることはけしてないと解っていたが、そう思うことで、ミアは己に課せられた役目をこなしてきたのだ。

十日ほど前に再会した良夜は、ミアが予想していたように、いやそれ以上に立派な青年になっていた。

背が伸びて体つきも顔つきもぐっと大人びて、子供の頃とは声も違っていた。

それでも、ミア達が帝室の子らしくない言動をしてしまった時に叱責《しっせき》していたように、ミアが東宮《とうぐう》らしくない振る舞いをすれば小言を言うところは変わらなかった。

昔と変わらずミアのことを――彼の認識ではミアの兄が相手なのだろうが――真剣に心配してくれる。

良夜は変わっていないな――そう思っていたけれど。

「――」

ミアは手の中の紙片に目を落とす。

華やかな和紙に、美しく書かれた恋の歌。

やはり彼はこの十年の間で、ずいぶんミアの知らない人物に変容したようだ……。

☆

「どうしたんすか、お二人とも?」

背後から声をかけられ、ミアは吃驚して振り返った。

良夜や司書と一緒に書庫へ行っていた陽太が、威刃大社関係の本を何冊か持って、きょとんとした表情でこちらを見ている。

良夜が予《あらかじ》め自宅から持ってきた資料をケヴィンが確認すると言うので、ミアとケヴィンは閲覧室に残り、良夜と陽太は資料を探しに書庫へと行っていたのだが。

「司書の方が言うには、あと数冊、書庫の奥に資料があるそうなんっすけど、見つけるのに時間がかかるって話で。とりあえずこれだけ持ってきたっす。何か面白《おもしろ》いものでも見つかったんすか?」

「あ、いや、その」

「それが、良夜君の意外な一面を見つけて、二人で驚いていたところですわ」

「良夜の意外な一面?」

興味を引かれたらしい陽太に、ケヴィンはミアの手から問題の和紙を取って見せようとした。

「ケヴィン！　これはわたし達が見ていい物ではない！」

この文《ふみ》は、おそらく良夜が婚約者のゆゐ子のために書いたものだ。良夜がうっかりミア達に渡す資料の中に紛らせてしまったのだろう。

ミアはそのことに気づくのが遅い自分に歯がみしながら、すぐにケヴィンから和紙を奪い返した。が。

「山桜、霞の間よりほのかにも、見てし人こそ恋しかりけれ?　……あー、これって…………」

陽太は一瞬で書かれている和歌を読み取ったらしい。

巨大な化け物を剣で屠《ほふ》るほど剣術に優《すぐ》れている奴《ヤツ》は、動体視力も化け物じみているようである。

「これは、ゆゐ子殿への手紙だろう。わたし達が勝手に見て良いものではあるまい。多分良夜がうっかり紛れさせてしまったのだ。だから、見なかったことに」

「いやいや、それはないっす」

と、陽太はミアの言葉を遮《さえぎ》った。

「親同士が認めた正式な婚約者だった相手に対して、ほのかに垣間見たなんてありえないし」

「そうですわねぇ。霞の間よりほのかに見た山桜とは、遠くの山に咲いた桜のことでしょう？　いわゆる高嶺《たかね》の花のような令嬢に宛《あ》てたものじゃないかしら。こう申してはなんですけれど、良夜君とゆゐ子さんはいかにも家のために仕方なくという感じでしたし」

と、ケヴィンも陽太の説に乗り、こちらをなぜか見る。

「あー、高嶺の花って、そりゃあ、つまり――」

そして、陽太はケヴィンよりさらに物言いたげな顔で、こちらを見る。まるでミアがその答えを知っているとでも言わんばかりの顔だ。


――良夜が高嶺の花と思うような令嬢？　ゆゐ子殿ではなく、この和歌はその令嬢に当てたものだと……？

一瞬、良夜の周囲にそのような華族令嬢がいただろうかと考えてしまったが、ミアはすぐに首を振った。

この十年の間に多くの人達と触れ、様々なことを学んで、今の良夜はミアの知っている彼とは違う。

――でも、良夜の本質は変わっていないと、思う。いや、変わっていない。

仮にも東宮殿下と呼ばれるミアや鬼邑公爵閣下《かっか》と呼ばれる陽太に対しても、良夜は媚《こ》びたり諂《へつら》ったりしない。

それどころか、必要と思えば叱《しか》り飛ばせるような男が、どうして婚約者以外の女性へ恋歌を書くと言うのか。

「いや、そんなことはあるまい。良夜は婚約者がいるのに、他の令嬢に恋文を送るような男ではないぞ」

二

山桜　霞の間より　ほのかにも
　　見てし人こそ　恋しかりけれ

金箔と桜の花びらが漉き込まれた、見るからに高価そうな和紙にまるで絵のように美しく書かれた和歌を見た瞬間、陽太は、ただただ恐れ入った。

――良夜、マジパネエ……。

千年を超える名家、堂上《どうじょう》華族の真髄《しんずい》を見た思いである。

公爵とは名ばかりの成り上がり者な勲功《くんこう》華族で田舎《いなか》者《もの》の自分には、逆立《さかだ》ちしてもこんな雅《みやび》な恋文は書けない。

と言うか、そもそも恋文（それも和歌だ！　和歌！）など、書こうと思ったことがこれまでの十七年ほどの人生の中で、ただの一瞬たりともない。ただの一瞬もだ！

「これは、ゆゐ子殿への手紙だろう。わたし達が勝手に見て良いものではあるまい。多分良夜がうっかり紛れさせてしまったのだ。だから、見なかったことに」

とかなんとかかんとか口早に言う殿下を、陽太は最大限に目を見開き、二度見した。

――は？　何、言ってるんすか、殿下？

この和歌を読んで、その反応はないっすよ！　ないっすないっす！　ありえないっす‼　――と、目の前の机をバンバン両手で叩きそうになった。

「いやいや、それはないっすよ。親同士が認めた正式な婚約者だった相手に対して、ほのかに垣間見たなんてありえないし‼」

はい！　ここまで言えば、この和歌の意図、殿下だって解りますよねっ⁉　――と、陽太がもどかしげに言うと、殿下ではなく探索官《たんさくかん》が反応した。

「そうですわねぇ」

クスクスと今にも笑い出しそうな顔で探索官は頷く。

「霞の間よりほのかに見た山桜とは、遠くの山に咲いた桜のことでしょう？」

――うんうん。

頷きながら、そういえばこの人は異邦人だったなぁ……と、今さらながらに陽太は思う。

あまりに流暢に帝国語を話すので、ついつい忘れてしまうが、見た目も中身もしっかり合州国人だ。

それなのに、こんな和歌の解説までできるとは、どれだけ弥和帝国に対する知識が深いのか。

「いわゆる高嶺の花のような令嬢に宛てたものじゃないかしら。こう申してはなんですけれど、ゆゐ子さんはいかにも家のために仕方なくという感じでしたし」

——さすが探索官！　伊達《だて》に年は食ってないっすね！　肝心《かんじん》なところはぼやかしながら良い感じに殿下の思考を誘導する探索官の匠《たくみ》の技（？）に、陽太はいたく感心し、危うく拍手喝采《かっさい》するところだった。

単語を素直に字義通り受け取ったら、一目惚《ひとめぼ》れの歌だ。

——でも、この歌って、あれっすよね？　まるで霞の合間の遠い山桜のようにぼんやりと正体を明かして貰ってはいないけれども、ミア様が本当は姫宮様ですよね？　私の恋しい姫宮様ですよね？　……って意味の歌っすよね、やっぱり？　探索官もそう思うっすよね？　ね？

と、陽太は探索官と、目と目で頷き合う。

良夜は殿下の正体を気づいているのかいないのか、陽太は心配していたが、こんな歌を詠《よ》むからには奴もちゃんと気づいていたようだ。

——で。殿下と良夜は、両思いだったんすねぇ……。

殿下が好きな陽太としては、すこぶる胸が痛い。が、それはそれこれはこれだと、陽太は物凄《ものすご》く頑張って割り切った。

——殿下が幸せになれるなら、それが一番っす。良夜もあの性格に癖《くせ》のありそうな威刃陸軍大臣の娘より、殿下と結婚したほうが何倍も幸せになれよう。

——すでに結婚しているならあれだけど、婚約ならまだまだ破棄《はき》は可能っすよね？　陸軍大臣がガタガタ言うなら、自分鬼邑公爵が一肌脱いでもいいし。

死んだ親父の威《い》を借りるのは業腹《ごうはら》だが、内乱の英雄鬼邑忠孝の息子として何かと酷《ひど》い目に遭《あ》っているのだから、これくらいの役得は使わせて貰おう。

好きな相手や友達が幸せになろうとしているのを祝福できないような心の狭《せま》い奴には、絶対になりたくない。

好きでもない相手と結婚するには、人生は長すぎる。

そう言ったのは、陽太の母だ。

結婚できない相手に恋をして、一人で陽太を産んだ。

子連れでもいいと言ってくれた人は何人もいたし、陽太もこの人が父親になってくれたらと思った人もいた。けれど、母は好きでもない人とは結婚できないと、独《ひと》り身を通したのだ。

そんな母を見ていると、やっぱり結婚は家とか出世のためではなく、好きな相手とすべきだろうと思う。

「あー、高嶺の花って、そりゃあ、つまり――――」

だから、なんだかまだ解っていないような殿下に、陽太はもう一声かけてみる。

「…………」

これで良夜の思いに気づき、喜んでくれるだろう！

――と思いきや、殿下はいつも身に付けていらっしゃるサザンカの髪飾りを所在なげに触りながら考え込まれる。

――え？　えっと？　殿下？　ミア様？　もしもし？

まさかまさかここまで言っても、良夜が歌に詠んだ相手がご自分だと気づかれないいっすかっっ⁉　――と、叫びそうになりながら、陽太と探索官は顔を見合わせた。

殿下の父親を自称する淡い金髪の異邦人も、陽太とまるっと同じ思いを抱《いだ》いたような顔をしていた。

――一から十まで要解説？　いやいやいや！　いくらなんでもこんな大事なことは、オレや探索官の口から言うのはおかしいっす。

おかしいと言うか、僭越《せんえつ》だ。

しかし、殿下のこの反応を見るに、この和歌を種々の手順を踏んで良夜が渡した時でも、ちゃんとその意図を殿下が理解してくれるか、陽太は少々不安になってきた。

――もしや自分が桜にたとえられるような容姿じゃないとか？　まあ、確かに殿下は桜よりもっと色がハッキリした、それこそいつも身に付けていらっしゃるサザンカみたいな花にたとえるべきだと思うけど。

でも、弥和では花と言ったら桜が基本みたいなものだ。恋しい令嬢をたとえるのも断然桜なわけで。

もしもそんなことで歌を理解してくれなかったら、良夜が可哀相《かわいそう》過ぎる。

――こんな高価な紙まで用意したのに……うん？

殿下が両手で隠すように持たれた件《くだん》の和紙を、陽太は改めて見遣《みや》った。

殿下のレースの手袋に包まれた指の合間に見える和紙は、そこに記された歌の霞のように白い。安い和紙はここまで白くないし、桜の花びらだけでなく金銀の箔まで漉き込んである。

つまりどう見ても高価な品だ。

——まあ高価っても、たかが紙で、西陣《にしじん》とかじゃないし。

良夜も奮発《ふんぱつ》したのだろうと思わなくもない。

が、違和感を覚えた。なんとなく己の色恋ごとにお金を遣《つか》う良夜が、陽太には想像できなかった。

風流とか雅とか。良夜は、そういう堂上華族的なものを理解し、誰よりも華族らしく振る舞えるだろう。

なにせ土御門良夜は名家の出身らしく、常《つね》日頃の何気ない言動さえも、上品で気品に溢《あふ》れているくらいなのだ。

しかしながら良夜の本質は、雅を尊ぶ華族より質実剛《しつじつごう》健《けん》な軍人だと、陽太は感じている。

——出逢って半月にも満たないオレが言うのもなんだけど。

それに恋文を学校の帳面とかの切れ端に書かれるのも、殿下としてはイヤっすよね……とかなんとか。

陽太がとりとめないことを考えていると。

「良夜は婚約者がいるのに、他の令嬢に恋文を送るような男ではないぞ」

「！」

陽太がよく知っている女の子——故郷の島の同級生やその姉妹などだから、けして数は多くないが——を標準とすれば、この殿下の反応は吃驚仰天《ぎょうてん》ものだった。

自分を見た（たまたまその方角に陽太の友人がいただけなのだが）とか。

登校が一緒になった（同じ学校に行くのだから当然なのだが）とか。

同じ帳面を持っている（島の店には帳面は二種類しか置いていないのだから確率は二分の一なのだが）とか。

そういう些細《ささい》なことで「うちのことが好きでしょ？」と詰め寄られたことが、陽太には何度も何度もあった。

なので、こと恋に関しては、火のない所に煙《けむり》を立てるのが一般的な女の子だと、陽太は認識していた。

だから、殿下も女の子なんだから己宛ての文ではと、いくらなんでも思って下さるだろうと予測していた。なのに、この反応はなんなのか。

——あー、まぁ、理を詰めて冷静に考えれば、そうかもしれないっすけどね……。

ただ、こういう場面でそんなに冷静に、理路整然と物事を考えられる殿下って、本当に女の子なんですかと尋ねたくなる（いや、殿下は建前上は男性であるわけだから、ややこしいのだが！）。

弥和帝国内最難関校の一つである陸軍士官学校は、堂上華族か士族の子息しか入学が許されていない。

つまり陸軍士官学校生は、家柄《いえがら》が良く頭が良く、将来は陸軍士官として活躍《かつやく》することが保証された選良《エリート》である。

故《ゆえ》に非常に帝都の女の子達に人気があり、それをいいことに二股《また》も三股もかけるクズみたいな男が中にはいる。

が、土御門良夜という男は、陽太が見るにくそ真面目《まじめ》で融通《ゆうずう》が効かなくて、浅薄なところなど一つもない。

忠義至誠を絵に描いたがごとき人物で、確かに間違っても婚約者とは別の令嬢に恋文を書くような男ではない。

それはまったく殿下の仰《おっしゃ》る通りなのだが。

——でも、じゃあ、この和歌はなんなんすかね……？

ここにこうして現物がある以上、陽太としては、やっぱり殿下への恋文ではないかと思うのだが……。

☆

「ミア様、探索官、この図書館にある本は……」

そんなところに良夜が戻ってきて、三人とも一斉《いっせい》に彼を振り返った。

「……何か？」

訝《いぶか》しそうに尋ねられて、陽太も殿下も慌てた。

「良夜君が渡してくれた資料の中に、良夜君の個人的な手紙が紛れていたようなんですの」

言葉を探す陽太達に変わって、さらりと探索官が言う。

「個人的な手紙……？」

「済まない。資料の一部かと勘違いして読んでしまった」

殿下が申し訳なさそうに、件の和紙を良夜に渡す。

「これは————！」

見る見るうちに、良夜の白皙《はくせき》の面が赤く染まる。

「お、お目汚しをしました。これは確かに個人的な手紙で〈まつろわぬ神〉とも威刃大社とも関係のない物です」

動揺も露《あら》わに早口にそう言って和紙を受け取ると、良夜は几帳面《きちょうめん》に四折りし、胸ポケットにしまいこんだ。

——え？　ここは思いの丈《たけ》を綴《つづ》った恋歌を見られてしまった勢いで告白するところじゃないっすか、良夜君！

陽太は良夜を見、殿下を見、最後に助けを求めるべくこの場の最年長者の探索官を見遣った。

探索官も意外だったようで、何度も瞬《しばた》いている。

——あー、まあ、良夜なら、威刃伯爵家との破談を確定させてからじゃないと、と、考えるかなぁ……？

恋心がどこから生まれ育つかは本人にさえ予測不能だろうが、告白の時宜《じぎ》は選択可能だ。

殿下が仰るように土御門良夜は、けして人倫《じんりん》に悖《もと》ることはしない男だ。

そういうことだろうと陽太は心の中で納得し、先ほど一から十まで和歌の解説するなどという余計なお節介をしなくて良かったと、胸を撫《な》で下ろした。

「ところで、探索官。この資料ですが……」

何事もなかったかのように良夜は持ってきた資料を開き、探索官に仕事の話をし始めた……。

三

「待たされたぞ、土御門！」

夕方、ミア達が帝国図書館を出たところで、ジャガイモのような顔をした陸軍士官学校生が良夜を呼び止めた。

「柴小路《しばこうじ》先輩！」

——柴小路？

その姓は華族名鑑にあったと思う。

それに、良夜が先輩と呼ぶからには陸軍士官学校の上級生のはずだ。おそらく柴小路男爵の子息だろう。

「……ご無沙汰《ぶさた》しております」

相手に摑《つか》まれた腕を振り払うことなく、良夜は丁寧に挨拶《あいさつ》した。

対して、柴小路は怒りで茹《ゆ》で上がらんばかりな顔をして怒鳴った。

「貴様、学校にも来ず、寮にも戻らず、こんな所で何をしておるのだ！　明日は前期試験だというのに、俺はとんだ時間潰《つぶ》しをさせられたぞ」

——そんなことを言うくらいなら、図書館に入って良夜を探すか、中で試験勉強をすれば良かっただろうに。

と、ミアは思わず心の中で呟いた。

柴小路は、おそらく入館料を渋ったのだろう。

帝国図書館は国立だが、有料の施設だ。

東宮殿で世間から隔離《かくり》されて育ったミアにはその入館料が高いのか安いのかよく判らなかったが、陽太が言うのには入館料はちょっといい食堂で食べる昼ご飯代くらいらしい。

華族だからと裕福な者ばかりではない。

柴小路男爵は堂上華族ではあるが、今の政府内では重要な役職に就いてはいなかったと記憶している。

——そうは言っても庶民《しょみん》よりは豊かだろう華族の者さえ渋るようでは、やはり入館料が高すぎるのだな……。

せっかく立派な図書館が建てられたのに、庶民が使えないのは宝の持ち腐れだ。

そんな内政問題的なことをミアが考えていると。

「しかも、海兵学校生や南蛮人《なんばんじん》、それも女とつるむとは何事だ⁉」

柴小路は、忌々《いまいま》しそうに陽太やケヴィンを見遣り、最後に卑《いや》しげな笑みを浮かべてミアを見て暴言を吐《は》いた。

「土御門、貴様、よもやその南蛮女と」

「柴小路先輩、合州国特命全権公使閣下とその令嬢に、失礼な物言いはおやめ下さい」

取られていた腕を振り払うと、良夜は柴小路が下品な言いがかりを付ける前にピシャリと言い放った。

「私は畏《おそ》れ多くも今上《きんじょう》陛下の命により、モーガン公使閣下とそのご令嬢の護衛を海軍兵学校の鬼邑と共に遂《すい》行《こう》しているだけです。また、公使閣下もご令嬢も帝国語に堪能《たんのう》な方ですので、どうか言葉は選ばれて下さい」

良夜の静かな剣幕に、柴小路は鼻白《はなじろ》んだ。

が、後輩に言い負かされるのに耐えられなかったらしく、別の標的めがけて口を開いた。

「海軍兵学校の鬼邑？　ああ、あの海軍兵学校史上最悪の劣等生《れっとうせい》が、貴様か。なるほど頭の悪そうな顔だ」

――なんだと？　陽太はどう見ても〈頭の悪そうな顔〉とは遠く離れているぞ。

ミアはムッとして柴小路を睨《にら》んだ。

話すととぼけた口調や口癖《くちぐせ》からなんとなく三枚目に見えてしまうことは否《いな》めないが、黙っていれば帝都で人気の二枚目俳優もかくやというほどに整った顔をしている。

――それに陽太は本当は劣等生ではなくて、頭も良いし剣術も巨大な化け物を相手にできるほど優れている。

公爵家を継ぎたくないから放校されようと劣等生を演じたりするあたりは、ある意味バカかもしれない。

だが、異母兄やその母、それに故郷に残した祖父母や実母のことを考えてのことだ。一概《いちがい》にバカだとも罵《ののし》れない。

良夜もミアと同じ気持ちらしく。

「柴小路先輩、言葉が過ぎましょう」

「なんだと？　土御門、貴様は後輩の分際で、この俺に命令する気か？　それも、この俺に海軍兵学校生ごときに気を遣えと言っているのか？」

「命令ではありません。進言です」

噂に寄れば陸軍士官学校は――と言うより陸海軍全般だが――上下関係が大変厳《きび》しい。

上級生に下級生が逆らうのは、絶対的に許されない。

しかし、その上級生を相手に良夜は気骨を見せた。

「鬼邑は鬼邑公爵家の現当主です。海軍兵学校の生徒で柴小路先輩から見れば若輩者《じゃくはいもの》とは言え、相応の敬意を払うべきかと存じます」

そんな丁寧な説明にも、先輩の柴小路は鼻で笑った。

「こんな劣等生が当主の鬼邑公爵家など、いつまでも続くものか。今は忠孝公の威光で持っているが、公に恩義を感じる重臣方が引退されよう十年後はすっかり落ちぶれているだろうよ。土御門、お前も時勢を見る目を養え」

——なっ！

なんという失礼な！　——と、いきり立ってミアが陽太を見れば。

「——」

拍子抜けすることに侮辱《ぶじょく》された当人はまったく気にしていないようで、面白そうに柴小路を見ている。

——……そうだな。こんな卑小《ひしょう》な男に何を言われようと、陽太は気にしないか。

人の評判を気にするような人間なら、最初から劣等生を演じるなんて選択肢《し》はない。

陽太にとっては蚊《か》に刺されるより軽い攻撃だろう。

——……かも知れないが、わたしは、腹が立つぞ。

自分でもおかしいと思うほど、ミアは怒っていた。

いったいどうして、こんなに腹が立つのか。

——それは……そうだ。陽太は、わたしや良夜の命の恩人だ。己や大事な友人の命の恩人をバカにされて、笑っていられるほど、わたしは不義理な人間ではない。そんな情のない人間になる気もない！

だいたい本人がどう思っているか知らないが、ミアにとっては、陽太は大事な友だ。

あの鬼邑忠孝公の息子だという事実は、正直気にならなくもないが、そこに拘《こだわ》るのはバカげているとミアは思うようになっていた。

——父親が誰であろうと、陽太は良い奴だ。

「柴」

「それで、柴小路先輩さんとやらは、なんだってこんな所まで赴《おもむ》いて、良夜に会おうとしたっすか？」

ミアが柴小路に何か言おうと口を開いた瞬間、陽太が制するように彼女の肩を叩くとニコニコと相手に尋ねた。

「……っ」

自分をバカにした相手に感じの良い笑顔で切り返すのは、真っ赤な顔で怒鳴り返すより効果的らしい。

己の攻撃がまったく効いていないことを見せつけられた柴小路は、こめかみに青筋を立ててブルブルと震えたが、どうにもうまい返答が見つからなかったようで。

「き、貴様には関係ない！　土御門、ちょっと来い！」

そう怒声をあげると、柴小路は良夜を引っ張って建物の向こうに行こうとした。

「あー、土御門は畏れ多くも今上陛下からのご命令を遂行中っす。護衛せねばならない公使閣下や公使令嬢から離れるわけにはいかないっすよー」

「貴様がいればいいだろうが！」

「いやいやオレ、ご存じのとおり、海軍兵学校史上最悪の劣等生っすから。鬼邑公爵家を十年足らずで没落させる見通しが立つほどの無能っすから」

柴小路が使った罵倒《ばとう》を逆手に、陽太はヘラヘラと笑いながら言う。

自分のことを劣等生とか無能とか、自虐的《じぎゃくてき》な悲壮感《ひそうかん》なしに言えるのは、どういう人徳なのか。

ミアにはとても真似できない芸当だ。


「もしも、ここで公使閣下に何かあったら、そんな無能者一人に護衛任務を任せて、優秀なる土御門を無理矢理公使閣下から引きはがした柴小路先輩が全責任を負って下さるっすか？　それならそれでオレも目付役の良夜もいないことだし、遊びに行っちゃおうかなー」

そんなことは絶対にしないくせに、陽太はそのままミア達を置いてふらふらと歩き去る素振《そぶ》りを見せた。

「ままま、待て！」

柴小路は陽太の側まで舞い戻ってその腕を掴み、それから良夜を振り返って言った。

「土御門、お、俺が頼んでいた……その、し、仕事はどうなっているのだ。お、俺だけでなく、伊藤《いとう》や三条《さんじょう》も頼んでいた仕事を期日までにしてもらえるのかと、心配していたぞ。俺も前金を払ったのにできませんでしたと言われたら敵《かな》わん」

――仕事……？

良夜は陸軍士官学校生だ。今は今上陛下の特命でミア達の護衛をしているが、本来は士官学校での勉強や訓練が彼の仕事だろう。

しかし、どう考えても柴小路が言っている〈仕事〉は、陸軍士官学校での授業や訓練のことではない。

「ご心配なさらずとも、伊藤先輩や三条先輩から受けた仕事は期日までに仕上げて、寮までお届けに上がります」

「ならいいが……できれば、俺が頼んだ仕事は早く頼む。そ、その……あちらに縁談が持ち込まれているのだ」

「柴小路先輩に頼まれていた仕事なら——」

良夜は制服の胸ポケットに手をやって。

それからハッとしたように、ミア達を振り返った。

「……良夜？」

ミアが声をかけると、良夜の顔にさっと朱が引かれた。

胸ポケットのあたりを良夜の指が無意味に動いて、それから何も取り出さずに腕が下ろされる。

「……明日、学校でお渡しします」

「良夜、先輩に頼まれた仕事とは、もしや先ほどの和歌か？」

「おう、頼んだぞ」

良夜と柴小路の会話に、ミアは強引に割り込んだ。

「！」

良夜が息を飲み、そのまま立ち去ろうとしていた柴小路が振り返る。


「先ほどの和歌だと？」

「山桜、霞の間よりほのかにも、見てし人こそ、恋しかりけれ。古今集だ」

「こ、古今集っすか、あれ？」

陽太がなぜか驚愕《きょうがく》した声をあげた。

その隣でケヴィンも目を丸くしている。

千年ほども前に編まれた勅撰《ちょくせん》和歌集の名は中学校の教科書にも載るほど著名だから、陽太もケヴィンも当然知っていたようだ。

ただ、歌集に収められた千を超える和歌全てに目を通すのは、よほどの和歌好きか、帝室の人間くらいだ。

古今集の中ではさほど著名《ちょめい》な歌ではなかったから、二人は良夜が作った和歌だと思っていたのかもしれない。

ミアに言わせれば、良夜の歌はあんな作風では断固としてないのだが。

「山桜……恋しかりけれ……？」

柴小路は古今集の和歌も覚えていないし、さくりと歌の意味も理解できなかったようだ。

それでも、最後の条《くだり》で何か納得したらしい。

「おう、それだそれだ。なんだ、もう書いたのか。書いてあるなら寄越せ」

「いえ、あの……」

心苦しそうに良夜が差し出された手から目を逸《そ》らす。

そんな柴小路と良夜の様子に、ミアはある可能性に気づいた。

「……もしかして、良夜、あれは恋文の代筆だったのか？」

「！」

良夜は息が詰まったような顔をして、それから目を伏せ頷いた。

――恋文の代筆だなんて、相手の令嬢を騙《だま》すようなことではないか？

良夜がそんな詐欺《さぎ》の片棒を担ぐみたいなことをするなんて、正直ミアはがっかりした。

ミアにとって良夜はいつでも正しく、立派な存在だったのに。

「……そういうのは良くないのではないのか？」

「ミア様、私は」

何か良夜が言おうとしたのも聞かず、ミアは柴小路の前に出た。

「そのほうもそのほうだ。恋文は己の手で書かねば、相手の方に失礼だぞ」

頼まれて引き受けた良夜も悪いが、そもそも頼む柴小路が悪い。

「己が書くより良夜に書いて貰ったほうが見栄え良いと考えたのかもしれないが、結局その令嬢と付き合うのはそなた自身ではないか。あとから最初の恋文は他の男に書いて貰いましたと言えば、相手の方も失望されよう。下手《へた》でも自分で書いた方が誠実で、好感が持てるとわたしなら思うぞ」

ミアなりに理《ことわり》を尽くして諭《さと》したつもりだった。

が、年少者で女性で、さらに見た目は異邦人となると、残念ながら高慢ちきな陸軍士官学校生を改心させるには、色々と足りなかったようで。

「き、き、貴様……っっ！」

柴小路は怒りに震え、右手を上げた。が。

「オレもミア様が言うとおりだと思います。もちろん世界でも有数の一流国家である合州国では、ミア様のような考え方が一般的なんですよね、モーガン合州国特命全権公使殿？」

その右手がミアめがけて振り下ろされる前に、すかさず陽太がミアを庇《かば》うように二人の間に体を入れ、いつもより堅苦《かたくる》しい言い方でケヴィンに問いかけた。

「そのとおりです、鬼邑公爵閣下」

その意図を即座に了解し、ケヴィンも陽太を称号付きで呼んで、ミアを庇うように陽太の横に立った。

「二流、三流の国家でなら恋文の代筆もあるのかもしれませんし、正しいことを言われて言い返せないと、相手が女性であろうと殴《なぐ》りかかる正義があるのかもしれませんが、合州国にはそのような正義はありません」

「オレが知る限り我が弥和帝国にも、そんな正義はありません。陸軍士官学校に限って、口で敵わなければ相手がか弱い婦女子でも殴るという教育がなされているやもしれませんが」

ケヴィンの強烈な皮肉に、陽太が真顔で返す。

「まあ、そんな野蛮《やばん》なことを帝国陸軍がやっているとは。明日にでも御所に参って、睦治《むつさだ》に、失礼、あなた方の今上陛下に忠告し、陸軍の風紀を正して頂かなくては。鬼邑公爵閣下からも奏上《そうじょう》して下さいまし」

「――――こ、こ、こ、公使閣下方には失礼致《いた》しました」

ケヴィンの肩書きも陽太の肩書きも最初に良夜から伝えられていたのに、柴小路はそれをちゃんと理解できていなかったようだ。

二人の会話にやっとケヴィン達が――少なくとも今現在は――、今上陛下に直奏できるだけの地位があると理解したのか、慌てて直立不動の体勢を取って敬礼をした。

「じ、自分は別にご令嬢に暴力を振るおうとしたわけではありません。また、陸軍士官学校がご婦人へ乱暴を働くような教育をしているというのはありえません。そうだろう、土御門」

「……はい」

微妙な表情ながら良夜が頷いたのは、柴小路がミアを殴ろうとしたのは事実ながら、帝国陸軍士官学校が婦女子への暴力を肯定《こうてい》する教育を行っていないのも、また事実だからだろう。

「ですので、陛下へそのような讒言《ざんげん》はなさらぬよう」

そう小狡い顔でケヴィンに言うと、柴小路は言葉を続けた。

「それにご令嬢の仰ることも解りますが、自分はすでに土御門に支払いを済ませております。代金を払ったのにできぬと言われるのであれば、支払った代金は返して貰わなくては割に合いません。……そうだろう、土御門？」

良夜に向けられた最後だけ声音が違って、明確な脅《おど》しが入っている。

「それは……柴小路先輩の仰るとおりです。頂いた代金はお返しします」

「いや、良夜。その金は、オレが払うっす」

陽太が口を挟《はさ》んだ。

土御門家が経済的に困窮していることを、その陽太の言葉にミアは思い出した。

——……そうか。そうだな。

良夜とて本当はミアが言ったようなことは、解っていたと思う。

でも、人はきれい事だけでは生きていけない。

良夜一人ならともかく、良夜には病気の父親を筆頭に、母や妹達と、彼が支え、養わねばならない家族がいる。

恋文の代筆はやっぱり良くないと思うが、悪いと解っていてせざるを得ないほど良夜は困っていて。

——そして、その原因は、鬼邑忠孝公で……。

白い海軍兵学校の制服を着た陽太と、藍鉄色の陸軍士官学校の制服を着た良夜。

二人並んだ姿が何から何まで対照的で、ミアはなんだかやりきれない気分になる。

「陽太、これは私の問題だ。貴様に恵んで貰ういわれはない」

矜持《きょうじ》の高い良夜は、鬼邑忠孝公の息子が出した助け船を即座に断った。

「別に恵もうってんじゃないっすよ。さっきの和歌の手蹟があまりに見事だったんで、手本にしたいと思っただけっす。ほら、オレも一応、公爵家を継いだ以上、ああいうの、書けるようにならないといけないから」

そう陽太が良夜を説得していると、なぜか柴小路のほうが慌てた。

「いや、いかに公爵といえど、それは無法だ。そもそも自分が頼んだ時、土御門は承知したのだ。帝国陸軍軍人に二言はあるまい、土御門。書いた書を寄越せ」

「金返したら反故《ほご》にしてもいいって、言わなかったっすか、今？」

「自分は前払いをした代金も返さぬうちから、約束した仕事を果たさぬと交渉《こうしょう》を始めるのがおかしいと申したまでですよ、公爵閣下」

相変わらず陽太に対しては、小バカにしたような態度だ。海軍兵学校史上最悪の劣等生という評判は、現公爵という肩書きより大きいようだ。

そんな無礼な柴小路に、陽太は言い負かされそうになっている。

それが歯がゆくてミアも反論を考えた。

しかし、確かに柴小路は支払った代金は返して貰わなくては割に合わないとは言ってるが、代金を返せばそれで終わりにして良いとは言っていない……。

「金を返す返さないということより、人として約束を守ることが大事であろう、土御門！」

この台詞《セリフ》だけは間違っていないし、良夜みたいな真面目な人間には効く正論だ。

けれども、恋文を後輩に代筆して貰おうとしている男が〈人として〉などと言うのは、ちゃんちゃらおかしい。

「……柴小路はその書を手に入れて、どうしようと言うのだ？」

再度ミアは柴小路に立ち向かった。

「相手のご令嬢に自分が書いたものだと偽《いつわ》って渡しても、後々困ったことになるのはそなただぞ」

我ながら情けないことだが、先ほどの説教のやり直しになった。

「ハッ」

今度も柴小路は鼻で笑った。公使のケヴィンに対しては最低限の礼儀を尽くす気になったようだが、ミアにまでは気を遣う必要を感じていないようだ。

おそらくこの男の頭の中は、内乱以前の古い男尊女卑《だんそんじょひ》の考えに凝《こ》り固まっているのだろう。

「後々困ったことなんてなりませんよ、お嬢さん」

「なぜだ？　私がその令嬢なら、代筆された恋文などで口説《くど》かれたのかと思うと情けなくて、その後のそなたの印象がどんなに良くても、そなたと決別すると思うぞ」

「だから、そんなことにはなりませんよ。決別するのは……あ、いやいや」

言いかけた言葉を途中で飲み込んで、柴小路は誤魔化すように地面を蹴《け》った。

「ともかく土御門。自分は貴様に代金も納めた。約束も交わした。今さら代筆の是非《ぜひ》などを持ち出して書を渡さないと言うのは」

「あ、解ったっす」

それまで黙っていた陽太が手を挙げ、柴小路の言葉を遮った。

「な、なんだ！　公爵だからと言って人の話を遮るとは、無礼であろう！　常識がないぞ！」

相変わらず自分を棚《たな》に上げて柴小路ががなり立てた。

陽太も相変わらず、それに動じることなく。

「さっきミア様がその書を手に入れて、どうしようと言うのだと、あんたに問うたじゃないっすか。その答えが解ったっす。あんたに本当に好きな相手がいるのなら、ミア様の説得に心が動かされないはずがない。お金のことが問題なら、オレの提案に乗るはず。けど、あんたは良夜が書いた恋文に拘り、それを絶対に入手しようとした。なぜかと言うと、あんたは良夜から受け取った恋文を片思いの相手に渡すのではなく、威刃伯爵に渡すつもりだからじゃないっすか？　良夜の不貞の証拠《しょうこ》として」

――あ！

「先輩？　陽太の言っていることは本当ですか？」

陽太の言葉に柴小路以上に良夜が動揺している。

「や……、自分は、本当に片思いの相手が」

「それが威刃ゆゐ子嬢というわけだろう？」

なんとか取り繕《つくろ》おうとする柴小路に、ミアは問う。

「彼女との恋愛を成就《じょうじゅ》するためには……あるいは陸軍大臣の娘婿《むすめむこ》になるためには、か？　そなたには良夜が邪魔だった。だから、良夜が誰かに宛てた恋文を入手したと、良夜が書いた恋の和歌を威刃伯爵に渡して、婚約を破談に持ち込もうとしたのだな」

柴小路は呻《うめ》き声にも似た声をあげ、膝が地面に崩れた。

四

「じゃ、とりあえずあんたが良夜に払った代金は、あとで鬼邑公爵家の者に持たせるんで」

と、柴小路に陽太は言い捨て、良夜の背を叩き、二人の返事を待たずに長い足で場を離れていく。まるで陽太が何かしでかして逃げているかのような速さだ。

「陽太！　ちょっと待て陽太！」

細い道をザクザクと大股《おおまた》で歩く陽太を、良夜が怒った口調で追いかけていく。

ミアも小走りに二人を追うが、なんとも女の子の靴は踵《かかと》が高くて走りにくい。

建物の入り口周辺に彫像が乱立していて、馬車泊まりまで五分ほど歩かないといけないのが、この帝国図書館の難なところだ。

「良夜はオレに和歌の書を渡す。オレがあの柴小路みたいに悪用することが心配なら、端に手本って入れてくれていいっすよ。だからお金はオレが払うっす。これは」

ミアがなんとか二人に追いついた時、ちょうど陽太は良夜相手に言い訳がましく早口でまくし立てていた。

「そうじゃない」

良夜は柔らかい苦笑を零《こぼ》しつつ、陽太を遮った。

「私に、助けて貰った礼も言わせてくれないのか」

——あ。

柔らかく微笑む良夜に頭を下げられ、陽太は少し……いや、かなり狼狽《うろた》えている。

「あ、いやいやいやいや！　礼を言いたいのはこっちっす。マジあの手の書き物がオレ、苦手で。良夜先生の手本が買えるなら金に糸目をつけないっすよ」

「じゃあ、今回限り友人価格で売るとしよう。先輩相手ではなく、友人相手だから、あと十枚くらい書いてやる。和歌も指定してくれていい」

「和歌っ！」

滅相《めっそう》もないと、陽太は首を大きく振った。

「勘弁してくれっす。オレが知っている和歌なんて超有名どころの百五十首程度っすよ。良夜のほうで汎用性《はんようせい》の高い季節の和歌を見繕って下さいっすよ」

「解った解った。そうしよう。しかし、それにしても、陽太は百五十も和歌を諳《そら》んじられるのか？　……あ、いや、その……あまり和歌とか興味なさそうで」

いつもは気遣いを忘れないのにうっかり素で失礼なことを問うてしまった良夜は、慌てた感じで言葉を足した。

言われた陽太は、柴小路に腐された時と同じくらい気にした様子もなく笑った。

「島でも百人一首のカルタ大会くらいはあったっす。あとは教科書系で。間違っても、良夜やミア様のように和歌集とか読破したりしたわけじゃないっすから！」

二人のやりとりに、ミアは思わず大きな溜息を零してしまった。

「あ、ミ、ミア様？」

「ミア様、どうかなさいましたか？」

陽太と良夜が振り返って彼女に問う。

「いや、二人とも本当に仲がいいなと思っただけだ」

気配り上手《じょうず》な良夜に気配りを忘れさせるのだから、陽太もたいしたものだと、やや呆《あき》れ気味に思う。

自分は良夜とは乳兄妹で、陽太より良夜のことは知っていて当然だ。

また、陽太とは自分も良夜も同じ日に会ったのだから、良夜と自分は陽太のことを同じくらいしか知らないはずだ。

なのにどうも良夜はミアより陽太のことが好きみたいだし、陽太もミア以上に良夜のことをよく解っているよう感じられる。

多分それは、二人ともミアを〈東宮〉として気遣うべき相手と認識しているからだと思うが、ミア的には少し隔《へだ》たりを感じて淋《さみ》しい気持ちになる。

——それにわたしが、良夜のことを助けたいと思っているのに、なんだかいつも陽太が助けてしまうし。

もちろん誰が助けようと、困っている良夜が助かるのであれば、それは良いことだと思うのだが。

「そ、そんなことはないっすよ。あ、いや、もちろんオレは良夜のことを友達だと思ってますけど」

「私も陽太のことは友人だと思っていますが、それがミア様のお気に召《め》さないことなのでしょうか？」

「そうじゃない。二人の仲が良いことはいいことだと思う。ただ……、わたしは二人の役に立っていないなと思ったただけだ」

　子供みたいなことを言っていると、我ながら思う。

「そのようなことはございません。先刻もミア様が恋歌のことを持ち出して下さらなければ、柴小路先輩の策《さく》略《りゃく》にまんまと嵌《は》まるところでした。助けて下さって、ありがとうございます、ミア様」

　優しい良夜は、陽太に先ほど下げた時よりも、さらに丁寧に頭を下げてくれる。

　――また、気を遣わせてしまった……！

　良夜の――それから陽太もだが――負担になりたくないとミアは思っているのに、なんだかいつも失敗している気がする。

　ミアが凹《へこ》んでいる横で、良夜はケヴィンにも頭を下げた。

「探索官にもお手数をおかけしました」

「あら、わたくしのしたことなど、陽太君やミアのしたことに比べれば、ほんの僅《わず》かなことですわ」

　ケヴィンは小さく微笑んだ。

「でも、これから代筆業を行う時は、気をつけて下さいね。伊藤先輩や三条先輩でしたかしら？　彼らから頼まれたお仕事は、悪用される心配はないのでしょうか？」

「そちらは大丈夫です。伊藤先輩も三条先輩も作家志望で、出版社に持ち込む原稿の清書をしてくれと頼まれました。恋文のような言葉もなきにしもあらずでしたが、原稿用紙に書いていますから、柴小路先輩が考えたような策略には使えないでしょう」

　そう言ってから。

「言い訳がましく聞こえると思いますが、恋文の代筆を請《う》け負ったのは今回が初めてなのです。個人的な手紙の代筆は良くないと解ってはいたのですが、柴小路先輩……柴小路男爵家には、父が世話になったことがあって」

　恋文の相手も堂上華族の令嬢だから、下手に名前や文章の入った手紙文より和歌がよいと指定されたのだとか。

　――なるほど。和歌だけの恋文ならば、相手の名前が記されてなくても不自然ではない。相手の令嬢をでっちあげたり、どこかの令嬢に協力を仰いだりしなくても、不貞の証拠にできそうだ。

　意外と悪知恵の回る男だったようだ。

　お金の問題もあったのだろうが、学校の先輩。おまけに父親の恩人の子となれば、帝国民の平均よりずっと義

理人情 柵《しがらみ》に弱い良夜が断れなかったのも理解できる。

「……」

ふとミアは思い立って、〈まつろわぬ神〉調査の責任者である合州国公使兼探索官のケヴィンに尋ねた。

「ケヴィン、その……わたし達の護衛をするのに良夜達には特別な手当とかが出るのだろう？　それは日払いとかできないものなのか？」

「ミア様、そのようなお気遣いは」

「あら、良夜君、仕事をしたら報酬《ほうしゅう》を頂くのは当然のことでしてよ。弥和帝国では給金は普通、月給制と伺《うかが》っておりましたので、毎月の俸禄《ほうろく》に追加させるつもりでした。でも、ミアの言う通り日給で支払いたいと思います」

「探索官、それは」

「ですから、良夜君。代筆業はしばらくお休みして下さい。こちらの仕事にあなたの全部の時間を振って下さい。手当金が足りないと思われたのなら、交渉《こうしょう》して下さい。あなたはこの帝国唯一《ゆいいつ》の〈ウィザード〉ですから、望むだけの日当を支払いますわ……今上陛下がね」

ケヴィンに茶目っ気たっぷりに言われて、良夜は一瞬唖然《あぜん》とした顔をしたが。

「お気遣いありがとうございます。正直、助かります」

観念したのか、そう頭を下げた。

それから良夜は少し言いにくそうに、言葉を繋《つな》いだ。

「そのように気遣って頂いたばかりなのに心苦しいのですが、明日はお休みを頂けないでしょうか。前期試験があるのです。もちろん探索官殿やミア様に急ぎの用件があれば、今回の試験は諦《あきら》めますが」

そんな良夜に速攻で反応したのは陽太だった。

「いや、良夜は何があろうと、試験を受けたほうが絶対にいいっすよ。幼年学校からの連続首席の記録が途絶えるのはもったいないっす。士官学校を首席で卒業するか否かで、後々の出世にも響くって聞くし」

「自分は連続最下位記録を作っているくせに、人の心配をするな」

良夜が陽太の口出しに、目を和《なご》ませて苦笑する。

本当に二人は仲がいいな——と、ミアが羨《うらや》ましく思っていると。

「いや、オレなんか試験を受けても受けなくても一緒だけど、良夜は」

「陽太！」

ミアは思わず大声を出してしまった。

「は、はい？」

「受けても受けなくても一緒とは、なんだ？　まさか陽太は、前期試験を受けない気なのか？」

「え？」

そんなことを言われるとは青天《せいてん》の霹靂《へきれき》です！　――と、ばかりの顔を陽太はした。青天の霹靂なのはこっちなのに。

「……いや、その、まぁ、オレの場合、受けても受けなくても、あんまり意味がないと言うか……」

ミアの剣幕にタジタジな様子に、より怒りが倍増する。

「なんだと？　先日、劣等生の振りをするのはやめるとわたしに言ったのは、嘘だったのか？　そなたはその場限りの適当なことを言うような奴だったのか？」

だとすれば、先ほどの良夜に対してがっかりしたのと負けず劣《おと》らずがっかりである。いや、良夜より酷い。

――陽太はそんな口先だけの奴じゃないと、信じていたのに。

それとも、だ。

――陽太はわたしとの約束など、どうでもいいと思っているのか……？

「あ！　いやいや、もちろん嘘じゃないっす！」

落ち込みそうになるミアに、陽太が大声で言った。

「嘘じゃないっすけど、た、ただ、陸軍士官学校も海兵学校も試験の日は同じで明日なんすよ。良夜が試験で休むのにオレも休んだら、ミア様達の護衛が」

「明日はミアもわたくしも、自宅でおとなしくしていますわ」

往生際の悪い陽太にケヴィンが笑いながら言い、ミアも頷いた。

「明日はケヴィンが言うように、わたし達は今日調べたことを、公使公邸で整理する。だから、陽太は……陽太も良夜もちゃんと試験を受けて欲しい。わたしのせいで二人の学業が疎《おろそ》かになるのは……いや、もう学校を休ませているわけだから、今さらかもしれないが……」

本当に今さらだと、ミアは溜息を零した。

「大丈夫です、ミア様。多少授業を受けなくても支障がないよう自分で勉強できていますし、何より今回の件は、畏れ多くも今上陛下から賜《たまわ》った任務です。私達にミア様が気遣われる必要はありません」

「そうっすよ。なんたって陛下の命令っす！」

良夜が微笑み、陽太も同意する。

「だが、二人ともちゃんと試験を受けて欲しい。よくは知らないが、大事な試験なのだろう？」

「ええ、学年の前半期の成績を決めるものです。日常の小試験とは異なります。ミア様方がよろしければ、私も陽太も明日は試験を受けさせて頂きます。——なあ、陽太？」

「あ、は、はい」

「——わたしは、柴小路みたいな輩《やから》にバカにされる陽太を、もう見たくない。だから、陽太はちゃんと試験を受けて陽太をバカにしている人達を見返して欲しい」

「え？　え？　え？　で、殿下？」

なぜか陽太が吃驚した顔で、こちらを見た。

「ミアだ」

誰が通りかかるか解らない場所で不用意に〈殿下〉なんて呼んだ陽太を窘《たしな》めた。咄嗟《とっさ》に〈殿下〉という言葉が出るあたり、やはり陽太にとって自分は友達と言うより〈東宮〉なのだと、ちょっと淋しく思う。

「え？　あ、はい。ミア様。でも、オレ、別に通りすがりの陸サンが何言おうと、気にしてないっすよ？」

と、陽太にへらりと笑われて、ミアは再びだか三度だかカチンときた。

普段は鋭いくせに時折、陽太は物凄く物分かりが悪いと思う。

「そんなことは解っている！　劣等生を好んで演じていたのだから、そなたは他人から劣等生と言われようと気にすることはあるまい。だが、わたしは」

わたしは、そなたが人にバカにされるのが嫌だ！　——そう言いかけて。

なんだかミアは急に気恥ずかしくなってきて、口を噤んだ。

——な、何をここまで怒っているのだ、わたしは？

「ミア様の気持ちは、私には解ります」

自分で自分の感情が理解できなくて動揺しているミアに、良夜が援護してくれた。

「友達がバカにされるのは、気持ちの良いものではありません」

「そ、そうなのだ。それに、この間も言ったがそなたは、ちゃんと自分の仕事や役目は真面目に遂行するべきだ。

そうではないのか?」

言うと陽太は神妙な顔で頷き、海軍式に敬礼してみせた。

「はい。では、鬼邑陽太、明日は試験のため休暇を頂《ちょう》戴《だい》します」

五

翌日の夕方、ミアが海軍兵学校にやってきた時、陽太は校門の前で十歳くらい年上の青年と何か話していた。

「陽太!」

「ミ、ミア様!?」

馬車から降りて駈け寄ると、ミアが来るとは思ってもいなかっただろうからか、陽太は大きく瞠目《どうもく》した。

「今日はちゃんと真面目に試験は、受けたんだろうな?」

「え? も、もちろんっすよ、ミア様! ってか、もしかして、それを疑って海軍兵学校まで来たんですか?」

「違う。疑ったんじゃない。心配したんだ」

反射的に返してから、ミアは自分が陽太への問いを言い間違えたことに気づいた。

――真面目に試験を受けたかではなく、試験問題に手こずったんじゃないかと心配したのだ、わたしは。

ミアや帝室のことで、陽太は学校もしばらく休んでいたし、当然試験勉強もできなかった。

——だから、心配してここまできたのに、どうしてわたしはあんな言い方を……。

「宮様……？」

ミアが反省しているところに、陽太の横に立っていた青年が訝《いぶか》しげに呟いた。

「宮様ではなく、ミア様です、仲牟田《なかむた》教官」

——教官！

背広だったので、ミアは公爵家の者と勘違いしていた。

「挨拶が遅れて、失礼しました」

どちらにしろ初対面の挨拶もせずに陽太と話を始めてしまったのは無礼だったと、ミアは仲牟田に頭を下げた。

「合州国公使モーガンの娘、ミア・モーガンと申します。陽太の先生でいらっしゃいますか？」

「ああ、合州国の方ですか。はい。自分は漢文と学級担任をしております仲牟田一郎《いちろう》と申します」

「仲牟田……？　もしや旧白川《しらかわ》藩の漢学者、故仲牟田市《いち》之助《のすけ》殿のご子息でいらっしゃる？」

「そうです。市之助は父です」

仲牟田が頷くと、陽太が吃驚した顔で口を挟んだ。

「ミア様、よく知ってますね？」

「有名な漢学者で、ご本人も漢詩の達人だぞ。何より彼の漢詩は今上陛下が好んでいらっしゃる」

「そ、そうなのですか⁉」

「教官、近い！　近いっす！」

仲牟田が興奮し身を乗り出したところで、なぜか陽太が彼の腕を強く引っ張ったりした。意味が解らない。

「しかし、先生にお会いできて本当に良かった。陽太はちゃんと試験を受けることができたのでしょうか？」

尋ねたあとで、ミアはまた言い間違えたことを陽太の反応で気づいた。

「あの、だから、ミア様。オレ、ちゃんと真面目に受けてきましたって！　どうして信用してくれないっすか？」

——いや、信用してくれないかと言われても。

自分も問いの仕方が悪かったと思う。思うが、陽太だって悪いとミアは思うのだ。なぜならば。

「どうしてって、良夜が言い出さなければ、陽太は前期試験をまるっとサボるつもりだったじゃないか」

当然試験勉強などしていまい。

学校を休んでいる間も、良夜とは違ってちゃんと勉強している素振りがなかった。

本人は一度見聞きしたことは忘れないと言っていたし、実際記憶力がいいところは何度か確認している。

――けれど、海軍兵学校の授業は非常に高度だと聞くし。

だから自分は心配したのだ。陽太に試験がどうだったか訊《き》くのが、明日まで待てないくらいに。

「いや、サボるって……。違うっす！　別にサボろうと思ったわけじゃなくて、ミア様の問題を最優先しただけっす！　帝都にいるんだから、授業は無理でも試験だけは受けたほうがいいって、良夜に言われる前にオレも気づくべきでしたけどっ！」

必死な形相《ぎょうそう》で陽太が言う。

そんな陽太に、仲牟田が苦笑しながら援護射撃をする。

「鬼邑君はちゃんと試験を受けてましたよ。それも見事な成績でした。僕の漢文も満点でしたが、他の科目も満点だったと聞いていています」

「……そうか。それなら良かった」

仲牟田の言葉に、ミアは心の底からホッとした。


「今、陽太が学校を休んでいるのは、わたしとわたしの父を……その、護衛するためなのです。最初の計画よりずっと学校を欠席させることになりそうで、そのことで陽太が落第するようなことがあったら大変だと心配で」

「いえいえ、むしろあなたのおかげで、鬼邑君は落第を免《まぬが》れそうですよ」

「な、仲牟田教官！」

なぜか陽太はひどく焦った声を上げる。

「漢詩で言えば、そう――、桃の夭夭《ようよう》たる灼灼《しゃくしゃく》た」

「きょ、教官！　だから、やめて下さいっすっっ‼」

陽太は仲牟田の背広の袖《そで》を強く引っ張った。

「その漢詩は……？」

一応ミアも知っていた。花嫁《はなよめ》を桃にたとえた詩だ。

しかし、その詩を口ずさまれたからと、陽太が何をそんなに慌てているのか、ミアにはまったく意味不明だ。

「今回の試験に出た漢詩っす！」

「ミア、陽太君」

そこへ馬車の中からケヴィンが声をかけた。

あからさまに陽太は助かったという顔をして、そそくさと教官に別れの挨拶をした。

「〰〰〰っ！」

しかし、成り行きで、ミア達の馬車に同乗した陽太は、なぜなんだか頭を抱《かか》えている。

——やっぱりいくら心配だったからとは言え、家族でもないのに学校までやってきたのは悪かったか……。

「……陽太、学校まで来てしまって悪かった」

「あ、いや！　殿下はぜんぜん悪くないっす！　心配かけたオレが悪かったと言うか、心配して下さってありがとうございますと言うか」

ミアが頭を下げると、バネで弾《はじ》かれたように陽太は頭を上げ、ワタワタと手を振った。

良夜もそうだが、こんな場面でミアを気遣ってお礼が言えるところが陽太の凄いところだと思う。

気遣われるのは隔てがあるようでいやだなと思う反面、陽太や良夜の言葉が、ミアにはとても温かく感じられた。

それはミアが御所で誰かに礼を言われることなど、ほとんどないまま成長したからかもしれない……。

「では、無事に試験が終わったお祝いを、拙宅でしましょうか。もちろん良夜君も誘って。陽太君は西欧料理は大丈夫かしら？」

「ぜんぜん大丈夫っす！」

ケヴィンの提案に陽太は元気に頷いた。

……そんなわけでその夜は、四人で楽しく食事をしたのだった。

なお、この時の試験で陽太が劣等生を返上したどころか全科目満点の完璧《かんぺき》な成績を取ったおかげで、後日、帝国海軍兵学校の生徒達からミアが御利益《ごりやく》あらたかな女神様扱《あつか》いされることになろうとは、誰一人予測していなかったのであった。

あとがき

こんにちは、和泉統子《わいずみのりこ》です。この度《たび》は拙著《せっちょ》『帝都退魔伝』を手に取って下さり、誠《まこと》にありがとうございます。

デビュー以来ずっと女装男子か男装女子が出る話ばかり書いてきましたので、今回は、

「女の子は女の子の格好をしていて、男の子は男の子の格好をしている話を書く!!」

と、かなり低いと言うか、「それが目標ってどうよ?」な目標を掲《かか》げて書き始めました。

結果、どうなったかと言いますと…………い、一周回ってる感じ?

元々は軍服フェチな和泉が軍服キャラがたくさん出る話を書こうと思ったのが、この話の切っ掛けでした。あと、わりといつも恋愛関係が一本道（最初からカップルが決まっている）な話ばかり書いてきた気がしたので、「三角関係を書いてみたいな☆」などと、己《おのれ》の力量も考えず、魔が差したりして。

それで仲の悪い陸軍士官学校と海軍兵学校の仲裁に乗り出した姫宮が、双方の学校から生徒を選び、帝国空軍の創設に乗り出す……なんてプロットを立ててみたのです。

が、このプロットだとどうしても戦争ネタが避けられず、かつて一人も死者を出さない戦闘《せんとう》シーンを書くのに四苦八苦しましたので。

「敵は人外にしよう！　最近忙しくてセッションができないから、脳内で一人クトゥルフ神話TRPGするよ！」

……みたいなノリで書き始めて、今のようなお話に。

しかし、よくよく考えると（考えなくても！）少女小説は読者様のSAN値を削《けず》るのは原則禁止なカテゴリー小説なので、実は『人が死なない戦争』と同じくらい困難な方向転換を、自分はしてしまっていたのです……！

そ、そんな縛《しば》りに負けず、なんとか最終話まで書いております。

諸般《しょはん》の事情で下巻発売は半年ほど先ですが、必ず出ますので、安心してお買い上げ頂《いただ》ければ幸いです。

最後になりましたが、高星麻子《たかぼしあさこ》先生にイラストを描いて頂くのはデビュー前からの夢でした。

その夢が叶《かな》ったのも担当さんや新書館の方々、会社のC上司や家族、友人達、そして、読者の皆様のおかげです。

もちろん高星麻子先生には、超絶美麗なイラストを描いて頂き、本当にお礼の言葉もありません。

皆様にこの本を少しでも楽しんで頂き、下巻も手にとって頂ければ大変嬉しいです。

和泉統子

【引用および参考文献（順不同）】

『新版 古今和歌集現代語訳付き』高田祐彦訳注／角川学芸出版

『漢詩鑑賞事典』石川忠久／講談社

『図説 日本呪術全書』豊島泰国／原書房

『呪術探求 いざなぎ流式王子』斎藤英喜／新紀元社

『女官 明治宮中出仕の記』山川三千子／講談社

『明治宮殿のさんざめき』米窪明美／文藝春秋

『明治の皇室建築 国家が求めた〈和風〉像』小沢朝江／吉川弘文館

『江田島海軍兵学校 写真で綴る江田島教育史 別冊歴史読本33号』新人物往来社

『ゲームシナリオのためのクトゥルー神話事典 知っておきたい邪神・禁書・お約束110』森瀬繚／SBクリエイティブ

この本を読んでのご意見、ご感想などをお寄せください。
和泉統子先生・高星麻子先生へのはげましのおたよりもお待ちしております。
〒113-0024　東京都文京区西片2-19-18　新書館
【編集部へのご意見・ご感想】小説ウィングス編集部
【先生方へのおたより】小説ウィングス編集部気付　○○先生

【初出一覧】
虚の姫宮と真陰陽師、そして仮公爵：
小説ウィングス'16年秋号（No.93）～'17年冬号（No.94）
桜か桃か、山茶花か：書き下ろし

帝都退魔伝
～虚の姫宮と真陰陽師、そして仮公爵～〈上〉

初版発行：2018年7月10日

著者　和泉統子 ©Noriko WAIZUMI
発行所　株式会社新書館
［編集］〒113-0024　東京都文京区西片2-19-18
電話(03) 3811-2631
［営業］〒174-0043　東京都板橋区坂下1-22-14
電話(03) 5970-3840
［URL］http://www.shinshokan.co.jp/
印刷・製本　加藤文明社

ISBN978-4-403-22122-4